남강

성지혜 장편소설

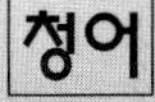

남강

성지혜 지음

발행처 · 도서출판 청어
발행인 · 이영철
기 획 · 손영국 | 김흥순
영 업 · 이동호
편 집 · 김영신 | 김인현
디자인 · 오주연
인 쇄 · 두리터

등 록 · 1999년 5월 3일(제22-1541호)

1판 1쇄 인쇄 · 2008년 7월 15일
1판 1쇄 발행 · 2008년 7월 25일

주소 · 서울시 서초구 서초동 1588-1 신성빌딩 A동 412호
대표전화 · 586-0477
팩시밀리 · 586-0478

블로그 · http://blog.naver.com/ppi20
E-mail · ppi20@hanmail.net

| 성지혜 장편소설 |

남강

“논개할매요, 좀 고만 독을 피우소.
머리가 세어도 골백번 더 세어 기골이 쇠잔해지지 않았소.”
늙수그레한 사공은
그의 잔주름만큼이나 금이 간 노를 저어 나갔다.

c·o·n·t·a·n·t·s

해오라기

둔덕에 있던 해오라기 무리들이 후루룩 후루룩 날아올랐다.

맑은 물에 몀을 감아 더욱 하얀 놈들의 모습이 잘 헹궈 바랜 옥양목처럼 눈이 부셨다. 딱딱, 놈들은 방망이 소리에 박자를 맞추는지 힘차게 날고 있었다.

"높이 날아라. 훠이, 훠이이, 훠어이, 훠어이이."

아이들은 놈들의 흉내를 내며 강동강동 뛰고 있었다.

"저 해오라비 깃털로 펜을 만들어 편지를 쓰고 싶어."

영지도 놈들을 향해 손을 흔들었다.

"누구에게?"

빙애가 영지 곁으로 바투 다가섰다.

"별나라 공주가 달나라 왕자님께."

영지의 속삭임을 듣고 윤태가 깃펜을 내밀었다.

"난 또 누구라구."

빙애가 생글거리며 슬쩍 수광을 곁눈질했다. 나무칼을 다듬는 수광의 이마에는 땀이 송송 맺혀 있었다. 병정놀이를 위해 남아들은 나무칼을 다듬고 여아들은 헝겊으로 옷을 기웠다. 놀이의 주인공은 최경회 장군과 논개와 왜장인 게야무라 로구스케毛谷村六助였다.

"논개할매도 젖가슴이 있었을까?"

수광이 칼질하는 나무토막에는 뿌연 물기가 어렸다. 갓 벤 나무에서 배어나온 물기는 젖이 멍울 진 것처럼 보였다. 수광의 손가락에 묻은 때와 뿌연 물기가 어우러져 지문처럼 나무토막에 찍히곤 했다.

"얜, 젖가슴 없는 여자가 어디 있어?"

단숨에 말하고는 빙애가 낯을 붉혔다. 서울 말씨에다 연초록 반코트를 입은 모양이 태가 났다.

"논개할매가 아기 낳았단 소린 못 들어봤으니께."

손잡이 칼로 나무토막에 그림을 아로새기던 수광의 손이 빗나갔다.

"저런, 피가 나오잖아."

빙애가 재빨리 헝겊으로 수광의 상처 난 손가락을 싸맸다.

"이건 뭐야? 엄마 젖가슴? 장군이 사용할 칼에는 호랑이 얼굴이 있어야 해. 호랑이 얼굴은 장군을 가리키고, 무서워 귀신도 달아나버린대."

국악배우 딸인 빙애는 병정놀이에 대해 아는 것이 많았다. 손잡이 칼로 나무칼에 젖가슴을 지우고 호랑이 얼굴을 새겼다.

신나게 하늘을 날던 해오라기 무리가 백사장에 나래를 접었다.

"에비다, 에비."

완이가 소리쳤다.

"해오래비가?"

덕자가 졸개들이 입을 옷을 만들기 위해 두꺼운 종이에 물감으로 색칠하고 깃펜으로 잉크를 찍어 갑옷을 그려 넣었다. 연극놀이하면 헝겊은 한복집 주인 딸인 덕자와 양장점 주인 딸인 경화가 가져오곤 했다.

"무섭게 생겼다고 무서운 것만은 아니데이. 조것들이 몸을 움츠리고 구슬피 울믄 강에서 무시무시한 일이 일어난다 카더라."

아이들의 시선이 완이에게 쏠렸다.

"우떤 일이?"

수광이 완이와 빙애 사이에 끼어들었다.

"사람이 물에 빠지거나 미치갱이가 불을 지른대."

"좋은 일은?"

"시집 장가가는 날은 놈들이 힘차게 높이 난다나."

"무신 좋은 일이 있어 조리도 흥이 날까?"

경화의 물음에 덕자가 화답했다.

"우리가 연극하기 위해 칼 다듬고 옷 깁는 것도 좋은 일 아닌 가베."

"큰일 났네. 그저께 강 건너 대숲에서 해오래비가 낳은 알을 훔치다가 깨뜨렸거든. 어젯밤에 알 낳은 놈이 나를 꽉 물고 하늘 나는 꿈을 꾸었어. 간이 오그라들더라."

수광의 입술이 아래로 쳐졌다.

"무엇이 무섭노. 내사 가마 탄다 싶어 신바람 났을 기다."

윤태가 양손으로 가락 젓기 했다.

"으스스하지만, 우리 대숲으로 가볼까?"

수광이 부추기자 아이들도 일제히 외치며 뒤따랐다.

"에나(정말), 에비, 에비다."

*

영지는 성을 낀 오르막길로 오르고 있다. 아카시아·느티나무·벽오동·갈참나무·소나무 사이에서 이름 모를 들꽃들이 길손을 반긴다. 왼쪽 아래는 강물이 흐르고, 강 건너 들에는 남정네와 아낙이 보리밭 사이에서 일하는 모습이, 안개 속을 거닐다가 붕 떠오르는 듯하다.

보리밭 옆에는 대밭이 있고, 그 옆에는 통닭을 파는 초가가 있었다. 영지는 가끔 동무들과 함께 초가에 들러 통닭을 사먹곤 했다. 통닭집은 먹거리를 손님이 고르는 것과 죽순의 담박한 맛도 빼놓을 수 없는 별미였다. 비죽비죽 솟은 죽순을 칼로 자르거나 토종닭을 잡아 상에 오르기까지 지켜보는 것도 좋은 눈요깃감이었다. 주인인 공씨는 닭을 고르는 안목이 있어야 남편의 출세도 시킨다는 걸 강조했다. 좋은 닭이란 눈빛이 초롱초롱하고, 몸매도 비쩍 마르거나 살이 너무 쪄서도 안 되고, 털도 부드러우며 윤기가 나야 한다고도. 닭장은 초가 옆에 있었다. 나무 막대기로 박고 굵은 철사로 얼기설기 엮은 닭장 안에는 닭들이 시름에 겨웠다가, 공씨가 나타나면 몸을 움츠리며 고개를 쭈뼛했다. 영리하게도 놈들은 저승의 냄새를 잘도 아는 기라. 어느 놈이 먹음직스럽노. 이게 어때, 노랑이 말이야. 공씨가 대막대기로 노랑이 머리를 슬쩍 건드렸다. 금빛 날개를 퍼덕이며 노랑이가 끙 신음을 토했다. 주인에게 뽑히는 게 생의 마감이란 걸 놈도 눈치 챈 것 같았다. 저거 보래이. 년의 똥구멍에서 금달걀이 쏘옥 빠져 나오제. 노랑이가 알을 낳듯 너그들도 시집가서 아이를 낳으면 조런 눈빛이 된다니께. 동무들이 까르르 웃었다. 영지는 공씨가 건넨 달걀 양쪽에 구멍을 내고 쪽 소리 나게 들이켰다. 그날 밤, 영지는 병아리를 낳는 꿈을 꾸었다. 삐약삐약, 병아리가 자궁에서 빠져나오는 소리에 놀라 깨어나니 머리맡의 자명종이 울었고, 팬티가 촉촉이 젖어 있었다. 초경이었다.

누군가는 대숲을 순례하고 있다. 바지춤을 내려 여기저기 오줌을 갈겨대는 걸 보고서야 영지는 공씨 아들인 순우인 걸 알아차린다. 오줌을 갈기는 곳은 죽순일 것이다. 열 손가락 햇수가 지났는데도 머리는 네댓 먹은 아이라 에미 젖을 빠는데 노상 젖먹이는 아닌갑거든요. 댓잎 어린순에 오줌을 누어야 빨리 자란다는 걸 알고, 머리에 왕관을 써야 왕이 된다고 노랠 부르거든예. 공씨 아내는 외아들에 대한 염려와 기대가 섞인 희비쌍곡선 줄을 끌었다 놓았다 했다. 왕관은 대오리에 댓잎을, 들꽃과 해오라기 깃을, 장미 넝쿨을 엮어 만든 것도 있었다. 멀리서도 얼굴이 당실 뜬 것처럼 보이는 건 목이 곧은 자세가 못 되고 고개가 비뚜름하여 위로 치켜 올라간 탓일 것이다. 이웃들은 순우를 보면 안쓰러운 표정을 지었다. 공씨 그 양반, 닭 모가지를 잘도 비틀더니 닭 원귀가 씌어 아들의 목이 맷돌처럼 안 돌아가는갑네.

댕그랑 댕댕, 종소리가 울린다. 오르막 길 오른쪽에 있는, 호국사 주위에서 맴돌던 나비 떼가 종소리에 놀라 바람에 날리는 꽃잎처럼 흩어진다. 싸리 빗자루로 절 바깥을 쓸던 동자중의 소매부리 안에서 흰나비 한 마리가 휭하니 날아올라 동자중의 민둥산이 이마에 입 맞추고는 사라진다. 종각에 오른

상좌승의 따가운 눈총이 동자중의 이마에 머물었던가. 못 볼 걸 들킨 양 동자중의 낯빛이 새하얗다 못해 진달래 빛을 띠고 있다.

호국사 뒤는 안산의 동네가 바라보인다. 안산에는 인근에 있는 촉석루를 비롯하여 서장대·북장대·창렬사·영남포정사 등 문화재 유적이 많았다. 고옥들은 옛날의 발자취와 하나가 되어 적산가옥이나 양옥에게 영합하려 들지 않았다. 안산 터줏대감들이 방귀만 뀌어도 한 마장이나 떨어진 평거 마름들이 이마빼기를 땅에다 붙인다는, 텃세도 대단한 곳이었다. 세월이 지남에 따라, 6·25 전쟁으로 무너진 성터와 잡초가 우거진 집터들이, 버짐 핀 머리를 가위질한 것처럼 허허하게 떠오르곤 했다. 짱짱하게 부를 누렸던 한옥은 몇 채 안 되고, 적산가옥과 양옥, 블록에 슬레이트를 얹은 허술한 집들이 들쭉날쭉 서 있다.

나비 떼가 팔랑거려 영지는 걸음을 멈춘다. 노랑나비와 흰나비, 반가이 손짓하다가 윙윙거리며 나는 벌떼가 두려워 소나무 허리에 기대어 선다. 예부터 안산 외진 곳에는 벌을 키우는 민초들이 있어, 나비보다는 벌들이 많았다. 일순 영지는 흰 보자기가 하늘에서 펄럭이며 내려오는 환각에 아찔해졌다가, 풀숲에 떨어진 해오라기 새끼를 주어 가슴에 품는다. 놈들의 보금자리는 대숲이었다. 영지는 놈들의 깃을 줍기 위해 대숲으로 종종 찾아가곤 했다. 깃촉 아래 부분을 가늘게 깎아 만든 깃펜으로 잉크나 물감에 찍어 글씨를 쓰는 건 유년시절부터 길들인 습관이었다. 이삭 줍듯 대숲에 떨어진 순백의 영혼을 건져 올리면 손가락 마디마디마다 어린 대순을 닮아 가는 듯했다. 대나무끼리 얼굴을 비비며 토하는 내밀한 속삭임은 바람마저도 잠재우는 자장가라 할지.

부화기인 유월이 오면 대숲에는 알이 많이 떨어져 있었다. 처음에는 구멍 뚫린 알속에서 무엇이 꼼지락거려 뱀 새끼인 줄 알고 덴가슴이 되었다. 영지는 새끼를 보호하는 어미새를 보고 새로운 생명의 탄생, 존엄성을 느끼곤 했다. 새끼를 보호하기 위해 날카로운 눈과 매서운 부리와 탄탄한 발로 저희들끼리 자리다툼하는 것도 하나의 질서란 건 무리한 느낌이었을까. 질서란 것도 결국 승리자가 누릴 텃세일 테니까. 희디흰 긴 날개는 새끼들에게 보호막이 되고, 비 가리개도 되었다. 날개를 망토처럼 펼쳐 덮개를 만들어 물고기가 오도록 유혹하고, 물고기들이 수초인 줄 잘못 알고 모여들면 날렵하게 먹이를 잡아먹는 슬기로움도 있었다.

끼룩끼룩, 새끼의 부름을 듣고 어미가 되돌아온다. 영지는 새끼를 땅에 내려놓는다. 여기는 너희들이 살 곳이 아니란다. 대숲으로 되돌아가거라.

그 해 여름은 유난히 장마가 잦았다. 영지는 동무들과 함께 통닭을 먹기 위해 공씨 집으로 갔다. 식욕은 핑계였고, 고삼이 되어 무언가를 터뜨리지 않으면 헤어나지 못할 가슴앓이에 시달리고 있었달까. 날마다 덤으로 불어나는 어려운 문제들, 푹 푹 찌는 폭염으로 불쾌지수는 극에 달했다. 장마가 진 탓인지 공씨 집은 비어 있었다. 영지와 덕자, 경화·국희·혜순은 대숲으로 향했다. 알이라도 주워 깨뜨리고 싶었다. 놈들의 보금자리 입구에서 일행은 걸음을 멈췄다. 장마가 진 탓도 있었고 — 나중에 들어서 안 사실이지만 — 인근 주민들이 농약을 뿌려, 놈들이 떼죽음 당해 있었다. 하도 짖어대어 시끄럽다는 이유로. 죽어가는 닭의 눈빛보다 더한 놈들의 눈빛이 증오로 얼룩져 있었다.

영지는 귀담아 들었다. 놈들의 죽음 앞에서도 초연한 대나무의 울림을. 하늘을 찌르듯 높이 치솟은 대나무의 기상은 금세 강물을 끌어올릴 듯했다. 마치 연인의 정액을 빨아들이는 쫄깃 쫄깃한 수축 강한 자궁처럼. 영지는 동무들과 함께 공포에서 벗어나기 위해 치달렸다. 뿌연 빛이 쏟아지는 하늘 향한 둥지에서 금방 알에서 깬 새끼 해오라기의 지저귐을 뒤로하며.

화공이 그리기 어려운 천의 뜻은

오리들이 쌍쌍으로 물차고 날며

영산홍이 푸른 유리 같은 물에 거꾸로 비친다

화공이 그리기 어려운 천의 뜻은

다 서생書生의 한 마디 시詩에 들어가네

— 최함일 시, 「고려 말 경상도 안찰사」

이 시가 아니더라도 남강은 예부터 지나는 길손들의 입에 자주 오르내렸다. 여기 사람들에게도 강에서 일어난 이야기가 많았다.

"무시라, 우리 시어무이 심청 조선 천지에 둘째가라면 서럽지. 팔자 드세게 상명 당하는 건 대대로의 내림인데 구구절절 나에게 되씌우고 구박하더라. 내뱉는 건 쌍욕이요 싸는 건 똥오줌인께 는 건 냉가슴이라. 똥오줌 칠갑된 서답을 강에 가지고 가서 실큰 뚜둘고 나믄 묵은 체증 가라앉고 가슴도 잔잔해지믄서 시어무이 봉양도 절로 솟아나더라."

여든이 넘은 평촌댁의 시집살이였다.

"여름이면 강은 참으로 진풍경인 기라. 송이버섯들이사 밤낮 가릴 필요 읍지만 홍합들은 달밤이 되어야 알몸이 될 수 있었제. 송이버섯들은 홀랑 벗은 홍합들을 보려고 낭구에 달라붙은 매미가 되어 코를 벌름거리고 있었으니께. 나도 낭구에 올라 기회를 엿보다가 애간장 타도록 혹한 처니 옷을 훔쳤지 뭐냐. 그렇다믄 당장 뱃심 좋게 처니 하나쯤 낚아채 뺑소니 치믄 안 되느냐 묻겠지만 한번 객쩍게 부린 혈기로 인해 자자손손 혼인길 막혀 뿌리게. 그렇다고 맨날 처니에게 퇴자만 당할 수도 없는 노릇인께. 뒷날 그 옷을 처니 부모에게 가져가서 딸을 도라 안 캤나. 딸이 선녀가 아닌 이상 그 옷을 입고 하늘로 오를 수 없으니 도리 없이 허락하더군. 그 처니가 바로 내 마누랄세."

미수米壽에 이른 수광 조부의 구혼이었다.

일흔이 넘었지만 아직도 정정하게 노를 젓는 사공은 푸념을 쏟았다.

"논개할매는 얼굴도 반반했지만 음도 지독하게 셌던 가비라. 기제사가 있는 음력 유월만 왔다 카면 선남선녀가 물귀신 되어 제물로 바쳐지는 예가 쌔고 쌨으니께. 남녀 나이별로 헤아려 봤는데 이십 세 안팎의 훤칠한 청년이 기중 많더군."

해마다 시월 예술제 전야제가 되면 기생 염파는 봉황이 그려진 채선彩船을 강물에 띄우고 창을 불렀다.

"남쪽은 망경산이 어서 오라 손짓하고, 북쪽은 비봉산이 나 여기 있다 뽐내면, 동쪽 선학산이 눈 흘기며 화답한다. 충신이 한양 향해 읍을 한다하여 망경산이고, 봉황이 난다하여 비봉산이면, 학이 신선같이 노닌다고 선학이라. 강물을 가르마 타고 우뚝 선 다리가 남북으로 뻗어 있고, 다리 멀리 동쪽은 과수원인 도동이고, 그 사이에 선학산을 낀 뒤벼리모퉁이가 절경이라, 강태공이 삼척 잉어를 건져 올리네. 다리 가까이 서쪽 진주성에 둘러싸인 촉석루와 의기사와 호국사가 길손을 부르고, 서장대 아래는 신안벌과 평거가 있어 곡식과 채소가 풍요롭고, 저 멀리 너우니 백사장이 새색시 볼처럼 정겨워라."

영지의 가족도 예외는 아니었다. 조모인 안산부인이 빨래터에서 겪은 이야기.

"중매쟁이가 선 볼 마님들과 함께 진을 치는 곳이 서답터였지. 선을 처니 집에서 슬쩍 봤다간 요량 못해. 단다무치고 매짬

는가, 차분스럽고 덕이 있느냐는 서답터에서 지켜봐야만 알제. 무명 이불 홑청을 칼클하게 씻어 삶아 재물 빼고 헹굴 때까지 지켜본 너그 증조모님이 나를 무던스럽다고 며느리 삼자며……."

아버지가 청년 시절에 품었던 애틋한 마음.

"우리는 뱃놀이 중에 눈이 마주쳤어. 마주친 시선은 갈수록 고양이 눈싸움으로 변했지. 하루는 그녀가 빨래를 끝내고 머리를 감는데, 이상한 전류가 내 몸 속으로 퍼지기 시작했어. 그녀가 감고 난 긴 머리를 빗질하자 쩌릿쩌릿 끊어졌다 이어지는 내 몸 속의 이상한 기운이 무엇인지 알아내었지. 그녀를 껴안아보고 싶은 충동이었어."

엄마의 고백.

"꼭두새벽, 신생아 태가 폐병에 영험타 해서 산파의 귀띔을 받고는 강둑에서 기다린다. 뜨물 같은 안개 속으로 신생아 가족이 사라지면 난 회중전등을 켜고 강물 속으로 들어가서 뜰망으로 태를 건져 나온단다. 웬걸, 복병이 숨어서 기다리고 있을 줄이야. 나는 군용반합에다 뜰망을 넣어 주고 태는 앞치마 주머니에 빼돌려서 다짜고짜 치달렸지. 속임수엔 도통하게 영악하다는 문둥이도 솔팍 넘어갔으니까."

오빠가 수첩에 적은 내용.

"낚강 물은 어디서 시작하여 어디로 흘러 끝나는 걸까. 그 많은 강물을 이 도시에 채운다면 노아의 방주를 띄울 수 있을까.

수리에 밝은 친구가 귀띔했다. 양푼에다 강물을 담아 종이배를 띄워 봐. 이 도시 면적에 망경산 높이를 곱하고, 양푼의 높낮이를 계산하고 양푼에 담은 강물의 무게도 달아보고, 종이배의 무게는 얼마인지 알아봐. 노아의 가족을 요즈음 사람들과 비교해 그 몸무게를 더하고, 방주에 태운 모든 것들도 계산하고……. 수리에 젬병인 나는 머릿골이 아파 그런 건 깡그리 무시하고 하늘나라에 엽서를 띄우기로 했다. 전능자여, 부디 당신의 머리카락 하나만 내리소서. 그걸 저의 두상에 심는다면 세상 이치에 통달한 만물박사가 되지 않겠습니까.”

중삼인 영지의 일기.

“내가 혼자 빨래터를 찾은 건 생리의 변화에 의해서였다. 한밤중 나는 아무도 몰래 내 멘스대를 빤다. 나의 목덜미에 뜨거운 입김이 서린다. 여드름투성이에 변성기인 오빠임이 세면 벽에 찍힌 그림자로도 알 수 있다. 내가 놀라 비명을 지르면 엄마가 덴겁하게 달려온다. 낮에 강에 나가 빨 일이지 한밤중에 무슨 변이람. 나는 엄마보다는 친구가 생리적으로 더 가깝다는 걸 알게 되었다.”

영지가 초등학교에 입학할 즈음이었다. 아버지와 엄마는 가갸거겨와 1 더하기 1은 2를, 할아버지는 태극기를 꺼내서 다는 법, 경례하는 법을 가르쳤다. 할머니도 빠트리지 말아야 할 훈시가 있었다.

“이젠 서답터에 갈 나이가 되었제. 이슬이 지기 전과 이슬이 내린 후에 방망이질 하믄 안 돼. 지신이 노하셔서 무슨 벌을 받을지 모른다, 알겠냐?"

종일 가르침만 받고 보니 영지는 피곤하고 짜증스러웠다.

"아무 때나 방망이질하면 어때서요. 해 뜰 적에 달고 해 지기 전에 내리는 태극기처럼 방망이질에도 무슨 그런 게 있나요?"

조모는 손녀에게 꾸중을 내렸다.

"서양바람이 억세게 불어와 아녀자의 조신이 손톱맨큼도 없이 오밤중에 용천맞게 딱딱 방망이질해 쌓다가 결국 난리굿 안 치렀나. 니 새실이 고 모양인께 또 무신 난리굿 일어날 조짐인지, 그 언짢은 조짐을 미리감치 막기 위해서라도 니 입에다 바늘 실로 꿰매야겠다."

그것은 행동이 자유롭지 못한 시절에 바람난 여자들이 밤 빨래를 핑계 삼아 강으로 나가 정인을 만나기 위한 신호로, 해방 후에는 토박이 좌익인사들이 동지들에게 보내는 암호로 오밤중에 방망이질이 잦았다. 조모는 밤의 방망이질이 결국 지신을 노하게 하여 전쟁까지 일어났다고 믿었다.

꼭짓집

빙애네는 아씨빨래를 가마솥에 안치고 풍구를 돌렸다. 잿더미 속에 남아 있는 불기와 겨가 바람에 쉽게 타올랐다. 어깻죽지가 아리고 현기증이 일어도 계속 풍구를 돌리고 있었다. 아직 나절가웃이라 해가 지기 전까지 얼마나 더 빨래를 삶아내야 할지 모른다. 앞으로 가을까지 손님들로 북적거릴 것이니 바야흐로 빨래터도 대목을 맞이한 셈이었다.

이때쯤이면 노목들의 썩은 둥치에는 겨울잠에서 깨어난 구렁이가 굼지럭 기어 나와 똬리를 틀며, 개구리와 두꺼비가 뜀뛰기하고, 강물 속의 붕어와 잉어가 잔챙이들을 뒤쫓으며 재주를 부렸다. 얼음이 얼고 추운 날씨가 계속되는 섣달은 손님들이 없어 문을 닫았고 장마가 잦은 여름이면 공치는 날이 많았다. 아예 문을 닫는 섣달이나 장마철에도 길손들의 발길이 잦아 빙애네는 한갓지게 쉴 순 없었다.

안산 앞 강둑에 있는 꼭짓집은 빙애네의 보금자리였다. 살림집이라기보다는 마루가 달린 방 한 칸과 홀이 있는 초소였다. 보금자리 앞에는 강이 흐르고, 남향이라 볕바르고 강둑에는 철 따라 꽃이 피고 바람이 살랑살랑 불어 길손들의 쉼터이기도 했다.

이웃들은 빙애네 남편을 번개라 불렀다. 동작이 빠르고 날래서 붙은 별칭이었다. 어른들은 털보영감, 아이들에게는 털보아저씨로 통했다. 이웃들이 왜 수염을 안 깎느냐고 물으면, 번개는 고향산천 떠난 실향민이라 부모를 못 모시므로, 항상 죄인된 심정으로 살아가노라 했다. 그는 강에서 일어나는 일과 연관이 많은 경비원이었다. 오갈 곳 없는 빈털터린 데다 식구도 적어 그들에겐 거기는 낙원이었다. 빙애네는 경비원들의 도시락도 데워주고, 밤참도 만들어주고, 잔손 가는 일도 돌봐주면서, 느티나무와 벽오동이 그늘 친 한뎃부엌에서 빨래를 삶아주는 걸 생업으로 삼고 있었다. 남편이 갑자기 세상을 뜨고 경비원들의 발길이 뜸해져, 꼭짓집은 나들이 나온 노인들이나 빨래

터를 오르내리는 여자들의 휴게소로 변했다. 방 안에는 노인들
이, 마루에는 젊은 여자들이 쉬고 있었다.

"올해가 지아비 삼 년 상이구먼. 용타, 초하루 삭망, 보름 삭
망 지내기도 신물이 날 긴데."

평촌댁이 빙애네 머리에 모숨 지어 맨 흰 댕기를 턱짓했다.

"하도 세월이 후딱 지나가 싸서 잊음 흐를까 싶어 달력 숫자
에다 동그래미 치곤 합니더. 불알 찬 자슥도 없으니, 혼백이라
도 잠재워 줄라꼬예."

빙애네의 붕 뜬소리가 바람에 녹아들었다.

"요새 젊은 여자들이사 아침에 지아비 죽으면 저녁에 새서방
얻어 재미보는 백야시 아이가. 사십구일재도 지내기 어려븐 긴
데 열녀문 세워 줄 감이제."

깟고실댁이 빙애네를 추켜세웠다.

"어머머, 빙애네만 열녀문감이고 저희들은 화냥년감이다 이
겁니꺼?"

혁이네가 짐짓 열을 올렸다. 귀순네도 혁이네를 두둔했다.

"젊다고 욕될 것 없고 나이 자셨다고 흉볼 것도 없다고예. 사
람은 겪어봐야 알지 우찌 그리 성급하게 단정지을 수 있능교."

"지상 짬 없긴. 너그들이 요조숙녀인 줄 내가 모리나. 혁이네
는 시아버지 탕약 수발로 솟을대문감이고, 귀순네는 시부모 안
계신 구 남매 뒷바라지로 열두대문감인 줄 내 다 알고 있지. 열
녀문 세워 준대도 너그들이 마다할 걸. 자고로 열녀문감치고

박복하지 않은 여펜네 봤어? 다 제 복이 많아서 오도방정 촐랑방정이 나와 걸쌓는데 그런 오만 가지 방정 떨어싸믄 제 복 징기기도 어려븐 법이야."

깟고실댁이 퉁명스레 쏘아대어 혁이네도 귀순네도 입을 다물었다.

"힘은 장사고 담력도 세었지만 마음 씀씀이가 다시없는 호인이었제. 운젠가 짐이 많아 지게꾼을 찾고 있는데 털보영감이 달랑 짊어지고는 앞장서지 않것나."

드무실댁이 화제를 빙애네의 남편에게로 돌렸다.

"우리 소분이가 도동에 원족 갔다가 깡패들을 만나 호되게 당할 뻔했는데 털보양반이 나타나니 쥐도 새도 모리게 도망가고 없더라 안 캅니꺼. 동에 번쩍 서에 번쩍 하는 민첩한 다람쥐였지예."

소분네가 기억을 되살리자 빙애네의 풍구질이 느슨해졌다.

"남이 물귀신 될까 걱정해쌓더니 이녁이 물귀신 되리라곤 상상도 못한 깁니더."

"팔팔한 사람도 산목숨이라곤 장담 못하는 기라. 이왕에 간 사람은 간 기고 여식아나 잘 돌보며 낙을 삼지 어쩌겄나."

평촌댁이 위로했다.

나룻배가 가까이 오고 있었다. 솔가리를 실은 나룻배와 모래사장과의 거리가 좁혀들었다. 강물이 철렁거리며 밀려와 방망이질하는 여자들의 엉덩이까지 적셨다. 거센 강물은 빨랫돌에 놓여 있는 방망이와 속옷을 안고 떠내려간다. 기조네가 헐렁한 바짓가랑이를 허벅지까지 올리고는 강물 속에 발을 디뎠다. 바닥이 경사진 강물 속은 보기보다 깊다. 겨우 속옷은 건졌으나 방망이는 잘도 떠내려간다. 넘어지지 않으려는 기조네의 띵띵한 몸매가 위태롭다.

"여보슈, 촉석루 기둥만한 장딴지로선 물귀신 되기 십상이니 퍼뜩 올라가이소."

사공이 방망이를 주워 모래사장을 향해 던졌다.

"고맙습니더. 내 장딴지가 왜정 땐 도라무깡이라고 천대받더니 이제는 촉석루 기둥으로 귀히 대접받을 줄 예전엔 미처 몰랐어예. 이 국보급 장딴지를 길이 보전하기 위해서라도 내 퍼뜩 올라가겠습니더."

기조네의 익살에 웃음소리가 왁자하게 터졌다. 여자들은 빨래에 묻은 때를 씻어 강물에 흘려보내듯 겨울 내내 잠겨 두었던 마음의 불씨도 강바람에 흩날리고 싶은가 보았다. 한바탕 웃고 나면 힘이 솟는 건지 빙애네의 풍구질도, 여자들의 방망이질도, 사공의 노젓기도 더욱 힘차 보였다.

"아지매, 이 좋은 봄날 가락이나 멋들어지게 뽑아보소."

명밭골댁이 빨래를 가득 담은 대야를 마루에 내려놓았다.

"이 야시 보래. 벌써 이불 요 홑청 빨래를 한 다라이나 해 가지고설랑."

깟고실댁이 곁에 앉은 명밭골댁의 어깨를 주무른다.

“벌써라니유? 해가 중천에 뜨고도 남는데예. 하기사 재물 빼기 위해 새벽부터 와서 한 기 이제 끝난 깁니더.”

“이불 요 홑청이 오데 하루낮에 빠는 긴가. 고렇게 춘향이 허벅지처럼 새하얗게 되려믄 사흘들이 고생고생 해 쌓아도 모자라.”

“참 아지매도, 춘향이 허벅지를 운제 봤소? 에나 이 빨래처럼 하얗게 보입디껴.”

“앙그러믄 한양 간 이도령이 오매 불매 춘향이를 못 잊어 밤마다 죽자고나 고추 만지며 새하얀 요에다가 빵구난 밑독처럼 쌀뜨물을 펑펑 쏟아댔쳤을까.”

깟고실댁의 넉살에 꼭짓집에서는 다시 웃음꽃이 피었다.

“사람이 너무 웃어도 배 고푸데이. 이거나 노나 묵자.”

드무실댁이 소반에 담아온 인절미를 꺼냈다.

“몰랑몰랑한 게 씹히기도 전에 목구멍으로 넘어가버리겠네. 저도 그냥 오진 않았습니더.”

명밭골댁이 아랫목에 놔둔 보자기를 가져와 풀었다.

“새벽에 찐 고구마가 아직도 뜨뜻하데이. 고 바쁜 총중에 고구마를 아랫목에 놔둘 새가 오데 있었겠노. 자고로 명밭골이라카믄 아녀자가 솜씨 좋기로 소문난 동네제.”

까고실댁이 접시에 인절미와 고구마를 담았다.

“논이 귀하고 밭이 많아, 쌀 버금가는 걸 심어 가난을 면키 위한 게 무명 아닙니껴. 목화씨를 심어 가꾸고 길쌈해서 무명

필을 만들어 쌀과 바꿔 먹었으니 아녀자들의 발바닥에 요령 소
리가 나야지예."

"하모, 그랑께 살림도 매짭게 살고 남편도 사근사근 잘 모시
는 기라."

섭천댁이 가져 온 삼층 찬합 뚜껑을 열자 기조네가 군침을 삼
켰다.

"오메, 고사 지내야겄네. 진달래 부꾸미라, 입에만 댔다 카믄
연지곤지 되어 새색시 오줌 싸게 하겄는 걸. 애호박에다가 소
풀에는 방아 잎을 버무려, 묵다가 입이 비틀어져도 모리겄다카
이. 아지매는 이래도 웃고 저래도 웃는데 그 비결 좀 아리켜 주
이소."

"을척 없는 일을 당하던가 아주 희귀한 일을 보면, '섭천 소
가 웃겄다'라는 옛말이 안 있는갑네. 내 안태본이 섭천이라,
아, 소가 웃는다던데, 사람이 우거지상하고 댕기겄나."

"예부터 섭천 소라 카면 순하고 일 잘 하기로 소문났제. 섭천
이 진주성으로 드나드는 길목에 있어, 철도가 처음 생겼을 때,
기차가 칙칙폭폭 방구 끼며 새까만 연기를 내뿜고 달리니께 풀
을 뜯어먹던 섭천 소가 웃으며 덩실덩실 춤을 추었다던데, 내
안태본 아바구도 들어 보래이. 드무실이라 카믄 물이 많은 고
장이라,"

평촌댁이 드무실댁의 설명을 잘랐다.

"남쪽 들에 있는 평평한 마을이라 캐서 내 안태본을 평촌이

라 카고, 일가붙이가 한곳에 많이 모여 사는 귀곡동을 깟고실이라 카고, 드무실을 하촌동이라 카는 건 마을이 아래에 있어걸 쌓는데,"

"아지매도 참. 드무실이 물이 흐르고 흘러 낮은 곳으로 물이 고였대서 그런 것만은 아니외다. 물이 풍부하고 가뭄을 모른다는 건 고맨큼 인심이 후하다는 기라예. 오나가나 물 담아 놓은 드므(독) 같다 캐서 드므실이 되었다가 부르기 좋게 드무실이 된 깁니더. 물이 풍부하모 풍년이 들고 독에 물이 넉넉하믄 쌀이 나락실에 차고 넘친다는 뜻 아닙니껴."

"제 친정 동네 앞에는 큰 내가 있는데, 신라 때 부처가 떠내려 와 멎었다고 나부리羅佛里라 불렀답디더. 인자 친정 자랑은 고만하고 요기나 하입시더. 빙애네 식은 밥도, 지가 가져온 열무김치도 있은께."

나부리댁이 수저를 챙기고 혁이네가 먹거리를 상에다가 놓았다. 평촌댁이 엿과 강정과 유과를 상에 올려 저마다 쩝쩝 입맛을 다셨다.

"마님의 귀신 곡할 매짭은 솜씨가 있은께 우리 진주가 대한민국의 봉으로 붕붕 떠오르는 기 아입니껴. 자고로 호랭이를 홱까닥 돌아버리게 하는 기 곶감만은 아닙니더. 엿·유과·강밥, 세 알토란이 있은께 호랭이가 하늘을 난다 카지예."

귀순네가 엿을 들고 양손으로 탁 소리 나게 가르자 두 동강난 엿에는 구멍이 숭숭 뚫렸다.

"자네 엿치기 솜씨가 보통 아닌가베. 자로로 엿에 구멍 잘 내는 여펜네가 호박씨도 잘 깐다던데, 숨겨 둔 남정네가 있으믄 내게 알려 도라. 고건 허깨비 장난이고, 호랭이 알양반이 나비맨치르 허불 벗고 하늘로 오른다 카더나, 동지 합방은 운제 하고?"

까꼬실댁이 양손을 비비대었다. 동짓날 밤에 호랑이 부부가 교접하는데, 그날 부부끼리 합방하면 호랑이처럼 평생에 아이를 하나밖에 못 낳는다는 시쳇말이 전해오고 있었다. 동지 금방은 농경사회에서 다산을 복으로 여기던 여인들이 지켜야 할 수칙이었다.

"아지매도 참, 경첩 때 개구리 알만 건져 잡수셨능교? 말끝마다 남정네랑 홀레붙는 이바구만 해쌓으니……. 마님요, 상감마마가 밤참으로 진주 유과를 잘도 잡수셨다던데, 바삭하면서도 혀끝에서 사르르 녹는 비결 좀 가르쳐주이소."

귀순네가 입술에 침을 발랐다. 경첩 날 논에 가서 개구리 알을 건져 먹으면 허리가 튼실하고 양기를 복돋는다는 민간요법이 전해오고 있었다.

"삶아도 파릇파릇 새싹이 돋아나는 참찹쌀에다가, 고걸 찬물에 보름 정도 담가놓고 곰팡이 꽃이 필 때를 기다려야 혀. 사람 사는 것도 정한 때가 있듯이 유과를 만드는 것도 때를 잘 잡아야 허네. 그라믄 건져서 깔끔한 생수에 헹궈 곱게 가루를 빻는 기라."

그 가루에 물과 소주를 붓고 수제비 정도로 반죽한다. 잊지 말아야 할 것은 반죽할 때 날콩을 갈아 짜낸 콩물을 조금 넣어야 훨씬 연해져 입 안에서 사르르 녹는다. 그런 다음 반죽 덩어리를 가마솥에 찌고 절구에 넣어 꽈리가 일도록 친다. 또 곱게 간 가루를 도마 위에 뿌리고 그 위에 찐 떡을 펴서 얇게 만든다. 그걸 손바닥만하게 썰어 뜨거운 바닥에 바싹 말린다. 바람을 타면 갈라지기 쉬워 불을 땐 아랫목이 찹쌀 궁합이다. 그런 다음 참기름에 담가 불려 기름에 튀긴다. 손짓하며 열심히 설명하다가 평촌댁이 다시 덧붙인다.

"시절이 좋아 기름이지. 에나 유과의 진맛은 모래를 가마솥에 뜨겁게 달구어 돼지기름이나 들기름을 슬슬 치고 골고루 저어믄 부풀어 오른데이. 그때 얼라 어루듯 손으로 곱게 펴 가믄서 부풀어야지, 고냥 놔 두믄 뒤틀리거나 울퉁불퉁해 심술 난 망아지처럼 되는 긴께. 튀밥을 가루로 내어 옷을 입힐 때 여염집에서는 조청을 바르지만, 꿀을 발라야 약발이 되어 간에선 '님이여 어서 납시오' 반기는 기제. 치자 물감으로 색을 입혀 맵시도 내는데, 눈이 삼삼, 코가 슴슴, 입술에 단내를 피우는 삼박자가 뭐꼬. 이뻐고도 이뻐야 상감마마 옥체에 기별이 가서 나라를 평안하게 다스리는 심이 생기는 기라."

깟고실댁이 곶감을 내놓고, 소분네와 혁이네가 가게로 가서 막걸리까지 받아와 잔칫상처럼 풍요롭다. 빨래하던 여자들도 달려와 수저를 든다.

"배가 부르믄 자부름이 오니 내가 노래 한가락 뽑아봄세."
막걸리에 취한 깟고실댁이 자리에서 일어나 가락을 읊조렸다.

울도담도 없는집에 시집삼년 살고난께
시어마씨 하신말씀 아가아가 머늘아가
진주남강 빨래가모 들도좋고 물도좋다
빨리빨리 빨래가모 낭군오나 볼수있다
시어마씨 이말듣고 검둥빨래 흰빨래를
가지각색 챙겨갔고 진주남강 빨래함성
낭군오나 가다리니 우리낭군 오시는데

태산같은 말을타고 구름가튼 갓을쓰고
못본채로 지나가네 급한마음 빨래씻어
집에오니 시어마씨 하신말씀 빨래놓고
사랑방문 열어봐라 오색가지 술을놓고
소리명창 기생첩을 얼싸안고 잠들었네
열은방문 닫아주고 내방안에 들어가서
명지석재 목을잘라 어불싸아 우리낭군
호부래비 거동보소 우야꼬나 이사람아
첩의정은 삼년이고 본댁정은 평생인데
니그럴줄 내몰랐네

깟고실댁이 커억커억 목을 틔워 나부리댁이 손수건을 건넸다.

"아지매의 가락은 언제 들어도 명창입니더. 목에 신내도 안 나는갑네예. 꾀꼬리가 놀라 자빠지겠습니더."

"아침저녁으로 날달걀 하나씩 묵고 대소금으로 입가심하고 맨날 약수 받아 묵은께 몸이 삐꺽삐꺽 해 쌓아도 목소리는 청춘이라."

"전 명창은 아니라도 꾀꼬리 흉내는 낼 줄 아니께, 시집살이 노래도 한번 들어보이소."

나부리댁이 일어서서 목청을 높였다.

앞밭에는 고추심고 뒷밭에는 난초심어

난초고추 맵다해도 시집살이 더하리까

시아바니 호랑새요 시어마니 앙칼새라

시아재는 변덕새요 시누애씨 종달새요

우리신랑 미련새요 울애기는 울음새라

요내나는 죽을새네 앙다새라 베를짜서

행주치마 지었더니 눈물닦이 다되었네

기가먹어 삼년살고 봉사되어 삼년살고

버버리로 삼년살아 석삼년을 살고보니

감태거튼 요내머리 파뿌리가 다되았네

박속거튼 요내얼굴 검버시피 웬일인가

여자일생 이런가요

저마다 손뼉 치며 시집살이에 맺힌 한에 눈시울을 붉혔다.

완이네가 상을 바깥으로 내놓으며 말했다.

"구식 노래는 고맨큼하고 이제부턴 신식 노래하기다. 기조네야, 자네 '진주라 천리길'을 불러 봐라. 곡괭이짓 함서르."

"촉석루 주춧돌이 있어믄 이 장딴지에다 힘주어 기둥뿌리라도 흔들며, 진주라 천리길을 내 어이 왔던고, 촉석루에 달빛만 나무기둥을 얼싸안고, 아 타향살이 내 심사를 위로할 줄 모르느냐, 캄서르 멋들어지게, 남인수 비껴 나사이로 나팔 불겄는데, 파이라."

말은 그렇게 하면서도 기조네가 바짓가랑이를 위로 올렸다. 촉석루는 6·25 전쟁 때 불타버려 새로이 짓기 위한 공사를 하고 있었다.

"따디미돌과 방망이를 가져올 낀께 그 국보급 장딴지를 맷돌처럼 돌러보라니께."

빙애네가 북을 치자 혁이네가 장단을 맞췄다.

"엉가가 곡괭이짓 하고 나믄 내캉 귀순네캉 릴리리야 릴리리 맘보춤도 출 테니."

빨래를 삶아주는 곳은 두 군데나 더 있었다. 남강다리가 있는 둔덕과 강 동쪽 어귀였다. 어디에고 여자들이 붐볐다.

수도 사정이 좋지 않아 시민들은 먹는 물도 공동 수도 가게에서 사 먹어야 했고, 하고많은 빨래를 집에서 할 수 없어 강으로 나와야 했고, 옷과 이불 요 홑청이 거의 면 종류라 아씨빨래로는 때가 덜 져 삶기 위해 다시 집으로 오고 가는 번거로움이 없었다. 빙애네 꼭짓집이 더욱 붐빈 것은 탈것들의 소음이 적었고 물이 해맑았고 나무 그늘이 많아 시원했다.

여자들은 두어 시간 일을 끝낸 뒤 한나절을 잡담으로 보내곤 했다. 서로 장만해 온 별미를 나눠 먹으며 거리에 나도는 새 소식에 덩달아 기뻐하고 가슴 아파하며, 덩달아 고민도 풀고자 했다.

남편의 방종에서 철딱서니 없는 자식 문제까지 자문을 구하는 답답한 자나 해답의 실마리를 풀어주는 자가 너도 나여서 두루뭉수리로 어우러진 웃음소리가 그치지 않았다.

여자들이 어우러진 춤판에서 빠져나온 완이네가 빙애네에게 풍구를 받아 돌렸다. 둘은 한 울타리 안에서 자란 아랫것들의 딸로서 미운 정 고운 정이 다 든 사이였다. 한 살 위인 완이네는 굼슬겁고 엄전스러워, 모가 나고 고집 센 빙애네에게는 나이 많은 언니 같은 포근함을 심어주었다.

빨래가 부글부글 끓으며 양잿물이 소댕 밑으로 줄줄 새어나왔다. 빙애네는 소댕을 열어 걸레로 물기와 거품을 닦아내고 나무 주걱으로 빨래를 휘저었다.

더운 기운이 손과 얼굴을 확 끼쳐 얼굴과 손등에 붉은 반점이 생겼다. 그래도 빙애네는 빨래를 조심스레 휘저었다. 잘못하면 꼭지가 풀어져 빨래가 엇갈려 주인을 잘못 찾게 되었다.

팬티는 거의 옥양목이나 무명으로 만든 것이라, 아내들은 남편의 팬티를 만들면 정성이 담긴 수를 놓았다. 남편에게 좋은 일이 일어나게 해달라는 기원도 있고, 남편에게 올 액을 면하게 해달라는 부적도 되고, 빨래터에서 팬티가 안 바뀌게 하기 위해서도 필요한 선처였다.

부지런한 여자는 남편뿐만 아니라 전 가족의 팬티도 수를 놓았다. 무늬가 없는 팬티는 몇 번 삶다보면 색이 바래지고 남의 팬티 속에 섞여지면 분별 못하는 경우가 있었다. 혁이네는 빙애네가 삶아 준 남편의 팬티를 헹구고 말려서 남편이 출장 갈 때 가방 속에 넣어주었다.

며칠 지나 출장 갔다 온 남편의 가방을 정리하던 혁이네는 남편의 팬티를 살피다가 이상한 걸 발견했다. 자신이 십자수로 놓았던 건 '壽福'이었는데, '壽富'란 글자였다. 혁이네는 남편에게 숨겨둔 여자가 있다며 따졌다.

"당신 얼굴빛이 노오란 창호지 같은데 어디다가 진을 다 빼버리고 비쩍 마른명태 같나욧?"

"계집자식 먹여 살리느라 생고생하고 돌아온 남편을 마른명태에 비유하는 이유가 뭐지? 그렇게 보였다면 허기진 뱃속에 기름을 채워줄 요량은 않고 무슨 씨알머리 없는 투정질이야?"

"증거가 있는데두요? 이 팬티는 어디서 난 거죠?"

"임자가 넣어준 게 아닌가. 바람둥이가 제 팬티 하나 간수 못해서 아내에게 덜미 잡힐 얼간이가 어디 있겠어."

그제야 혁이네는 팬티를 가지고 빙애네를 찾아왔다. 팬티의

천과 치수가 비슷하고 수놓은 자리도 배꼽 근처인 데다 수실
색깔도 청색이라 壽福을 壽富로 잘못 알아차린 것도 무리는 아
니었다.

"삶은 빨래 찾아가요."

빙애네의 목청이 떨어지자 그릇 든 여자들이 줄을 이었다.

제비표성냥

펑거의 넓은 들에는 성화산업 공장이 있
었다. 빙애네 가족이 꼭짓집으로 이사 온 건 성화산업 사장
의 도움을 받아서였다. 윤사장의 막내아들이 패거리 싸움에서
몰매를 당해 너우니 백사장에 쓰러져 있는 걸 빙애네 남편이
업어 병원에 입원시킨 사건이 있었다.

"고마우이. 어떻게 아들을 잘못 키워 이 지경까지 이르렀는지 모르겠네."

윤사장이 미안해하자 번개가 송구스러운 자세를 취했다.

"무슨 말씀을. 자제 농사 잘 지었단 소문이 자자한뎁쇼."

윤사장의 슬하에는 칠형제가 있었다. 형제들이 인물이 잘 생긴데다가 행동도 반듯해 이웃들은 그를 복 많은 사장님이라 불렀다. 윤사장님의 거시기가 불쏘시개라 뭐시기에 닿을 때마다 불꽃이 훨훨 타올라 떡두꺼비 같은 아들을 일곱이나 안 두었는 갑네. 아낙들은 모이면 복 많은 사장님의 숨겨진 부분까지 들먹거리며 화제에 올렸다.

"암튼 패거리 싸움질하여 몰매를 당했다는 건 가문의 수치라 생각하네."

"웬걸요. 자제분이 농부들을 돕기 위해 일하다가 돌아오는 길에 깡패들에게 당했다는 소문을 알 만한 사람들은 알고 있습니다."

윤사장의 막내인 형서는 고교 학생 간부들과 함께 시골로 갔다가 돌아오는 길에 봉변을 당했다.

"원하는 것이 있으면 말해보게나. 내가 도움 줌세."

"당연히 해야 할 일을 했습니다."

"누울 자리가 없어 떠돌이 신세란 걸 알고 있네. 내가 집 한 칸이라도 마련해 줌세. 장소는 어디가 좋겠노?"

성냥공장이 강변 가까이 자리 잡고 있어 평소에도 번개의 도움을 많이 받고 있었다. 얼마 전, 윤사장은 도매상인들에게 주문 받은 성냥을 만들어 창고에 보관해두었는데, 도둑들이 밤에 몰래 들어와 배에 실어 나르려는 걸 번개가 붙잡아 경찰에 넘긴 일이 있었다. 더욱이 막내아들의 목숨까지 건졌으니 무엇이라도 도움을 주고 싶었다. 윤사장은 내친 김에 시가지 약도를 펼쳐 보였다.

"정 그러시다면 안산 앞 둔덕에 초소를 지어 주십시오. 동료들의 휴게소가 필요하던 참인데 마침 잘 되었군요."

번개의 뜻에 따라 윤사장이 초소를 지어 주었다.

윤사장은 소년 시절부터 질 좋고 사랑 받는 성냥공장을 짓는 것이 꿈이었다. 성냥을 켜서 아궁이에 불을 지핀다든지, 피식 소리 내며 애연가들이 담배 피우는 모습을 상상하기를 즐겼다. 불혹이 되어 꿈에도 그리던 공장을 짓고 나니 성냥을 상징할 상표가 아쉬웠다. 하루는 윤사장이 밤에 산책 나갔다가 풀숲에 쓰러진 제비를 품에 안고 귀가했다.

"왜 제비가 인가도 아닌 둔덕에 떨어져 있었을까. 누가 버렸나보죠?"

부인이 만삭인 놈의 몸뚱이를 쓰다듬었다.

"제비가 날아오면 복이 온다던데."

"놈의 똥 냄새가 얼마나 고약한지 모르시나봐."

"냄새 때문에 길조를 마다하면 사는 맛이 우러나오나. 우리 이놈을 위해 보금자리를 마련해 주자고."

윤사장 부부는 안채 처마에다 제비의 보금자리를 마련해주었다. 제비는 순산하여 다섯 마리 새끼를 낳았다. 어미 제비가 새끼들에게 먹이를 날라주는 모습을 보고 흐뭇해 하다가 윤사장은 하나의 이치를 깨달았다. 옳지, 이게 예사 조짐이 아니거든. 바로 저런 모습이 길조란 거야. 성냥공장 상표를 제비로 정하자. 강남 갔던 제비가 돌아오는 건 따뜻함을 뜻하고, 제비처럼 따스함을 손님들에게 심어주도록 하자. 그리하여 세인들에게 사랑 받는 '제비표성냥'이 탄생되었다. 붉은 바탕에 물찬 제비가 나는 그림이 새겨진 상표는 제비표성냥을 한결 돋보이게 했다.

백파

해질 무렵, 석수장이가 빨랫돌을 리어카에 가득 싣고 빙애네 꼭짓집을 방문했다.

모양새가 좋고 반반한 돌은 없어지기도, 장마가 지면 떠내려가기도 해서 모자라는 것을 장용이 보충해 주었다.

"궁디가 가벼운 사람은 어디 가도 일복이 터져 있으니께. 삼대 적선은 삼 대 갑부 밑천이라 카니 남 위해 소금물에 손을 절인다 캐도 말릴 사람 있능교?”

아궁이 불을 끄고 풍구를 챙기는 완이네를 보고 장용이 농을 걸었다.

“아무리 선심 써사도 제 럽 곁에 있는 배고픈 닭은 누구인기요?”

완이네는 장용의 농을 가볍게 받아넘겼다.

“옥봉에 가믄 가시나들이 천지 삐가리이고 도동에 가믄 과부가 천지 삐가리인데 내 무신 원귀 옴 붙으려고 대쪽같은 형수를 넘성거리겠소?”

옥봉은 지난날에는 기생방이 있었으나 지금은 창녀촌이 있고, 유원지인 도동은 애젊은 과부들이 몰려들어, 남정네들에게 추파를 던진다는 소문이 나돌고 있었다.

“마누라 하나 허리에 못 차고 댕기는 양반이 여자가 곶감 접으로 많으믄 뭐 할 기요. 맨날 문디는 저리 나가 앉으라는 모양이니.”

“안 그래도 내 안태본이 문디 사촌 아입니껴.”

장용은 완이네 머리에 쓴 수건을 벗겨 땀을 훔쳤다.

빙애네 꼭짓집 옆에는 6·25 전쟁 전만 해도 각설이패들의 단골 움막이 있었다. 각설이라 하면 흔히 문둥이를 생각하나 사지 멀쩡한 떠돌이들이 집단을 이룬 백파白波도 이에 속했다. 그들을 백파라 부르는 건 문둥이 패들과 구분하기 위해서이지만 손버릇이 나빠서 부르는 도둑의 이명이었다. 그들은 백사장에 천막을 치고 생활했으나 비가 오든지 한파가 닥치면 움막으로 꾸역꾸역 모여들었다.

"뭐라, 문디 사촌이라 캤소? 아휴, 엄청스러바라. 운제 그 소싯적일 안 잊어 뿌릴 기요?"

"개구리가 올챙이 시절을 잊어버리면 불출 중에 상불출인게."

"본전 못 찾을 말 안 할 긴께, 우리집에 가서 옷이나 갈아입으소."

완이네는 장용에게 수건을 받아 옷에 묻은 그을음을 털었다.

장용이 마루에 앉자 빙애네가 술상을 봐 왔다. 빙애네의 백옥 같은 피부가 거무튀튀하게 변했으나 태가 나 보이는 모습은 예전 그대로였다. 여기 오면 평온해지는 이유가 한때 빙애네에게 향한 뜨거움이 아직도 남아 있음을 장용은 느끼고 있었다.

"번번이 누를 끼쳐 죄송스럽습니더."

다소곳해 있던 빙애네가 고개를 들었다.

"내 볼일 보면서 가져온 긴데 누랄 것 있습니껴. 고생이 많을 낀데?"

"이 고생 안하고 우찌 입에 풀칠하기를 바라겠습니껴. 허나 서방 밥이 산봉우리였지예."

장용은 빙애네에게 범치 못할 거리감을 느꼈다. 다른 사람들 앞에서는 떵떵거리고 으스대는 것이 장기인데도 빙애네에겐 꼼짝 못하는 것도 어쩔 수 없는 뜨거움과 거리감일 것이다.

"탈상 벗으면 형님 묘 앞에 상석 놓고 비석 세울랍니더."

"고인은 살아서도 번거로운 걸 싫어했지예. 고이 잠들지 못하고 묘에 땀나면 우짤 깁니껴."

빙애네는 단호히 거절했다.

"빙애 얼굴에 수심이 잔뜩 끼어 있던데?"

"봄을 타서 그런 건 아닌지."

"앞으로 두어 달 완이네 집에서 지낼까 합니더. 여관방을 들락거리는 것도 하루 이틀 아니고, 마음이 편안해야 일에 실수하지 않기 때문입니더."

장용은 창녕 촉석산에서 돌을 때 와 새로 짓는 촉석루 공사현장에서 일하고 있었다.

"좋은 일, 아니지예. 훌륭한 일을 하셔서 부디 후대에 전하도록 하이소."

"무신 택도 아인 말씀을. 이 미련한 놈에게도 호시절이 왔다는 정도지. 토목공들은 강원도 오대산으로 가서 나무를 베어온다 카고. 시청 공무원들이나 현장 감독님들 이하 모든 분들이 심을 합해 여덟 번째 짓는 국보에 최대한 관심을 쏟고 있습니더. 남 괴롭히는 일만 해 쌓던 이 몸이 촉석루 짓는데 보탬이 된다 생각하니 오던 잠도 확 달아나뿌립니더."

"아무쪼록 빙애 아바이 묘 앞에 비석 세우고 상석 놓으려는 심까지 쏟아 붓도록 하이쇼."

빙애네가 간곡히 권했다.

　　　　　*

　맵자하면서도 범접하기 어려운 여인의 뒷모습이 안 보이자
장용은 허함을 느꼈다. 비어 있는 마음을 채우기 위해서는 술
을 드는 것이다. 장용은 버릇처럼 술잔을 들고 강을 향해 고수
레를 했다. 나에게도 행복했던 순간이 있었을까. 술에 취한 순
간만이 아니었을까. 그건 순간의 쾌락이고 비천한 자신에게도
남들이 누리는 행복한 시기는 있지 않았을까.
　장용은 술을 마시며, 청년 시절 그가 몸담았던 백파들을 떠
올렸다. 오광대 곡괭이·남사당 꽹과리·탈옥수 잘카닥·파계
승 남타불·백정 꽈배기·화전민 비비리·요술쟁이 극락산·곡
마단 우야코·아편쟁이 거들이·도사 너구리·가수 베짱이·독
립군 철가면·친일파 올빼미·수재민 털털이·국악인 번개 등.
그들은 가난뱅이만은 아니었다. 친일파인 거부의 자손도 있
어, 암운의 시대가 낳은 풍운아라 함이 옳았다. 그들의 공통점
은 눈치가 빠르다는 점이었다. 동료들이 과거에 무얼 했으며
왜 그 바닥으로 굴러왔는지는 알고 있었다. 그래도 모른 체 지
나쳤다. 상대방의 과거를 캐지 않아야 그 바닥에 발붙일 수 있
었다. 그들은 친일파 앞잡이 앞에서도 비굴하게 굴지 않았고
독립군에게 협조하는 의협심도 없었다. 다만 떠돌이로 잠시
쉬었다 가는 앉을 방석으로 여기고 있었다. 그렇다고 신의가
없는 것도 아니고 규칙에 절대 순종하는 것도 그 조직의 강점
이었다. 그들은 악기를 잘 다루었다. 과거 신분을 알 수 있는

악기를 지니고 선거 때는 그들을 매수한 후보자의 연설 중간에 박장대소가 나오게끔, 무슨 주장을 내세우기 위한 무언의 항변으로, 개개인의 울적한 마음을 달래는 심심풀이로 사용되었다.

안산 터줏대감들은 백파들의 깡다구에 골머리를 앓고 있었다. 그들에게 잘못 대했다간 턱없는 헛소문이 나돌아 세인의 입질에 오르내리고 집안에 누를 끼치기 마련이었다. 더구나 독립군들을 잡기 위한 친일파 끄나풀들의 보이지 않은 압력은 드러내고 행패를 부리는 것보다 더한층 무섬증을 안겨주었다.

틈만 나면 골목을 누비며 빈둥거리는 것이 눈에 거슬려 일거리를 맡겨 누울 자리를 마련해 주면 깜냥 없이 돈냥이라도 되는 물건을 훔쳐서 도망쳤다. 누가 용빼는 재주를 부렸는지 선거 때는 시민으로 등록하여 유권자의 권리도 행사했다. 그들은 촉석루에 올라 코를 골며 잠을 자는 낙천적인 기질도 보였다.

"여긴 외국 손님들이 드나드는 곳이야. 체신머리 좀 있게 굴어."

안산 터줏대감들이 나무라면 백파들은 잘도 변명을 늘어놓았다.

"양코배기 돈 옭아내려는데 간섭 좀 하지마소."

"자네들이 코 골고 잠잔다고 이악스런 그네들이 지갑을 꺼내던가?"

"참 답답한 골샌님이구려. 우리만큼 세상 요 꼴을 보여 주는 본보기가 없다 이 말씀입니더. 양코배기들이 사진 찍을 눈요깃감을 찾기 위해 눈알이 벌건데, 저승사자나 장승같은 실물이 있으니 살판났다 싶어 사진기를 들이대면, 우리들은 세상엔 공짜 없다는 식으로 일부러 주먹을 쥐고 달려들 기세를 보인다거나 지팡이를 휘둘러댔치면, 오, 노오, 하며 놀란 토끼눈으로 양복 안주머니에 든 워싱턴이 솔솔 빠져 나온다구예. 닥터 리보다 워싱턴이 더 좋은 걸 어떡합니껴."

"워싱턴과 닥터 리라니?"

"무식하긴. 워싱턴은 코쟁이들 대통령이었고, 닥터 리는 지금 우리들의 대통령 아닌갑네. 우리가 무엇 땜새 이승만보다 워싱턴을 더 반기겼습니껴. 실리를 따지다보니 값나가는 돈이 더 좋은 게 아니겠능교. 우리는 한술 더 떠서 바지춤을 내려 배를 드러내고 거시기를 슬슬 만지작거리거나 옷에 묻은 이를 잡아 죽이고 그 피를 입맛 다시면, 양놈들은, 오 원더풀, 베리 마취, 하며 호들갑을 떤다 요겁니더."

"차라리 저승사자나 장승을 만나 이야기해야지 어디 자네들하고 말상대나 하겠는가."

요컨대 그들의 깡다구와 도둑질을 어떻게 다스리느냐가 안산 터줏대감들이 풀어야 할 과제였다.

그들에게는 불변의 규칙이 금욕이었다. 여자를 사귀거나 강간사건이 일어나면 그 바닥에 다시 얼굴을 내밀지 못했다. 그

것은 그들이 생계를 보장받을 수 있는 최소한의 예의였다. 그런데 들어온 지 얼마 안 된 신출내기가 그 규칙을 어겼다. 동료들은 한자리에 모여 성토대회를 열기로 했다. 백사장에 모인 백파들은 돌멩이를 쥐고 있었다. 사건의 진상을 알아보고 경우에 따라서는 돌로 쳐서 반쯤 죽여 쫓아버리기로 되어 있었다. 사태의 위험을 알아차렸는지 신출내기가 먼저 선수를 쳤다.

"내가 팔도를 두루 다니며 찾던 배필이 안산에 있다. 우리는 혼례를 올리고 여기를 떠나기로 했다. 축복해 달라."

신출내기가 여자와의 관계를 숨기지 않고 고백하자, 당황한 건 동료들에게 그 사실을 고자질한 장용이었다.

"상대가 누고? 마장사의 딸이제? 나와, 어디서 굴러 들어온 비렁뱅인 줄 모르지만 내 니를 떡을 치고 말 테다."

분노에 떨며 장용이 일어섰다. 장용은 두 살 많은 한수를 미덥게 여겼지만 나이보다 어른스러운 그가 까닭 모르게 두려웠다. 무언지 알 수 없는 불안이 자신이 연모하는 처녀를 사로잡은 걸 알고 피가 거꾸로 치솟았다.

"비렁뱅이가 비렁뱅이를 얕본다? 치사한 놈이군. 내 그 버르장머리 좀 고쳐주지."

둘은 씨름으로 맞섰다. 한수가 양손을 불끈 쥐며 가까이 도전해오는데 발바닥에 밟히는 깔깔한 모래가 장용을 참을 수 없게 했다. 장용은 남의 집 머슴살이를 팽개치고 씨름선수로 한

동안 이름을 떨쳤다. 씨름에는 자신이 있었다. 하지만 메치기
와 되치기를 자유자재로 겨루었으나 장용의 장기도 한수에게
는 한낱 웃음거리에 지나지 않았다.

악이 충천한 장용은 여러 방법으로 겨루기에 맞섰다. 장용은
메치기 중에서 자신의 엉덩배지기는 항우장사도 못 따라 온다
며 나팔 불고 다녔다. 네 이놈, 내 니를 작살 가루로 만들어버
릴 테다. 야코죽을 내가 아니란 걸 보여주고 말 테다.

장용은 왼쪽 엉덩이를 한수의 오른쪽 다리와 왼쪽 다리 사이
에 대고, 왼손으로는 상대방의 다리샅바를 당겨 위로 재며, 허
리샅바를 잡은 오른쪽 팔을 앞으로 당겨, 오른쪽으로 돌리며
넘어뜨리려고 했다. 그런데도 한수는 장용을 가볍게 물리쳤다.
미꾸라지처럼 빠져나가는 그의 날랜 호신술에는 엉덩배지기도
당할 수 없었다.

장용은 제 꾀에 제가 넘어가듯 어리벙벙하다가 앞으로 폭 꼬
꾸라졌다. 동료 중에서 장용을 제일 힘 센 장사라고 여기던 백
파들은 오히려 한수를 두려워하게 되었다.

그들의 고수가 외쳤다.

"혼례를 올리고 떠난다는데 우리 모두 축복해 주자."

웅성거림이 멎고 갑자기 야호, 환호성이 터졌다. 분위기가
이상하게 돌아가는 낌새를 느끼고 장용도 선선히 나왔다.

"부디 옥화 씨를 맴 편케 해 주라."

두 젊은이도 손과 손을 마주잡았다.

그들이 떠난 뒤, 세월이 흘러 장용은 백파의 고수가 되었다. 백파들은 경산댁 대문 앞에서 한 사나이와 마주쳤다.

"비렁뱅이를 흔연대접해 주면 그저 고마운 줄이나 알아야지. 뱃가죽이 걸신쟁이 똥구멍 같이 생긴 놈들이 어찌 은혜를 알 수 있겠나."

백파들은 움칠거리며 뒤로 물러섰다. 끼니만으로는 성에 차지 않아 돈푼이라도 우려내야겠다는 그들의 고집을 사내는 알고 있었다.

"저 무례한 놈이 누고? 수염 나부랭이를 강냉이 수염 맨치로 처억 붙인 꼴을 보믄 첩첩산중에서 산 뿌리 캐어 묵던 땡땡이중인 것 같고, 기생 오래비같이 흰 카다마이를 처억 걸친 걸 보믄 팔도 한량들에게 뭇 기생들을 팔아넘기는 뚜우쟁인 것도 같고."

"조끼에다가 회중시계까지 찬 걸 보믄 왜놈 냄새가 팍팍 풍겨. 우찌 톱니바퀴에게 할퀼 것 같아 옆에 가기가 무섭다 카이."

"냄새 치고 왜놈 냄새처럼 고약한 기 없는 기라."

백파들은 사내를 조롱하며 히죽거렸다.

뚜우 뚜우 뚜우우. 때마침 정오의 사이렌이 울러 퍼졌다. 사내는 한껏 거드름을 피우며 조끼 주머니에 든 회중시계를 꺼내 밥을 주었다. 상대를 전연 생각하지 않는, 그들을 무시하는 태도였다. 화가 난 백파들은 사내를 에워쌌다. 그래도 사내는 회중시계를 흔들기도, 귀에 대어 보기도 하며 화를 돋웠다. 사내

를 가운데 두고 원을 그리던 백파들은 쩌렁 울리는 쇳소리를
듣고 움칠 놀라 뒤로 물러섰다.

"비렁뱅이치고는 뱃가죽이 너무 두꺼워 보이니, 오늘 끼니는
없는 줄 알고 되돌아가시오."

백파들은 저 무례한 놈을 어떻게 골려줄까 신경을 곤추세우
는데, 그들의 고수가 사내를 얼싸안았다.

"형님 아니십니꺼. 오래만입니더."

고수가 사내 앞에서 쩔쩔매자 부하들도 기죽어 그의 수하에
들어갔다. 백파들은 남을 괴롭히고 도둑질 못하도록 하는 그의
지도에 따라 저마다 모래펄 파헤치기와 자갈 져 나르기, 돌 깨
는 막판 노동에 뛰어들었다가 6·25 전쟁이 끝날 즈음 고향으
로 또는 살 곳을 찾아 떠났다.

초승달이 꽃물 들인 손톱 마냥 하늘에 걸려 있었다. 장용은
터벅터벅 걸어 서장대 아래로 내려왔다. 사공이 나룻배 안에서
잠을 자다 인기척에 깨어났다.

"완이 어무이를 생과부 시키게?"

장용이 옷을 벗어 바위 위에 놓았다.

"마누라 등살에 진을 다 빼버리믄 노는 무신 심으로 젓노. 뱃
놈이 나룻배를 떠나면 뱃놈이 아닌 기라. 잠이 잘 온다고, 해오
래비들도 내 곁에 누워서 잔다네."

만득이 다시 눈을 감았다. 어미 해오라기 품에서 새끼 해오
라기들도 잠들어 있었다.

장용은 조용조용 몸을 씻고는 바위 위에 드러누웠다. 살랑살랑 부는 바람과 밤하늘의 별, 이 순간만큼 나를 편안케 하는 순간이 오데 있노. 장용도 코를 골며 잠에 빠져들었다.

다리 밑 떨어진 사주쟁이

강물에 드리운 검은 그림자가 팔랑팔랑 흔들렸다. 노인은 발목에 힘을 주며 둔덕을 걷고 있었다. 사람들은 노인을 추포麤布라고 부르는데, 발이 굵고 거칠게 짠 베로 만든, 옷이라기보다는 바람막이 정도의 헐렁헐렁한 내리 닫이인 독특한 모양도 모양이려니와 닳고 닳아 해어져도 깁지 않은 채 걸치고 있는 옷 버릇 때문이었다. 추포의 별칭이 다리 밑 떨어진 사주쟁이였다. 보금자리 움막이 다리에서 떨어져 있다 하여, 어린 시절 다리 밑으로 떨어져도 죽음을 면했대서 붙여진 별칭이라는 설도 있었다.

"어느 것이 진짜 자네 별명인가?"

점치러 온 사람이 물으면 추포는 무릎을 탁 두드렸다.

"흘러가는 구름이 쉬어 갈 집이 있다는 걸 들어 봤습니꺼. 소문은 뜬구름 같은 것이외다."

추포의 장기는 안개 피우는 데 있었다. 손님들의 신경을 슬쩍 건드려 무한정 상상의 나래를 펼치게 하고는 갈증 난 목마름에 생수를 부어주듯 고만고만한 사주를 풀어나갔다.

아무리 걸어봤자 그 자리가 그 자리인 걸 알고 있으나 추포는 조심스레 걸었다. 어디에 들풀이 많이 돋아났고 앉을 만한 돌은 어디에 있는 것조차 눈 익은 강둑이지만 칠순 넘은 노인에겐 새벽 산책은 무리였다. 갑자기 머리 위에서 번쩍 빛이 쏟아지더니, 그 빛이 내리꽂혀 강물을 비추었다. 불빛 따라 고개를 위로 세운 추포의 뱁새눈이 심하게 샐룩거렸다.

"허수아비가 벌거벗고 서 있구먼. 벌거벗은 주제에 덧셈을 잘해서, 뭐라 카더라, 전 인류를 구원한다고."

추포가 덧셈을 잘한다는 건 십자가 모양이 더하기라 어디서 주워듣고 내뱉은 비아냥거림이었다. 그가 살고 있는 움막 위에는 예배당이 있었다. 어느 날 갑자기 움막 지붕 위에 십자가가 걸리고 찬송가가 울려 퍼져 추포의 신경이 뻣뻣해졌다. 새벽에 일어나면 강가에서 몸을 씻고 명상에 잠기는데, 그 시간이면 예배당에서 새벽종이 울리고 찬송가가 울려 퍼졌다. 추포는 여러 날을 두고 고민하다가 마침 교회 담임목사와 마주쳤다. 유목사는 새벽 예배 인도를 마치고 강변으로 나와 무엇에 취한 듯 서 있었다. 추포는 기회가 왔다 싶어 넋두리를 쏟았다.

"종 그만 치고 찬가 안 불러도 하늘 귀신 모실 순 없는 기요?"

"하나님은 귀신 쫓는 일을 즐겨 하시는데 귀신을 불러 들이다뇨?"

유목사가 하나님의 권세에 도전하는 자에게 목소리 톤을 높였다.

"허허, 고상한 말로 임자는 하나님을 모시기 위해 찬가를 부르고, 나는 귀신을 부르기 위해 명상에 잠기는데, 좀 조용히 불러서 남 일 좀 방해하지 말았으면 하는 말이외다."

"내일 새벽부터는 찬송가를 더 크게 불러 당신이 귀신 부르는 짓을 못하게 해야겠군요."

"이 양반 좀 보래. 우리 다 같이 먹고 살기 위해 이 노릇 하는 기 아니겠슈. 우리 서로 손잡고 심을 합해 살림 좀 잘 꾸려 갑시당께."

"우린 절대로 당신과 손잡을 순 없소. 단 한 가지 방법이 있다면 당신이 그 짓 그만하고 하나님을 영접하는 길뿐이라오."

이야기를 나눌수록 추포는 핏대를 올렸고 유목사의 얼굴은 평온해졌다. 마침내 추포가 으름장을 놓았다.

"본토박이 나를 박대해? 우리 신앙 싸움 벌이믄 누가 이기나 내기할까? 이제 갓 자리 잡은 피라미가 텃세 누리려고? 체신머리 읍게. 난 여기서 천년만년 살 긴데 새까만 망아지가 늙은 황소를 내어 쫓아? 내가 쫓기기 전 네 놈이 놀란 참새맨치르 후닥닥 도망칠 걸."

"텃세라뇨? 이 세상을, 아니 지금 우리가 서 있는 이 강변을 누가 지었는지 아십니까?"

"그야 하나님이시지. 당신들의 주장에 의하면."

"천지를 지으신 주인이 하나님이신데 우리를 추방하다니요? 난 지금 이 아름다운 강변을 지으신 하나님께 감사기도 드리는 중이랍니다."

추포는 화가 치솟았지만 달리 어떻게 할 방법이 없었다. 예배당은 갈수록 사람들이 많이 몰려들었다. 낮에는 아이들이 몰려들어 강둑으로 나와서까지 찬송가를 불러 추포의 마음은 물론 정신마저도 어지러웠다.

*

옥화가 혼기에 이르자 어미는 딸 신랑감을 구해달라고 추포에게 부탁했다. 추포는 구두짝·고무신짝·짚신짝이 끼리끼리 맞게 배필을 정하는 중매쟁이로서의 입김도 세었다. 추포가 어서 오라는 기별을 받고 모녀는 명사주쟁이 움막으로 갔다. 추포 옆에는 한 청년이 앉아 있었다. 옥화와 청년은 안산 앞 빨래터를 오르내리다가 마주쳐 낯익은 사이였다. 두 젊은이는 목례로 인사를 교환했다. 어미도 청년을 어디서 본 듯하여 기억을 더듬었다. 시상에, 담벼락에 오줌 싸고 대문에 똥 칠갑 하는 걸 신쟁이구믄. 경산댁 하녀인 어미는 백파들이 수 틀렸다하면 안산 터줏대감들을 욕보이는 짓거리를 떠올렸다.

추포는 어미에게 말했다.

"이 청년이 자네가 찾는 사윗감일세. 딸래미와는 기막힌 연분이지."

어떤 기막힌 연분인지 몰라도 어미는 탐탁지 않았다. 청년을 흘낏 곁눈질하고 뒤로 돌아 벽을 향했다. 어미의 짓거리를 모르는 양 추포는 청년과 옥화를 번갈아 보며 사주를 풀어나갔다.

"남은 안성이면 처니는 유기라, 안성맞춤이지. 생년 월 일 시가 같은 궁합은 저 세상의 오누이가 이 세상에서 부부로 만날 인연이라 이런 이합이 또 어디 있을꼬."

추포가 주산을 들고 흔들었다. 명사주쟁이의 사주 풀이에는 주산 알을 올렸다 내렸다 하는 속셈도 들어 있었다. 혀를 껄껄 차고 주산을 바닥에 내려놓으면 그 혼인은 이루어지지 못했다. 추포에 의하면 청년은 쉰둥이면서도 이란성 쌍둥이다. 백일도 지나기 전 먼저 나온 여아가 죽었다. 쌍둥이 중에 여아가 먼저 나온 것도 흉조지만 먼저 나온 형이 죽는 것도 흉조로 전해오는 것이 그 지방의 풍속이다. 반드시 뒤따라 나온 동생도 죽는다고 했다. 심상치 않게 여긴 그의 모친은 용하다는 태평을 찾아갔다. 태평은 아들 사주에 역마살과 천고살과 패가살이 들었는데 열 살이 되기 전 대처로 내보내 팔도를 유람하게 하고, 혼기에 이르면 생년 월 일 시가 같은 임자를 만나, 그 임자와 짝 맞추어 삼 년이 지나서 고향으로 돌아오면 모든 액이 없어진다고 했다. 그의 부모는 외아들에게 어떤 고난이 들이닥쳐도 함께 지낼 각오가 되어 있었지만 단명 한다는 사주 풀이에는 학뗄 노릇이었다. 그렇지 않아도 시름시름 잘도 앓아 먼 데로 보내면 병이 나아 예사 조짐이 아님을 알고 태평의 의견에 따르기로 했다.

한수는 자라면서 태평에게 피리 불기와 호신술을 배웠다. 팔도를 유람하기 위해서는 극단 단원이 바람직하다는 주위 권유도 있어, 삼천리 극단 단원으로 들어갔다. 여러 해가 지나 소년에서 청년으로 자란 그에게 시련이 왔다. 공연한 연극 내용이 불순하다 하여 단장이 일경에게 잡혀가고 행패 부린 한수도 쫓기는 몸이 되었다. 한수는 고향으로 돌아갈 수 없어서 지방 순회공연 때 낯익은 이 도시로 숨어들었다. 진주에 가면 추포라는 나의 지기가 있어 도움 줄 거라는 태평의 부탁도 있어서였다.

한수와 옥화는 서로 마주치면 가슴이 설레었는데, 추포의 궁합을 듣고 보니 이게 웬 복이냐 싶었다. 밤이 되어 두 젊은이는 배를 타고 너우니 백사장까지 노를 저어갔다. 강바람을 타고 물가의 풀숲에서 개똥벌레가 날아올랐다.

"스승님은 반딧불을 이용하여 글을 읽으신 분이라오. 눈은
마음의 창이라, 세상을 꿰뚫어보는 것이 예사 사람들과는 다르
다는 뜻이외다. 우리 앞날을 훤히 밝힌 것도. 나에게는 번개처
럼 빠른 사람이 되라고 호신술을 연마하게 하셨지요."

한수는 손을 뻗쳐 개똥벌레를 잡으려고 했으나 빗나갔다.

"호신술이라면?"

옥화의 물음 뒤이어 한수가 조급하게 소리쳤다.

"만일 옥화씨가 물귀신 되기 전이라면 이렇게 끌어올릴 수
있습니다."

갑자기 한수가 옥화를 달랑 들어 공처럼 하늘 높이 올리고는
배를 쏜살같이 밀어 배 중앙에 떨어지려는 옥화를 안았다.

"정말 간 떨어지게 하렵니껴."

놀란 몸짓으로 옥화가 한수 품안에서 빠져 나오려고 몸을 뒤
챘다.

"물고기가 아닌 아가씨를 안아보는 것이 소원이었습니다."

한수는 더욱 팔에다가 힘을 주었다.

딸이 한수와 결혼하겠다고 하자 어미는 펄쩍 뛰었다. 어미는
남편을 일찍 여읜데다가 딸이 무남독녀라 데릴사위를 구하려
던 참이었다. 식만 올리면 딸이 떠나버릴 것도 마음에 걸렸지
만 청년이 백파란 사실에는 분통이 터졌다. 어미는 추포를 찾
아갔다.

"아재요, 내가 옥화를 우떻게 키운 딸인데 떠돌이 아무개에

게 되나 개나 안겨 줄줄 알았소?"

의논하러 간 게 그만 화풀이하는 투로 변했다.

"인물만 뻔드레 하믄 뭐하노? 타고난 사주가 좋아야제. 개팔자인 어미만 해도 괜찮아. 딸은 똥개팔자야."

손님에게 무슨 기가 보이면 그 기부터 팍 죽여 놓고 보는 것이 추포의 추포다움이었다.

"똥개팔자니 아재의 점을 얻어 화를 면하고자 안 합니껴."

어미의 화가 누그러졌다.

"백파도 백파 나름이야. 왜놈 순사들이 왜 백파들을 소탕 안 하고 안산 터줏대감들이 그들을 못 본 척 봐주는 줄 알아? 거물들이 있어, 거물들이."

"누가 지 처지에 거물 사위 원한다 캤습니껴? 그 잘난 분들이사 선반 위에 모신다 치고, 나머지는 쪽박 찬 거지나 쪽박 안 찬 거지나 거지는 거지 아닝교. 아무리 못난 딸이라도 거지 사위 원하는 부모가 이 세상 어디 있겠서예."

"자네 입이 싸서 큰일이구믄. 어디 내가 근본도 모른 신랑감을 안겨 줄줄 알았남? 진군은 내 친구의 제잘세. 여기 서찰이 와 있어. 팔자 기구해 잠시 거지로 둔갑해 있을 뿐이지 사실은 양가집 귀한 도령이야. 사람들이 제 난 양으로 산다믄 사주쟁이는 뭣 땜새 필요하노. 어미 고살에 딸 천고살이라, 그래 갖고 데릴사월 원한다? 자네 곁에서 딸을 나비처럼 훨훨 날려 뿌려야 자네 신약에도 좋고 딸 역마살과 패가살도 면하게 되네. 오

만 머슴아 사주를 갖다 대어도 공방살이 끼게스리 팔자가 더럽
게도 못 돼 먹었으니, 쯧쯧. 딸 그 사주 가지곤 아무도 장가오
려고 하질 않아. 그렇다고 처니가 싸돌아 댕기면서 총각 구걸
할 끼가. 진군은 굴러 들어온 복뎅이야. 오양이 야물제, 신체
강건 하제, 예의 바르제, 그만하믄 선반 위에 모실 위인은 못
되어도 살강 위에 올릴 신랑감은 되니 진군을 오감타 여기고
사위로 맞이하게나. 동갑내기에다 한날한시 난 궁합은 볼 것도
없다카는 기다.”

“나비처럼 훨훨 날려뿌리믄 지 에미는 무신 낙으로 삽니껴?”
어미가 훌쩍훌쩍 옷고름에 눈물을 닦았다.

“사람들은 나를 명 사주쟁이라 캄스르 ‘다리 밑 떨어진 사주
쟁이’를 잘도 까발리는데, 떨어진 건, 해어진 옷을 두고 걸 쌓
는데, 사람이 부티 내려고 비까비까한 옷을 입는 기 아니데이.
옷이란 부끄러운 디만 슬쩍 가리믄 되는 기지. 그런께 고상한
선비처럼 청빈하게 살아야 하는 본보기고. 또 다리 밑 떨어진
곳에 산다고 나팔 불어쌓는데, 다리란 연결고리를 뜻하는 기
라. 세상을 원수지게 안 살고 그저 이래도 좋고 저래도 좋게 더
불어 살아야 하는 긴데, 다리에 달랑 붙어 있어믄 간뎅이가 부
어 세상 무서운 줄 모르는 기 인생이라. 친한 사람들끼리 좀은
떨어져 있어야 외로움도 아는 기고 남의 어려븐 것도 도와줄
심이 생기는 기라. 또 다리 위에서 아래로 떨어졌다는 건, 원래
승승장구 팔자는 없는 기데이. 떨어져서 죽을 고비를 넘겨야

사는 게 쌩쌩 쌩바람이라는 걸 뼈에 사무치도록 새기는 기네. 그라고 본께 이 추포는 이름마저도 천상 요절로 타고 난 명사주쟁이라 쿠더라.”

추포는 안개를 피웠던 자신의 별칭까지 풀이해가며 어미를 설득시켰다. 어미는 추포의 사주 풀이는 그만두고라도 옥화의 고집을 꺾을 순 없었다.

한수와 옥화는 경산댁에서 혼례를 치렀다. 신부의 혼주는 경산댁의 바깥어른이었다. 저의 혼주를 서 달라고 한수가 아뢰어 추포는 못 이긴 척 승낙했다. 그게 내 사주에 있는 복이긴 하나, 춘하추동 추포를 추포답게 한 내리닫이 추레한 옷을 벗음으로 영험이 달아나뿌리믄 명 사주쟁이란 명함에 먹칠하는 거와 진배없다는 걸 누누이 강조했다. 추포는 경산어른과 나란히 격을 맞추기 위해 헌 옷을 벗고 새 바지저고리와 두루마기를 입었다. 속옷도 구색 맞췄다. 수염은 기른 그대로였다. 경산어른도 수염을 기르고 있어 추포에게 수염을 잘라야 한다고는 아무도 말하지 않았다. 신랑의 혼주 노릇이 일생일대의 영광이었는지 그때 입은 한복은 움막 가장자리 벽에 걸어두었다. 경산어른과 나란히 혼주 노릇했다는 소문은 널리 퍼져, 추포의 주가는 다락 같이 올라 다리 밑 떨어진 움막을 찾는 손님들이 문전성시를 이루었다. 한수와 옥화의 혼인 전날, 함진아비는 백파의 고수였고, 그 뒤를 이어 백파들이 줄줄이 뒤따랐다.

한수와 옥화가 신혼의 단꿈에서 벗어나기도 전, 단장이 감옥에서 풀려나오고 헤어졌던 단원들이 다시 모여 극단을 창립했다는 소식이 날아들었다. 그들이 떠날 때, 경산댁은 어려운 일이 있으면 언제든 오라 했고, 어미는 농밑돈을 죄다 내어주며 소식이나 전해라 했고, 완이네는 언젠가는 돌아와서 함께 살자고 했다. 그들이 기차에 오르기 전, 백파들은 악기를 연주하며 배웅했다.

삼천리 극단은 가는 곳마다 관람객들로 초만원을 이루었다. 한수는 악사겸 조연으로 무대에도 섰다. 그의 장기인 피리 부는 것과 구레나룻도 연극 공연에 한몫을 차지했다. 빙애네는 가끔 단골들에게 연극배우 노릇하던 남편을 화제에 올렸다.

"관복 입고 사모관대 쓰고 무대에 서면 양반들은 알량방귀였고 조선판서인들 무엇 부러웠겠노. 신수 훤하게 잘도 생겼는기라. 가시나들이 온갖 추파를 던져도 눈곱재기만큼도 정을 주지 않았으니께."

해마다 순회공연 온 김에 안산에도 들렀다. 어미는 외손녀의 재롱을 보고는 세상을 떴다. 해방을 맞이했다. 공터에 천막 치고 공연하던 삼천리 극단은 극장에서 공연하는 일류극단의 세력에 눌러 석양 길에 접어들었다. 다시 단원들이 헤어지기 전, 그들이 먼저 극단에서 빠져나와야 할 일이 일어났다. 다섯 살도 못 되어 연극대사를 줄줄 외울 정도로 영특하고 건강했던 딸이 홍진을 잘못 치른 뒤부터 시름시름 앓아 요양을 필요로 해서였다. 그들은 안산으로 돌아왔다. 한수는 고향으로 가고 싶었지만 두메산골보다는 진주에 명 한의원들이 많아 딸 치료에 도움 될 거라는 단원들의 귀띔을 듣고 행한 결단이었다. 경산어른은 옛정을 생각하여 더부살이를 시켜주었으나 타고난 방랑벽을 지닌 한수는 고정된 생활 터전에 적응하지 못했다. 한수는 딸 간호까지 정성껏 돌봐주는 경산어른의 보살핌에 스스로 보은을 다짐했고 곧 그 방법을 알아냈다. 우선 백파들이 더 이상 경산댁의 짐이 되어선 안 된다는 것과 그들에 대한 훈도였다. 백파들이 제 길을 찾아 떠나자, 그는 경비원이 되어 강에서 일어나는 위험한 물놀이, 불량배들의 패거리 싸움과 행패에 힘을 미치다가, 수재민을 돕는 구조작업 중에 목숨을 잃었다.

병정놀이

안산 앞 신작로 아래는 굴다리가 있었다.

서너 사람이 어깨를 나란히 걸을 수 있는 너비에다가 어른들은
목을 움츠려야 강으로 오르내릴 수 있는 비좁은 통로였다. 빙
애네 꼭짓집으로 가려면 비탈길로 내려 걷는 것보다는 굴다리
를 지나는 게 훨씬 수월했다. 아이들도 재기차기나 땅 뺏기 놀
이하기 위해 굴다리로 모여들었다.

빙애는 강이 내려다보이는 굴다리 입구에서 풀빵을 구웠다. 밀가루를 푼 반죽으로 노릇하게 구운 풀빵은 팥도 안 넣은 데도 아이들에겐 주전부리로, 빨래터를 오르내리는 아낙들에게는 새참으로 잘도 팔렸다.

어릴 때 홍진을 잘못 앓은 후유증으로 빙애는 농아가 되었다. 빙애와 대화를 하려면 왼손바닥이 공책이요 오른손 검지가 연필이어야 했다. 목소리도 축농증 환자처럼 컹컹거리는 비음인데다 혀 놀림이 순조롭지 못했다. 언제나 거의 빙애는 고무줄이 당기는 듯한 미소를 짓고 있었다. 그건 감정의 변화가 아닌, 신체의 단점을 상대방에게 책잡히지 않으려는 방패막이요 안간힘이었다. 입술 양쪽에 그어진 법령은 상대방에게 갑갑증을 일으키기에 족했다. 강둑을 오르내리던 건달이 빙애를 보고 호기심이 당겼다. 백옥 같은 하얀 피부에 버들잎처럼 풋풋한 소녀에게 마음이 끌렸지만 고무줄이 당기는 듯한 미소에는 화가 치밀었다. 건달은 빙애에게 ‘우리 밤에 단둘이 만나자’고 왼손바닥에 썼다. 빙애는 여전히 미소를 지은 채 입을 열지 않았다. 이리 보면 미소인 것 같고 저리 보면 냉소인 것 같아, 더욱 화가 치민 건달은 수첩을 꺼내 욕 먹이는 말을 써 갈겼다. 네 년이 뭔데, 고상한 척 하느냐. 이 병신아, 귀머거리야. 그래도 감정을 바깥으로 안 드러내, 건달은 빙애의 볼을 꼬집기도, 양 갈래로 땋아 내린 머리끄덩이를 잡아당겼다. 순간 빙애의 눈동자에는 퍼런 불꽃이 튀었다. 재빠르게 자리를 털고 일어나

연탄불이 타오르는 풍로를 건달을 향해 발길로 차버렸다. 다행
히 달구어진 석쇠나 풍로가 옆으로 비껴가 화를 면했으나 비실
비실 도망 친 건달의 이야기는 빨래터를 오르내린 아낙들의 입
방아에 올랐다.

그 사건은 빙애에게도 자극을 주었는지 자리를 털고 일어나
는 예가 많았다. 모래사장으로 가서 해바라기도 하고 강둑을
거닐며 아이들이랑 뛰놀았다. 아낙들이 풀빵을 사면서 덤으로
더 달라 하면 거절하다가도 아이들에게는 거저 주기도, 저녁때
가 되면 팔다 남은 걸 나눠주기도 했다.

굴다리 안을 장식하는 게 빙애의 취미였다. 세면 벽으로 된
굴다리 안은 곰팡이가 피고 낙서가 칠해져 얼룩덜룩했다. 바닥
에는 들풀도 돋아나 그걸 뽑고 페인트칠도 해서 깔끔하게 단장
했다. 호국사의 금어화상에게 그림도 배워, 자명고·선화공주·
마의태자·임진왜란 따위인, 연극 자막을 그림으로 그려 단으
로 묶어두기도 했다. 굴다리 벽에 들꽃을 장식하기도, 호랑이
와 나비, 무궁화와 애국가의 음표도 그려 아이들에게 가르치기
도, 단으로 묶어둔 그림책을 펼쳐 연극의 내용을 들려주기도
했다. 밤새 누가 굴다리 안에 똥오줌 눈 곳을 말끔하게 청소하
는 것도 빙애의 몫이었다. 아이들이 급하게 똥오줌 누면 강으
로 데리고 가서 씻어 주는데, 어른들이 배설하는 걸 보면 눈에
쌍불 켜고 달려들어 삿대질을 해대었다. 어느 아낙은 그 똥을
집어삼키라는 빙애의 몸짓에 짓눌리다가도 분노를 폭발했다.

뱅신년이, 꼴값하네.

어떻게 영기가 뚫렸는지, 소리가 전연 안 들리는 건 아닌지, 정오의 사이렌이 울리면 목에 걸고 있는 회중시계에 밥을 주었다. 조가비처럼 닫힌 뚜껑을 열면 중년남자가 헤벌쭉하게 웃는 명함사진이 들어 있었다. 빙애도 그 사진을 어루만지며 헤벌쭉 웃곤 했는데 예의 그 미소는 사라졌다. 어느 순간, 바람결을 타고 역에서 들려오는 기적 소리를 듣고는 달뜬 표정이 역력했다. 왜 그러느냐고, 아낙들이 물으면 빙애네는 목쉰 소리를 내었다. 객지로 나돌아 댕기니께 기차가 바로 안방인 기라. 기차 안에서 재를 안 낳았나. 기차를 타믄 호시를 탄 것맨치르 방실거리다가 여기에 발붙이고 지내니, 우찌나 칭얼거리든지 재 아부지가 마산을 거쳐 삼랑진까지 기차를 타기도 했느니라.

　　　＊

호국사 앞에서 아이들의 웅성거림이 바람결을 타고 들려왔다. 영지는 귀를 쫑긋했다. 왁자한 울림이 숲에서 부는 바람 소리를 저어하고 귓속을 따갑게 하더니 나무 사이로 아이들의 왁실왁실한 모습이 드러났다.

“누나, 나도 줘.”

“무얼?”

영지는 고개를 흔들었다. 혼자서 걷는데 방해를 받았다는 표정을 노골적으로 드러내며. 하지만 아이들의 또릿또릿한 모습은 자신의 반대방향으로 쏠렸다. 빙애가 아이들에게 버들피리와 막대기를 나눠주고 있었다.

어느 새, 빙애는 서장대 기둥에 기댄 채 눈을 감고 있었다. 영지는 빙애를 놀래주려고 발꿈치를 들고 슬그머니 다가서는데,

"저기 바봐."

뒤돌아보지 않아도 영지인 줄 알았다. 인기척이나 발소리는 듣지 못해도 냄새를 맡고 누구인지 잘 알아내었다.

"병정놀이?"

대빗자루를 들고 요노무 새끼들, 에키놈들 에키놈들, 소리지르는 상좌승의 꾸중에도 아랑곳없이 막대기를 든 아이들은 패를 갈라 왜놈들·조센징이라 부르며 격전을 벌이고 있었다. 무언가 생각에 잠겨 있던 빙애가 힘겹게 말을 이었다.

"수광은 최경회 역을 맡았고 나는 논개 역이었지."

그 당시 조무래기들의 놀이터도 촉석루에서부터 서장대까지였다. 임진왜란을 재연하려면 제일 관심 끄는 것이 진주병사 최경회와 그의 애기愛妓인 논개와 왜장인 게야무라 로구스케의 세 주인공 뽑기였다.

"먼저 최경회와 왜장은 누가 맡기로 하지?"

완이 물었다.

"장군은 키가 커야지. 투구 쓰고 갑옷 입고 칼 찬 장군은 키가 크지 않으면 안 돼."

키다리라 불리는 윤태가 자신만만해했다. 완이도 수광도 기조도 까치발을 세우고는 키 큰 흉내를 냈다.

"모두 주인공이 되고파 하는데 가위 바위 보로 정하자."

덕자의 말을 듣고 기조가 반대 의견을 펼쳤다.

"장군이 아무나 되는 줄 알아? 심 세고 용기 있는 장군이 될라카모 칼싸움도 씨름도 잘하고 나무도 잘 타야지. 손 한번 잘 내밀어 이겼다고 장군이 된다믄 이 놀이는 싱겁게 끝나."

"고리 하려믄 시간이 너무 걸리므로 칼싸움 잘하는 동무를 뽑기로 하자."

수광이 안을 내어놓았다. 통과, 통과, 조무래기들이 일제히 소리쳤다. 남아들은 나무칼을 들고 1대 1 칼싸움을 벌리고 있었다. 서장대를 내려오던 군인이, 놈들 참 씩씩허게 잘도 논다, 장래 훌륭한 장군이 되겠는 걸, 하며 용기를 북돋았다.

"장군이 되려면 맥아더 장군같이 되어라."

"아입니더. 우리는요, 최경회 장군이 될라캅니더."

남아들의 반응을 듣고 군인이 기분 좋게 답했다.

"그래, 맞데이. 맥아더 장군도 용맹스럽지만, 진짜 대한민국에는 최경회 장군 같은 맹장이 필요한 기라."

승부는 수광과 윤태로 좁혔다.

"누가 최경회 장군이 되노?"

두 동무는 논개의 원수 역보다는 애인 역을 원했다.

"이젠 마지막 경기가 남았다. 나무 타기에서 이겨야 최경회 장군이 되는 기다."

완이 마지막 승부 안을 내어놓았다. 다른 남아들도 찬성했다. 장군은 나무를 잘 타야 했다. 전쟁놀이 무기는 나뭇가지였고, 모름지기 우두머리는 졸병들의 무기를 가져올 수 있는 담력 센 재주꾼이어야 했으므로.

마침내 최경회 역은 까치집까지 올라갔다 내려오는 남아를 세우기로 했다. 하나, 둘, 셋, 조무래기들의 호령이 떨어지자 윤태와 수광은 부리나케 나무를 탔다. 두 동무의 몸무게가 무거운지 나뭇가지가 뿌지직 소리 내며 흔들렸다. 나무 타기 하던 다람쥐가 놀란 나머지 아래로 떨어져 도망치고 인기척에 놀란 까치 새끼가 포르르 날아올랐다. 조무래기들의 드높은 응원이 산새소리를 웃돌았다. 그런 낌새를 알고 호국사 주위를 산책하던 안산 터줏대감이 가까이 오고 있었다. 터줏대감의 헛기침과 호국사 주지의 목탁소리가 울려 퍼져 뒤에 오른 윤태는 겁에 질려 내려왔으나, 앞서 오른 수광은 아슬아슬하게 까치집까지 올라갔다 내려왔지만 눈 부라리고 서 있는 터줏대감의 키와 가까워지자 그만 미끄러져 엉덩방아를 찧었다. 그 순간을 놓칠세라 터줏대감을 유혹하기 위해 기회를 엿보던 기생이 호리낭창한 몸매로 달려와서 수광을 품에 안았다.

"아프지 않아?"

기생은 나긋나긋한 목소리로 속삭였다. 간드러진 기생의 목소리에 수광의 치뜬 눈이 더욱 휘둥그레졌다. 수광은 몹시도 아픈 양 엄살을 떨며 양손으로 기생의 목을 껴안았다.

"어디가 아프노. 내가 안마해줄게."

수광은 기어드는 목소리를 냈다.

"머리가 아파."

기생이 수광의 이마를 짚고 놀란 시늉을 했다. 손은 수광의 이마를 짚고 있어도 눈동자는 터줏대감을 향하고 있었다.

"조게 뭐꼬? 기생의 눈구멍이 컨닝구하는 것 맨치르 홱 돌아 안 있나."

"수광이 기생에게 홱까닥 했나봐. 코는 벌렁벌렁, 침은 질질, 징그럽다 못해 쟁그러워."

여아들은 어른 흉내를 내며 입을 비죽거렸다.

기생은 한껏 교태를 부리며 터줏대감이 접근해 오기를 기다렸다. 눈곱만큼의 틈새라도 보이면 금세 일어나서 반가이 맞이하겠다는 추파를 던지며. 그런데도 터줏대감은 위풍당당하게 헛기침만 드세게 내뿜고는 모습을 감췄다. 무안당한 기생은 입술을 파들파들 떨며 자리에서 일어났다.

"이 머슴아야, 고 쑥쑥한 손으로 고까옷을 더럽히면 우짤라꼬 진드기처럼 엉켜 붙노."

너를 언제 봤느냐는 태도를 노골적으로 드러내며 기생은 자리를 떴다. 수광은 여체의 향기에 취해 못내 아쉬운 듯 누워 있었다. 여아들은 지조 높은 논개 후예를 무안 주고 가버린 터줏대감을 향해 환호성을 지르며 팔짝팔짝 뛰고 있었다. 조모와 엄마가 다른 논개 후예들에게 당했던 씨앗 샘까지도 덧씌워, 남자 동무에게까지 최초의 바람을 일깨워준 기생을 질투하고 있었던 것이다.

"다음은 논개 역 뽑기다."

기조가 여아들을 둘러보았다.

"빙애가 하는 기이 어때?"

영지가 빙애를 가리키자 아무도 반대하지 않았다. 빙애는 마치 일곱 살의 논개가 환생한 듯한 모습이었다. 깃과 소매부리와 겨드랑이에는 다홍색 회장을 댄 노랑 양단 삼회장저고리와 다홍색 양단치마를 입었고, 검은머리는 똬리로 땋아내려 금박무늬가 박힌 제비부리댕기로 맸고, 목단을 수놓은 다홍색 비단신을 신고 있었다.

"너희들이 원한다면 내가 할게."

빙애는 누워 있는 수광을 일으켜 세워 먼지 묻은 옷을 털며 상냥하게 굴었다.

"혼났지, 많이 아파?"

"아니, 괜찮아."

수광은 빙애의 유창한 서울 말씨를 흉내 냈다. 빙애는 다른 역을 맡은 조무래기들에게 연기 지도해가며 해설도 겸했다.

"언제 다시 뵈올 수 있을까요. 원수를 껴안고 강물에 빠져 죽는다면 죽은 혼이라도 님의 품에 안기는 것이 소원이옵나이다."

"나라를 위해 바치는 몸인데 내 어찌 그대를 잊으리오."

빙애와 수광은 호흡이 맞게 척척 연기를 잘도 했다. 빙애의 지도가 아니더라도 수광도 다른 조무래기들도 임진왜란 영화와 연극을 많이 봐서 그런 연극 대사쯤은 외우고 있었다. 빙애가 연기 지도해 주자 수광은 무척 감격해하는 눈치였다. 다른 남아들도 앞니 빠진 잇몸을 드러낸 채 히히거렸다.

논개가 게야무라 로구스케를 끌어안는 마지막 장면을 해낼 차례였다. 조무래기들은 촉석루 아래 너럭바위를 지나 물가로 모여들었다. 논개가 숨진 의암바위 둘레에는 잔물결이 부신 듯 너울거리고 있었다. 빙애는 열 손가락을 부챗살처럼 펴 보였다. 언제 준비했는지 손가락마다 반지가 끼여 있었다.

"논개 할머니는 천재였대. 이렇게 반지 낀 손으로 원수를 끌어안고 깍지 끼었으니 억센 왜장도 논개 할머니 품속을 빠져나오지 못했잖아."

빙애가 상대역인 윤태를 안고 뒹굴었다. 수광은 빙애의 제비부리댕기를 휘어잡고는 채근했다.

"그만해. 빨리 끝마쳐."

연극 속의 연적이 실제 연적처럼 윤태가 눈엣가시인가 보았다. 빙애는 조무래기들을 촉석루에 오르게 하고, 수광의 손을 잡고는 강을 굽어보았다.

촉석루에 삼장사 모여

강물 가리키며 한잔 술에 씁쓸한 웃음

강물은 도도히 흐르나니

그 물결처럼 불사의 혼은 마르지 않으리

시를 읊조리며 마지막을 장식했다.

영지는 중학생이 되어서야 그 시가 삼장사의 장한 기상을 노래한 김성일의 시였음을 알게 되었다.

빙애가 읊조린 시를 아는 조무래기들은 아무도 없었다. 그들의 조부들이 읊조리는 시를 빙애가 알고 있다는 건 놀라움이었다.

"아하, 천재는 니가 기다."

남아들은 빙애를 천재로 떠받들었다. 천재란 말처럼 조무래기들을 사로잡는 것도 드물었다. 빙애의 주가가 껑충 뛰자 여아들은 하나같이 새침해지며 기생에게 보였던 반감을 나타냈다.

"조게 천재라믄 우리는 바보 아이가. 바보가 우찌 천재랑 동무가 될 수 있노."

"나도 서울 가서 살아야겠네. 촌가시나가 땟물 좀 쏙 빠지게."

빙애는 녹록치 않았다. 손에 낀 반지를 빼어 여아들에게 하나씩 나누어주었다.

"논개 역의 아주머니가 낀 걸 보고 내가 부러워했더니 아빠가 구해준거란다. 가져."

반지를 받은 여아들은 단박 표정을 바꾸었다.

"어쩌면 아는 것이 많노? 에나 천재구나."

"응, 우리 극단이 임진왜란을 공연했는데 연극대사를 내가 젤 먼저 외워 아저씨와 아줌마들이 대사를 잊으면 가르쳐 주었단다."

빙애가 자랑스레 말했다.

사건은 며칠 못 가서 일어났다. 줄넘기 놀이를 하다가 갑자기 얼굴이 벌겋게 변한 빙애가 컹컹 코방귀를 뀌었다. 숨소리도 고르지 못했다.

"어디 아파?"

수광이 물었다.

"괜찮아, 엄마가 바람 쐬지 말랬는데 난 나오고 싶었거든."

빙애는 더 참을 수 없는지 연거푸 코방귀를 뀌며 새끼손가락에 침을 묻혀 코 안을 후벼 팠다. 헉헉, 숨결이 가팔랐다.

"왜 그래?"

영지가 샛노래졌다.

"가까이 오지 마."

빙애가 주위를 물리치고 고개를 숙였다. 코피가 쏟아졌다.

"기껏 코피를 가지고 엄살 부려."

수광은 웃옷을 벗어 빙애의 코를 막고 고개를 위로 추켜올렸다. 코가 막혀 피는 입으로 새어나왔다.

“머리가 빠개지는 것 같아. 썩은 피야. 피 흘리지 않으면 난 살 수 없단다. 흘려야 돼.”

빙애는 힘을 다하여 수광을 뿌리쳤다. 코피가 펑펑 쏟아졌다.

영지는 진외가인 경산댁으로 달려가서 빙애네를 불러왔다. 빙애네도 어쩔 줄 몰라 그만 흘러야지, 타이르긴 해도 손을 쓰지 못했다. 영지는 코피를 그렇게 많이 흘리는 걸 처음 보았다. 빙애는 자주 코피를 펑펑 쏟아, 아이들은 놀이 동무가 코피를 많이 흘리고도 숨쉬고 있다는 사실이 이상할 정도였다. 수광은 빙애보다 세 살이나 많았다. 빙애 뒤를 따라다니며 다른 남아들을 얼씬도 못하게 했다. 따로 물수건을 차고는 빙애가 코피 흘리면 몸에 묻은 코피를 닦아주었다.

영지는 동갑내기인 빙애가 달갑지 않았다. 진외가 권솔들의 사랑을 독차지했는데 빙애 때문에 그 댁 권솔들의 사랑을 나누어 가지게 되어서였다. 영지가 그냥 넘긴 건 빙애의 병이 갈수록 심해가서였다. 빙애의 병구완을 위해 진외가 권솔들의 성의도 대단했다. 뱀장어와 토끼를 고아 먹이고, 한약도 달여 먹이다가 도립병원에도 드나들게 했다.

빙애네는 딸이 농아가 된 사건을 빨래터에 온 아낙들에게 들려주곤 했다. 개 몸이 밤새 불덩어리처럼 펄펄 달아올라 숯불처럼 폭삭 타버리는 게 아닌가 간이 오그라들었은께. 지 아무리 콧구멍을 손가락으로 쑤셔대어도 코피가 안 터지니, 갑갑하다고 발광하며 아귀처럼 문창호지를 짝짝 찢어 댔치니,

고 엄동설한에 좀 추웠겠나. 하다못해 나중에는 밖으로 나와 두레박으로 새미물을 퍼 올려 먹을 감듯 하면서 메뚜기처럼 길길이 날뛰더니, 악에 받친 목소리도 울부짖음도 요상스러워 지 아부지도 나도 달랬는데, 아무 소리도 안 들린다 카니 우짜겄노.

요란 떨던 아이들도 가 버리고 사위는 바람 소리뿐 조용했다.

"그 나날도 수광은 나나르 차차자와와서, 니가 배뱅신이, 뱅신이 되어었구나, 하고는 가아 버버려려어."

"그 뒤 수광은 오지 않았어?"

"자주 와와서, 내 마말 더듬는 거거 고치쳐 주리려고 애르 써기도 해해어……. 여기르 더떠나게 되어다며면서 아빠의 피리르 주줄 수 어업느냐고."

"피리를?"

"달밤에 아빠가 피리를 부불면 달도 피리 소리를 내고 강물도 남실남실 추추믈 추었지."

빙애는 일어나서 버들피리를 꺼내 피리 부는 흉내를 내며 달은 동그랗게 원을 그려 보이고, 몸을 유연하게 움직이며 춤을 추었다. 영지도 덩달아 빙애 양손을 잡고 춤을 추었다.

"수광도 피리르 자잘 부부러러거든. 피리 소리는 엄마가 부르는 자장가라며, 아빠 피리가 조조타며 무처척 타탐으 내내어서. 나안 아빠 거걸 후훔치일 수 어업서 주주지 모못해어."

“수광은 지금 어디 있지?”

“모몰라.”

“수광이 나타난다면 피리를 줄 거야?”

“아아니, 그그리 모못하게 되어어서. 아빠랑 그만 가강에……”

“피리도 아빠와 함께 사라진 거구나. 차라리 잃어버릴 바엔 수광에게 줄 것을 아쉬워하는 거지?”

“으응, 그러런데 나난 수광에게 빚이 이있어. 수광은 나나게 차참 자잘해주어서. 나난 그에게 아아무 거거도 해 주준 거거이 어업서.”

빙애의 오므렸던 입술이 꽃잎 벌어지듯 벌어지고 하얀 치아가 드러났다. 볼을 타고 흐르는 우윳빛 미소에 감춰진 그리움이란 꽃송이가 금세 망울을 터뜨릴 것 같았다.

얼마나 많이 수광이란 이름을 불렀을까. 그 이름을 말할 때는 한 번도 안 더듬거렸다. 영지가 빙애와 대화를 하며 알게 된 건 하나의 낱말을 익히기 위해 애쓴다는 점이었다.

수광이란 이름을 말할 때마다 얼굴에 나타나는 환희의 빛, 발그스름히 피어오르는 볼, 입술은 진정 미소다운 미소를 짓고 있었다. 영지는 자신에게까지 고무줄이 당기는 듯한 미소를 거두지 않는 빙애에게 서운한 감정을 품고 있었다.

이웃들에게 내비치는 예의 그 미소가 지워질 날은 언제일까. 경계의 빛이 서린 미소야말로 이웃에게도 경계의 끈을

놓치지 않은 거리감일 텐데. 영지는 빙애를 향해 톡 쏘아붙
였다.

"입을 크게 벌리고 하하하 웃든지 크게 소리 질러 봐. 그러면
말하기가 한결 쉬울 거니."

안산 가마솥

기와집을 수리하여 방은 여관으로 사용하고 대문에는 '공정거래소'란 간판을 단 복덕방이 촉석루 공원 옆 길가에 자리 잡고 있었다.

안산부인은 미닫이를 드르륵 소리 내어 열고 안으로 들어갔다. 자부인 정수도 뒤따랐다. 혼자서 일수패를 뜨던 복덕방 주인이 일어나서 손님을 맞이했다.

"아씨, 웬일로 어려븐 걸음을?"

"아씨라니? 내일 쓰러질지 모레 쓰러질지 모르는 상여알감인데."

부인이 정색하며 의자에 앉았다.

"상여알감이라뇨? 당치도 않은 말씀을. 제 눈에는 아씨가 그네 타는 모습이 눈에 삼삼합니더. 아, 글쎄, 서장대 아래 느티나무에서 아씨가 그네를 타면 북장대 밑 소나무가 감읍하여 눈물을 질금질금 안 흘렸습니껴."

"눈물 흘린 건 아씨에게 반한 양반댁 도령님들이 아니고?"

정수가 시모의 눈치를 살폈다. 부인의 낯빛이 붉어졌다.

"소나무가 바로 양반댁 도령님들 아입니껴. 옥화와 길순과 저그 에미를 거느리고 진주성으로 마실 나가시는 모습이 바로 엊그제 같은데."

길순은 완이네를, 저그 에미는 종남의 처인 설이를 가리켰다.

"윤태는 잘 있는가?"

부인이 아들 안부를 물어, 종남의 얼굴이 굳어졌다.

"에미 잡아 묵은 놈이 잘 있으믄 을매나 잘 있겠습니껴?"

설이는 윤태를 낳는 순간 숨졌다. 태아 발부터 먼저 나오는 난산이었다.

"여관에 든 손님이나 안내하고 복덕방을 잘 돌보라 캐도 무엇이 땡기는지 염색공이 되었수다."

진정 종남이 옛 상전에게 울분을 토한 건 설이 죽음이 아니라 길순을 아내로 삼지 못한 데 대한 섭섭함이었다. 역시 아랫것인 만득이 길순을 좋아하는 걸 알고 경산어른이 그들을 짝지어주고, 자신에게는 정이 없는 설이와 혼인 맺게 했다.

"염색공 노릇 잘하다가 운이 틔어 조일견직 직공이 되고 더 나아가 공장장이 된다면 운수 대통 아니겠나. 이 좁은 곳에 큰아들 내외가 버티고 있는데, 막내가 들락거리면 눈칫밥 먹기 십상이지."

정수가 조심스레 종남의 표정을 살폈다. 결 좋고 색채가 선명한 조일견직은 비단의 본토박이 중국에까지 수출하고 있었다.

"그렇고 말굽쇼. 걔는 염색공보다는 공장장이 훨씬 잘 어울리는 기라. 웬일로 어려븐 걸음을?"

허리를 굽실거리던 좀 전의 자세는 뒷전으로 물러가고 종남의 자세가 빳빳해졌다. 옛 상전에 대한 예의는 그쯤 해두고 직업에 아부해야겠다는 생각이 문득 들었다.

"어디 내 머리가 망 쓴 망아지며 발이 족쇄 채운 말이라든가?"

안산부인의 자세가 꼿꼿해졌다. 옛 하인이 고자세라, 네 놈이 건방져봤자 내 안전에서 감히 요술을 부리겠느냐는 옹골진 태도였다.

"아씨도 참, 무신 말씀을 그리 하십니껴. 소개쟁이가 째고 쌨는데 그래도 옛정을 안 잊고 찾아오신 것만도 송구할 따름입니더."

　잘못하다가 봉을 놓치겠다는 불안감이 일어 종남은 자세를 고쳐 앉았다. 안산부인의 생가가 팔릴 거라는 소문이 나돌고 있었다. 생가 매매를 두고 부인이 며느리를 통해 이웃들에게 알린 건 복덕방 주인들끼리 경쟁을 벌이게 하여 값을 올리고 잊어진 친정에 대한 관심을 불러일으키자는 것과, 소개비를 안 내기 위한 수단이었다. 부인은 애당초 종남과 거래하기로 결심을 굳혔다. 고옥을 사고파는 과정에서 종남이가 집을 사는 당사자에게 소개비를 받고 상전에게는 안 받으리란 기대감도 일었다. 다른 소개자들에게 당신의 뜻을 비칠 수도 있으나, 친정은 인심이 후하기로 소문났었는데, 그 댁 딸이 집 판 소개비를 안 내고 복덕방업자들의 입질에 오르내리면 친정의 명성에도 해를 입히기 쉬웠다.

　안산부인은 외아들이 병원에 입원하기로 하자 생가를 팔 결심을 했다. 물론 생활하기도 어려운 처지에다가 그 고옥을 관리하는 것도 무리였다. 저택을 수리해야 보전이 가능해서 경비도 적잖게 들었다. 부인의 생가는 안산에서도 중앙의 위치인데다 재래식 한옥 중에서도 백미에 속했다. 그 고옥은 부인의 오빠 대에 망조의 고비에 이르다가 6·25 전쟁 때는 손마저 끊어져, 자연 상속은 유일한 혈육인 부인에게 안겼다.

　"옛집을 좀 팔아 주었음 좋겠네."

　부인이 넌지시 운을 뗐다.

　"여부 있습니껴. 얼마를?"

종남도 왜 파느냐, 따위 군더더기는 생략했다. 잘못하면 책
이 잡혀 불호령이 떨어질 테고 매매 주도권을 다른 업자들에게
빼앗길 수도 있었다.

"건물과 토지를 따로 매매할 수 있다 카던데?"

그 즈음 안산 고옥들은 건물과 택지가 따로 매매되었다. 고
옥일 경우 집 매매를 하면 건물 값은 못 받고 택지 값만 받기
쉬운데, 안산의 고옥들은 재목 자체가 거목이고 탄탄해서 쓸모
가 많았다. 택지도 택지 나름이었다. 공기가 맑고 조용한데다
가 안산이란 곳을 너도나도 선호한 탓에, 새집을 짓기 위한 고
객들에게는 그만한 땅이 없었다. 간 빼 먹을 할망구 같으니라
구. 알 것은 다 알아보고 왔구먼. 종남은 속으로 되뇌었다.

"집채는 제각으로 팔려가기도, 집 짓는 데 재목으로 사용하
기도 합니더."

"내가 어려븐 건 잘 알고 있을 테지. 그 집만한 땅과 재목은
오데 가도 없을 기니, 최고의 값을 받아주면 좋겠네. 소개비도
사는 분에게 두둑이 받도록 하게나."

종남의 반응은 듣지도 않고, 부인은 자리를 털고 일어났다.

며칠이 지나 종남은 안산부인 댁에 들렀다. 부인 댁은 시내
중심의 중앙동에 있었다.

"헐린 건물은 추려서 고향에 제각을 세우고 빈터에는 새집을
짓겠다는 신사가 있습니더."

"꼭 사고 싶어 하던가?"

"이미 건축업자를 데리고 현지 점검까지 했다는뎁쇼."

"그 양반 성질도 급하군. 가서 말하게나. 팔 마음이 없더라고."

"마님도 참, 퉁기지 않아도 돈은 부르는 대로 줄 양반처럼 보입디더."

"내 시키는 대로 하라니까."

밀고 당기는 반복을 서너 차례하고 나서야, 안산부인은 시세보다 웃돈 택지 값, 건물 값을 따로 받고 구매자가 내민 서류에 인감도장을 찍었다.

생가가 헐리기 하루 전, 안산부인은 가족을 데리고 친정으로 마지막 나들이를 갔다. 미리 와 있던 완이네 부부와 빙애네, 종남이 부인을 영접했다.

"이 집이 헐릴 거라 생각하니 밤새 눈을 붙이지 못했습니더."

고옥을 지키던 완이네가 힘없이 아뢰었다.

"살 집은 어디다 마련했는가?"

부인의 목소리가 쿵 울렸다.

"이 근방에 방 두 칸짜리 전세를 얻었습니더. 여기서 태어나고 자랐으니, 강바람을 안 쐬면 콧구멍에 곰팡이가 필 것 같아 멀리 가진 못하겠습디더."

"고생이 많겠네."

"마님 덕에 너른 집에서 마음 놓고 살다가 전셋집에 살아보니 다리도 제대로 뻗지 못하고 외양간에 사는 것 같구믄예. 딸

년들을 시집보내고 완이는 군대에 가서, 생활하기엔 별 어려움
은 없습디다만."

만득의 목소리가 바람에 삐거덕거리는 대문의 울림에 잦아
들었다.

"수년 동안 집세 안 주고 공짜로 살았는데 모은 돈은 얻다 두
고 전세방 신세고?"

종남이 부인 눈치를 살피며 만득의 비위를 건드렸다. 득의에
찬 표정을 노골적으로 드러내는 건 과거의 연적이 셋방살이 신
세 면치 못하는 데 대한 비웃음이었다.

"딸내미들을 시집보내기가 좀 어려븐 기가. 고옥을 지키는 것
도 손아귀에 든 물 새어나가듯 알게 모르게 돈이 드는 거라네."

만득은 싫은 표정을 드러내지 않고 죽마고우를 대했다. 만나
면 가시처럼 꼭꼭 찌르는 종남인데도 친구의 비아냥거림이 길
순을 빼앗긴 데 대한 화풀이란 걸 알고 있어서였다.

"정 그렇다믄 자릿세라도 받고 나갈 일이지 빈손 싹싹 비비
고 정든 집 비워주는 바보가 어디 있노."

"자릿세는 무신 자릿세. 내 땅도 아닌데."

"모르는 소리. 남의 빈 땅에서 리어카 장사를 해도 금딱지가
붙는다 카이."

종남이 오른손 중지에 낀 금가락지를 왼손가락으로 탁탁 치
고는 양손으로 커다랗게 원을 그었다.

"어디 내 처지에 금덩이를 바라겠는가. 비록 물이 새나가긴

해도 손바닥에 물이 묻어 있어 전세라도 얻고 보트 정박지 관리라도 하여 입이 메마르진 않은께 걱정은 마시라고.”

만득은 사공이면서도 보트 정박지 관리인이 되어 월급을 받고 있었다. 교통 운송 발달로 짐을 실어 나르던 나룻배가 사라져가고 보트가 강을 누비고 있었다. 만득이 길순과 혼인하자 경산어른은 나룻배를 그들에게 선물로 주었다.

“하기사 웃어른의 음덕이 어디로 도망 가겠는가. 내가 목이 좋은 자리에서 손님들의 잠자리를 보살피는 거나 소개장이 노릇한 것도 경산댁의 하인이었기에 가능한 일이었은께. 완이 어무이, 예나 지금이나 변함없이 수더분하여 천상 여자다워 보인다카이.”

종남이와 설이가 분가하여 신접살림을 차리자 경산어른은 현재 복덕방 자리에 초가를 지어 평거에서 실어오는 양식을 관리하게 했다. 세월이 지나감에 따라 이문을 남기는데 도가 트인 종남이 초가를 헐고 땅을 넓혀 기와집을 짓고 여관과 복덕방을 차렸다.

“왜 탐나면 하룻밤 빌려줄까?”

“나더러 보쌈하라고?”

“오늘밤이 그믐이라 야밤을 틈타 완이 에미를 보자기에 싸서 어깨에 메고 가게나. 남들 눈에는 돼지 새끼 한 마리 메고 가는 것처럼 보일 테니.”

“뽕잎처럼 물오르고 누에처럼 포동포동 살진 처니 때에야 니

아니면 내 못 산다 해쌓아도 지금은 나도 마른명태 신세라 앳
띤 에편네 만족시켜주지도 못해 여관 간판도 문 내리고 싶다
네. 혹시 젊은 놈팡이와 야반도주하믄 우짤꼬."

종남의 익살에 만득이 낄낄거렸다. 아내를 잃고 애젊은 과부
를 재취로 맞이하여 단꿈을 꾸었지만, 전처소생의 아들들과 다
툼이 잦아 머릿골이 지근지근 아팠다. 윤태가 가출한 것도 계
모와의 불화 때문이었다.

생가의 동쪽 담 옆에는 복사꽃이 화라락 지고 있었다. 복사
꽃을 물끄러미 쳐다보던 부인의 명령이 쨍 울렸다.

"쇠통 열쇠를 가져오이라."

완이네가 얼른 허리에 차고 있던 열쇠꾸러미를 부인에게 건
넸다. 부인은 일행을 거느리고 완이네 가족이 살았던 사랑채에
서 걸음을 멈췄다.

"어르신은 빈집에는 우환이 들끓는 법이라며 마당이나 집 안
에 발자국을 많이 남겨야 복이 온다고 하셨어."

"물론입죠. 이 사랑채는 매일 인물박람회가 열린 것처럼 길
손들이 들끓었습니더. 친인척은 물론이고 길손들, 풍류객들,
화쟁이·붓쟁이·점쟁이·각설이패들도 모여 들었습죠."

만득이 부인의 비위를 맞추었다.

"사람을 너무 좋아하는 것도 탈이라네. 만석 살림 다 까먹고
집마저 헐릴 지경인데, 내 재산 건사하는 것도 손님 대접 못잖
게 중요한 거지."

상근이 입을 열었다. 혈색이 하얀데다가 깡마른 풍채가 환자임이 드러났다.

"살림이 붙는 건 물 흐르듯 천천히 오는 기지만 집안에 망조가 들면 재산은 벼락 같이 달아나 버립니더. 손님 잘 대접하는 거와 살림 망하는 건 다른 기라예."

종남이 주먹으로 서까래를 두들겼다. 내일 집이 헐릴 때 기술자들이 어떻게 이 고옥을 처리할 것인가를 생각하고 있었다.

안산부인은 고방을 지나 안채로 들어섰다. 평소에 팔랑거리던 부인의 치맛자락이 느슨해졌다. 영지네 가족은 부인의 치맛자락이 움직이는 걸 보고 당신의 마음을 헤아리곤 했다. 뼛속까지 에는 고통을 자제하느라 안간힘 쓰고 있다는 걸 알 수 있었다. 안채 방마다 자물통이 채워져 있었다. 부인은 여기저기 열쇠꾸러미를 들고 자물통을 열었다 끼었다 하며 시간을 끌었다.

"마님께서 신방 치르던 날이 엊그제 같은데."

만득이 기억 이삭을 바구니에 담자 부인의 입술 언저리에 패인 바늘 주름이 가늘어졌다.

"하씨 도련님과 혼인 맺은 날 밤, 아버님은 친척들이나 하인들이 장난질 못하도록 엄명을 내리셨지만……."

"망을 보던 만득과 제가 좀이 쑤셔서 가만있질 못해 담 너머에서 숨죽이고 있던 친척들을 끌어 모아 뒤란에 모여 있었는데, 도련님이 봉창문을 열며, 모두 모시고 들어오게나, 하시는 바람에 줄행랑치고 말았습죠."

종남이 부인의 비위를 맞추었다.

안산부인은 일행과 함께 옛 보금자리를 쓸고 닦았다. 도무지 내일 헐릴 집이라고는 염두에도 없는 듯 이사 오기 위한 준비를 하는 것처럼 보였다. 그렇지 않아도 완이네 부부가 잘 돌봐 오고 있었던 터라 남에게 인계해도 부끄럽지 않을 정도로 외면 치레는 되어 있었다. 아마 하루 동안이라도 사람이 사는 집처럼 보이게 해서 창창하게 영화를 누렸던 옛날을 되살려내고 싶은가 보았다. 집 안에 낀 먼지를 닦아 내고 사람들의 잦은 발길로 훈기가 되살아나자 부인은 가족과 옛 하인들을 안채로 불러들였다. 안뜰마당 가운데는 가마솥이 놓여 있었다. 대청마루에 앉은 부인의 눈길이 햇볕에 달구어진 가마솥의 더운 기운을 피어 올리고 있었다. 일행의 눈길도 가마솥에 머물렀다.

"내가 시집가는 날, 어머님은 나를 부엌으로 안내하시고는 가마솥 소댕을 세 번 들었다 놓게 하셨느니라. 그동안 보살펴준 조왕신에게 떠나간다는 인사였으니 고만큼 가마솥이 대접받는 기 아니겠느냐. 신부가 탄 가마가 시집 안뜰에 놓이자 시어머님은 대청마루에 가마솥 소댕을 엎어두고는 나의 왼발을 소댕 위에 얹으라고 하셨어. 살림살이를 무쇠처럼 튼튼하게 잘도 꾸려가라는 바램이요, 평생을 밥을 지으며 살 것이니 가마솥과의 상견례이기도 하고."

"마님, 저건 어찌할 겁니껴?"

가마솥을 손짓하는 만득의 목이 잠겼다.

"땜질할 곳도 없이 본시 그대로입니더."

완이네도 가마솥에 대한 연연함을 감추지 않았다. 무쇠란 사용하지 않으면 녹이 잘 슬어 달마다 정기적으로 들기름을 칠해 닦아야 하는 어려움이 있는데도.

"원형보존이면 뭘 해. 쓸모가 있어야지. 너무 크다고 곰국집도 개소주집도 마다했어."

상근이 난감한 표정을 지었다.

"우리집으로 가지고 가서 목욕탕으로 사용해요. 데운 물도 쉬이 식지 않을 테니."

동현의 뜻에 영지도 찬성했다.

"만날 수돗물 받아둘 그릇이 모자라 쩔쩔매는데 물통으로 사용해도 좋잖아요."

"얘들 좀 봐. 우리집에 저거 놓을 자리가 어디 있어? 행랑채 하나 지으면 몰라도. 저기에다 물을 데우는 연료비만 해도 우리 가족 목욕비가 될 걸. 수돗물을 받아두면 녹물이 기름처럼 둥둥 떠서 금비 같은 수돗물 버리고 가마솥도 삭아 망가질 텐데."

정수가 예를 들며 뜨악하게 나왔다. 결혼해서 시외가 관리에 많이도 신경 썼는데 더 이상 짐을 지고 싶지 않음을 내비쳤다.

안산부인의 입술 언저리 바늘 주름이 깊게 패었다.

"빙애어미야, 저 솥은 자네가 사용하며 보관해주어야겠어."

일행은 전연 예기치 못한 일이라 당혹한 표정으로 마주보았다. 빙애네도 옛 상전의 우렁잇속을 알지 못했다.

"자네 아비는 유명한 야쟁이었제. 비록 천수를 다하진 못했지만. 자네 아비가 저 솥 만들려고 얼마나 심혈을 기울였는지는 자네가 잘 알고 있을 기네. 혼자된 자네 어미는 저 솥 간수하며 세월을 길쌈 삼아 보냈어. 자네 지아비도 저 솥과는 무관하지 않을 터. 물건이란 임자를 만나기에 따라 빛이 날 수도, 생광스럽게 쓰이는 법이거늘. 저 솥을 돌볼 임자는 자네 밖에 또 누가 있노."

부인은 차근차근 심중을 털어놓았다.

"한 시대의 영화로 돌리기에는 저 솥에 대한 모든 분들의 정성이 너무 들었다. 저것처럼 만년군자는 또 어디 있겠느냐. 완이어미가 잘 간수해 왔듯이 자네도 그러리라고 믿는다."

빙애네는 한눈팔지 않고 가마솥을 응시하고 있었다. 그립고 가슴 아픈 추억들이 되살아났다. 일행의 따가운 시선을 물리치고 빙애네의 입에서는 쇳소리가 떨어졌다.

"에나, 만년군자지예. 잘 간수하면서 사용하겠습니더."

가마솥은 빙애네 꼭짓집의 명품으로 자리 잡았다. 그걸 옮길 때는 무겁고 덩치가 커서 리어카에 못 싣고 트럭으로 운반하고, 다시 둔덕으로 내려올 때는 만득과 종남이 경비원들에게 도움을 청했다. 빙애네가 가마솥을 빨래 삶는 용기로 사용하자 단골들이 반겼다. 예전에 사용했던 건 석유통을 반으로 잘라내 안에다가 페인트를 칠하고 판자로 만든 뚜껑을 덮은 거였다. 석유통은 활활 타오르는 불꽃에 견디지 못해 페인트가 벗겨져 삶은 빨래가 깨끗하지 못했는데, 가마솥은 그 이상의 것이 없을 정도로 품위마저 풍겼다. 빙애네 단골들은 가마솥에 대한 이야기로 열을 올렸다.

"요샌 진짜배기 조선솥 기경하기도 어러버."

"서닆부치 양은솥과는 비교가 되겠능교. 뭘싸도 빙애네 아바이가 만든 길 끼요."

"마장사야 만석군집 선불 받고 솥 만들기로 호가 난 사람이었제. 좀 괴팍스러워서 탈이었지만."

"경산양반 환갑잔치 치르려고 특별 주문한 기라. 삼 년 내리 흉년인 데다 민심이 흉흉스러웠지. 남강 물 비쩍 마르게 할 솥이라고 소문이 떠돌더니 기어코 대도 안 끊겠나."

"무신 씨나락 까 묵는 소릴 해 쌓소. 양반들이 체면을 뽈대처럼 들어내 싸도 똥칠은 개가 한다지 않았소. 아무 성씨도 후덕한 이씨 집안 못 따라갔소. 고 난리 북새통에도 저걸 빨갱이들에게 빼앗기지 않으려고 백파들이 고생한 것 잊어 뿌렸소."

그 사실은 이야깃거리로 남아 있기에 족했다.

안산부인 친정에 있는 노송에 송충이 들어 말라죽은 상서롭지 못한 일이 일어났다. 때를 같이하여 장손인 손주가 앓아누웠다. 오 대 독자까지 이어진 손이 귀한 집안이었다. 척이 닿은 일가붙이도 드물었고 군식구라야 몇몇의 아랫것들뿐이었다. 평거 창고에는 쌀이 남아돌았다. 손주의 병 치료를 위해 온갖 노력을 기울여도 낫지 않아, 굶주린 자에게 배를 채우라는 호국사 주지의 건의를 받아들이기로 했다. 그로부터 경산댁은 끼니때마다 배고픈 자들로 붐볐다. 백파들은 단골손님이었다. 무료 보시 시작한 지 삼 년 만에 손주의 병이 나았다.

전쟁이 일어났다. 안산으로 쳐들어온 인민군들은 경산댁으로 몰려들어 그 솥에서 나온 양식으로 군량을 때웠다. 그들이 노린 건 옛 유적지를 발판 삼고 있는 한 아군들이 성급하게 대항하지 못할 거라는 계산이었다. 하지만 갑자기 아군들이 들이닥쳤다. 천하보다도 더 귀한 목숨을 구하기 위해서는 옛 유적을 포기하는 것이 아군들의 고민이요 용기였다. 인민군들은 전시 중에도 그 솥이 무기만큼 이용가치가 있다는 걸 알고 트럭에 실었다. 그들 밑에서 옴쭉 못하던 백파들은 의기투합되어 그걸 빼앗았다. 가마솥에 대한 백파들의 호위작전은 결사적이었다. 백파들은 굶주림을 채워 준 경산댁의 권솔들에 대한 의리보다는 거기에서 나온 밥이 더 소중했다. 전투는 아군의 승리로 끝났지만 유적들은 거의 파괴되었고 경산댁 가족도 인민군들에게 몰살당했다.

*

　꽃샘바람에 복사꽃잎이 흩날렸다. 사위는 치자색 노을이 깔려 빙애네는 금비늘이 돋아난 강물 따라 꽃잎이 떠내려가는 걸 지켜보고 있었다. 노을이 지고 어둠이 깔리고 가로등이 켜지고, 보름달이 강물에 비쳤다. 느티나무와 벽오동의 그림자도 비스듬히 드리워졌다.

　아비와 어미의 보금자리는 진주성 북쪽 언덕배기에 있었다. 아비를 기다리다 잠 못 이루면 옥화는 뜰로 나왔다. 보름이었다. 달빛 아래 여기저기 서 있는 희멀건 비석들, 고옥의 기왓장에 돋아난 잡초와 이끼, 국난에 몸 바친 애국자들의 혼을 모신 창렬사 사당을 내려다보노라면 무섬증이 일었다. 얼떨결에 발목이 잡히면 귀 익은 발소리가 들렸다. 아비였다. 아비의 몸은 뜨거웠다. 아비의 품속은 군불 지핀 뜨끈한 아랫목이었다. 옥화는 쉽게 잠이 들었다. 아비의 귀가는 매달 보름밤이어서 옥화는 잠을 지새우는 날이 많았다. 검게 탄 아비의 얼굴은 홀쭉하고 눈은 폭 기어들어가 남에게 좋은 인상을 주지 못해도 나무뿌리처럼 심줄이 돋아난 팔뚝은 옥화의 보금자리였다.

　아비의 작업실은 안산에서 두 마장이나 떨어진 곳에 있었다. 대장간에는 호미·괭이·낫·칼이 벽에 걸렸고, 연장을 벼리는 아비의 몸은 벌겋게 달군 쇳덩어리처럼 붉게 물들어 있었다. 거긴 옥화에겐 금지구역이었다. 어미도 그랬다. 어이딸의 출입을 막는 아비의 뜻은 무엇이었을까. 막노동하는 현장을 가족에게 보이는 게 싫어서일까. 풀무를 놓고 쇠를 다루어 연장을 벼리는 아비의 손놀림은 신들린 듯 춤추는 것 같았다. 달구어진 쇳덩어리를 강물에 넣어 피시식 소리 내며 사르는 쇳소리 울림은 바로 아비의 신음이었다. 갑자기 더운 기운에 자지러지게 놀란 잔챙이들은 한껏 튀어 오르다가 물속으로 사라졌다. 옥화는 강으로 나가 물고기를 잡을 때마다 상처 난 잔챙이들을 보면 아비의 시우쇠에 덴 흔적일 거라는 감을 지울 수가 없었다. 대장간을 몰래 훔쳐본 옥화는 꺼이꺼이 울음을 토하기도 했다. 아비의 몸뚱이도 벌겋게 달군 쇳덩어리처럼 타버릴 것 같은 무서움이 확 끼쳤기 때문이었다.

옥화가 열 살 난 봄이었던가. 어서 오라는 아비의 연락을 받고 어미와 딸은 대장간으로 향했다. 엄청나게 크고 견고한 솥이 어이딸을 기다리고 있었다. 배 둘레는 박쥐문과 고리문이 아로새겨져 있어 품위를 더했다. 아비가 말했다. 박쥐는 악한 귀신을 쫓고 복을 끌어들이는 기고 고리는 대대로 부를 누리는 거라. 이거 감정해 볼래? 뚜디리 봐라. 아비가 쇠막대기를 딸의 손에 쥐어주었다. 옥화는 긴 막대기를 들고 두드렸다. 디이잉 디이이잉, 맑은 음이 울러 퍼졌다. 아아, 아비는 깊게 신음했다. 맑고 환한 종소리가 들리네. 만일 소리가 탁하거나 질이 나쁘거나 상한 데가 있으믄 내가 잘못 만든 긴데, 이거야말로 에나, 만년군자지. 기쁨을 감추지 못한 아비는 딸을 치켜 올려 공중그네를 태워주었다.

어미는 혼례를 올린 후에도 경산댁과의 연줄을 끊지 않고 드난꾼으로 일하며 무료함을 달랬다. 경산댁의 음식은 어미의 손때 매운 솜씨에 의해 더욱 빛났다. 경산댁에서 처녀 때부터 반감飯監을 도맡아서 가마솥의 간수도 어미 몫이었다. 어미는 그 솥을 뭉글한 불에 서너 번 물을 데워 헹군 뒤 돼지비계를 넣어 끓였다. 다시 쇠고기 기름을 넣어 끓이며 기름기로 솥 겉쪽을 문질러 배어들게 했다. 그런 다음 솥바닥에 묻어 있는 검정浮炭을 긁어모아 솥과 뚜껑 겉쪽에 골고루 바른 다음 무명수건으로 닦아서 길들였다. 그렇게 해야만 물이 방울져 흐를 정도로 매끄러워 때가 끼지 않았다. 흑회색의 솥이 참숯처럼 까맣게 변하고 윤기가 날 즈음 아비는 몸져누웠다. 아비는 어이딸의 손을 잡았다. 어미에게는 몹쓸 지아비였고 니겐 몹쓸 아비였제. 야쟁이란 혼을 빼앗기지 못하믄 야쟁이 짓을 팽개쳐야 돼. 아비의 유언이었다.

가마솥을 도로 찾을 수 있었던 것도 한수의 기지에 의해서였다. 인민군들이 경산댁 가족을 몰살하면서도 백파들과 아랫것들을 살려둔 것은 양식 보급과 식사 당번으로 이용하기 위해서였다. 아랫것들이 밥을 짓고 있으면 인민군들은, 인민의 피를 짠 부르주아 사육솥이라고 퉤퉤 침을 뱉으면서도 무척 구미가 당기는 눈치였다. 사용해보니 무기만큼 소중하므로 이곳을 떠날 때는 가져가자는 대장의 명령이 떨어졌다. 적군에게 전세가 불리함을 깨닫게 된 한수는 백파들에게 모종의 지시를 내렸다. 마침내 아군들의 진격이 좁혀들었다. 백파들은 인민군들의 지시대로 가마솥을 신작로에 있는 트럭으로 옮겨 놓았다. 인민군들은 트럭에 올라 무기를 솥 안에 넣으려고 소 댕을 열자 벌떼들의 영접을 받았다. 엉겁결에 당한 일이라 벌 은 인민군들의 집중력을 흩트려놓았다. 그들이 우왕좌왕 갈피 를 못 잡는 사이 아군들이 쳐들어왔다. 한수가 백파들에게 벌 떼들을 가마솥 안에 넣으라고 지시한 것은 진주성 언덕배기에 있는 벌집들을 백파들이 훔쳐 그들 움막 안에 숨겨둔 걸 알고 얻은 영감이었다.

기생 염파

다리를 건너는 염파 뒤를 영지는 종종걸음으로 뒤따랐다. 강바람이 염파의 치맛자락을 살랑살랑 흔들었다. 자르르 윤기 나는 머릿내와 지분 향내가 영지의 코끝을 간질였다. 보랏빛 저고리에 연분홍 치마를 입은 염파의 쪽진 뒷모습은 퇴기 같지 않아 보였다. 나이를 안 탄다는 건 앳되게 보인다는 것하고는 달랐다. 나이에 걸맞지 않게 젊음을 유지하는 정도랄까. 염파는 미행을 눈치 챘는지 뒤돌아보고 생긋 웃었다. 잠깐 사이 내비친 웃음인데도 영지는 염파의 얼굴에 번진 웃음이 화사함을 뛰어넘어 농염하다는 인상을 진하게 받았다. 화사하다는 건 한복의 색상에서 풍기는 느낌이고, 농염하다는 건 입체 화장한 얼굴에 나타난 색상의 오묘한 조화, 더 나아가서는 근원적인 본새, 기생이란 직분에 따른 끼를 두고 떠오른 일종의 선입관이었다.

사람의 가장 근원적인 욕구는 식욕이 아닐까. 유년시절, 영지는 무지개를 보고도 일곱 색깔 옷을 입고 싶다는 건 나중 일이었고, 처음에 느낀 건 먹고 싶다는 바람이었다. 잔치 때 상위에 오른 색색의 떡과 강정, 가게 진열대에 놓인 유리병 속의 알록달록한 사탕을 보고 입맛 다셔서 그런지, 감나무에 걸린 무지개를 보고도 군침을 삼키곤 했다. 그건 어른들이, 그저 밥 굶지 않고 사는 게 복이라는 걸 자녀들에게 입버릇처럼 말해서일 것이다. 무지개처럼 먹이로 뇌리에 박힌 건 기생들이 입은 한복을 통해서였다. 영지 자신도 색동옷을 입고, 조모나 이웃 여인들이 입은 한복 차림새를 보면 그저 알몸을 가린 옷이었지 엉뚱하게도 식욕이 일어나는 예는 없었다. 아마 기생들의 배꼽 아래는 여염집 아낙들에게 엿볼 수 없는 사과나 수밀도가 들어 있을 거란 호기심이었는지, 아니면 기생들의 은근짜 기질에 휘말려든 유혹이었는지, 아리송한 일이었다.

남강다리 옆 동쪽 강변에는 염료가게가 줄지어 있었다. 천막

친 염료가게 안은 방과 부엌도, 염료를 나열한 탁자도, 날염과 후렴後染도 하는 빈터도 있었다. 영지는 염파 뒤를 따라 염료가게 안으로 들어가 탁자 위에 놓인 물감들을 기웃거렸다. 염파는 염색공이 내민 비단을 펴서 꼼꼼히 살피고 있었다. 빛바랜 한복을 풀어 다시 물을 들인 거라 옥색 비단은 눈이 부실 정도로 선명했다.

"선녀옷보다 더 부드러운 조일견직 본견을 먹칠하진 않았은게 염려 놓으십쇼."

윤태가 하얀 이빨을 드러내며 웃었다. 이빨이 유난히 하얘 보이는 건 얼굴에 물이 들어 꺼멓게 변해서였다.

"손에 묻은 얼룩이 비단에 묻진 않았겠지."

염파의 부드러운 목소리가 비단으로 스며들듯 나긋했다.

"물감이 천에 묻으믄 배어나오기라도 하련만, 내 몸에 스며든 물감은 살가죽이 되어 배어나올 염려 없으니 걱정 마이소."

윤태가 히죽 웃으며 소맷부리로 눈을 훔쳤다. 눈자위가 벌겋게 흐렸다. 얼굴도 머리도 작업복도 팔도 손톱까지도 푸르죽죽했다. 천장도 벽도 진열장도 색색으로 채색되어 있었다. 이십여 년 동안 이 바닥에 종사한 염색공이 피부에 독이 올라 숨졌다는 이야기를 영지는 빙애에게 들었다. 색채의 독성이 몸으로 스며들어 죽음으로 이끈 두려움을 윤태는 빙애에게 실토했는지도 모른다. 빙애는 윤태를 오빠라 부르며 따랐고 윤태도 빙애를 친 여동생처럼 보살폈다. 빙애가 건달들의 비아냥거림을 가벼이 흘리고 버티는 것도 윤태와 완이가 보호막이 되기에 가능한 일이었다. 영지는 공중으로 떠다니는 염료 알갱이가 자신의 몸속에 스며드는 것 같아 몸을 옹송그리며 재채기했다.

"여기도 사람 사는 곳이라 숨 한번 크게 내쉰다고 염라대왕이 데려가진 않을 끼니, 학상도 마음 편히 가지라우."

윤태가 영지의 마음을 꼬집었다. 유년시절 병정놀이하며 지냈고 자라면서 종종 마주치기도 하는 낯익은 사이였지만, 윤태가 영지를 학상이라 부르는 데는 응어리가 맺혀 있었다. 자유주의 시대에 양반과 상놈이 공존하는 데 대한 분노였다. 윤태는 딸 같은 영지에게 깍듯이 예우하는 아버지를 못마땅해 했다. 종남은 아들을 보고 안산부인과 그 집 가족에게도 예우할 것을 지시했다. 아비의 꾸중을 듣고 윤태는 악을 썼다. 아부지는 배짱도 없슈? 지금 우떤 시대인데 얼라 같은 영지에게 허리 굽혀 그러믄요, 그렇습니더, 해쌌습니껴.

종남은 가끔 안산부인에 대한 미운 감정이 일어나도 경산댁에 대한 충성은 변함없었다. 따라서 안산부인이 살아있는 한 주종 관계는 유효하다는 생각을 다지고 있었다. 윤태는 더 이상 악감을 드러내지 않았으나 언젠가는 양반들에게 본때를 보여줘야겠다고 단단히 벼르고 있었다.

"때깔 좋은 비단이 날개를 달았네."

염파의 섬섬옥수가 스칠 때마다 비단은 매끄럽게 음표를 그리는 듯했다.

"옷이 날개를 단 기 아니라 천이 날개를 달았다는 뜻인가요? 물들인 비단에 아무런 하자가 없는 것만으로 만족했는뎁쇼."

윤태가 뒤통수를 끈적거리는데, 가게 주인이 미닫이문을 열고 나왔다.

"빛깔이 바랜 천은 물론 초벌 물들인 천에 하자가 있는 것도 가져 오십시오. 누님 피부처럼 환하게 물들여드릴 테니까요."

수산은 신생아 때 호국사 앞에 버려져 있는 걸 보살들이 키웠다. 소년시절에는 호국사의 금어화상에게 그림을 배워 불상도 그리고 절 단청도 했다. 성년이 되어 팔도강산을 두루 다니다 귀향해서는 염료가게를 차렸다. 날염과 후렴이 수산의 감성을 일깨웠다. 새 옷감에 무늬 찍는 것도, 헌 옷감을 새것인 양 꾸미는 재주도 뛰어났다. 염파는 수산의 단골손님이었다. 수산이 염파를 누님이라 부르는 건 염파 연인이었던 석주가 호국사에서 일경 몰래 숨어 있었을 때 그를 형님이라 부르며 도운 일이 있어서였다.

"재벌 물들일 천이 있긴 한데."

염파의 뜻을 읽고 수산이 바깥으로 이끌었다.

"보십시오. 후렴한 천들이 얼마나 누님 혹하게 인물이 잘 생겼는지를."

빈터에는 긴 막대기로 말뚝을 받고 줄을 친 곳마다 색색의 비단들이 바람에 하르르 녹아 흐르고 있었다. 염파가 팔랑거리는 옷감 하나를 접어 허리 부분에 대었다.

"이건 남색이군. 남강 물처럼 짙푸르고 해맑은."

"역시 여인의 치마는 쪽빛이 최고인 기라. 쪽빛 치마에 연노랑 저고리를 입고 호국사를 찾아온 누님의 모습이 눈에 선합니더. 형님을 잡으려고 왜놈들이 쳐들어올 걸 알고 스님이 갑자기 지시를 내렸지요. 절 단청을 하라고. 왜놈들은 집집마다 불상까지 모시는 골수분자라 그 사실을 알고도 호국사 안을 수사하진 못했죠."

염파의 눈동자에 물기가 어려, 수산의 얼굴이 굳어졌다. 연인이 위기에 몰리자 염파가 담당 일경을 유혹하여 호국사 뒤지기를 안 했다던가.

석주가 숨진 건 위암바위에서였다. 논개가 왜장을 끌어안고 숨진 바위에서 석주는 일경의 총에 맞아 쓰러졌다. 그 비보를 듣고 염파는 사공의 도움을 받아 연인의 시체를 끌어올려 배에 싣고 애간장 녹는 듯한 창을 불러 연인을 쏜 일경의 간담을 서늘하게 했다는 이야기가 전해 오고 있었다.

강바람이 염파의 치맛자락을 부풀게 하여 수산의 하체를 살랑 스치며 지나갔다. 염파는 수산에게 이끌려 둔덕에 앉았다. 염료가게 옆의 주점에서는 '무너진 사랑탑'의 가락이 흘러나오고 있었다.

"문수 형님도 목숨이 오락가락하니, 유성기도 틀 맴이 안 생깁니더. 천년이 지나도 하나 날까말까 한다는 그 목소리가 너무 아까바서……."

수산이 말끝을 맺지 못하자 염파가 물 흐르는 소리를 냈다.

"저기 동북쪽에 있는 말띠고개 둘레는 가난한 사람들이 사는 곳이었네. 그래선지 '나막신쟁이 날'* 유래가 생긴 곳이고. 예부터 진주로 드나드는 그 고개를 넘기 위해선 하도 숨이 차서 쉬었다 가기 위해 말의 띠를 나무 등걸에 매어놓는다 하여 말띠고개라 불리었느니라."

말띠고개 언덕바지에 마음 착하기가 흥부보다도 고운 나막신쟁이가 살고 있었다. 나막신쟁이는 가난하여 여름 한철은 그런 대로 나막신이 팔려 근근이 견뎠으나 겨울이 오면 배를 굶기 마련이었다. 장날인데도 나막신이 안 팔려 탈래탈래 집으로 돌아오는 길이었다. 나막신쟁이는 주막에서 주고받는 남정네들의 이야기를 들었다. 성내에 사는 부자가 죄를 지어 관가에 잡혀가 매를 삼십 대를 맞아야 하는데, 누가 대신 맞아주면 돈 석 냥을 준다는 내용이었다. 미리 뇌물을 아전에게 바쳐 매도 살살 때리게끔 되어 있다는 것도 알아내었다. 나막신쟁이는 그 부잣집으로 가서 소인이 대신 매를 맞겠다고 호소했다. 부자는 나막신쟁이가 고맙기도 애처롭기도 하여 저녁을

---

* '나막신쟁이 날'이란 섣달 스무 이튿날을 두고 이름이다. 음력으로 24절기를 따지면 겨울에는 입동·소설·대설·동지·소한·대한이다. 나막신쟁이 날은 대한도 지난 다음 모질게 추운 날씨를 일컫는데, 이는 신주 시방에만 있는 절기이다.

잘 대접하고 호출장을 주어 관가로 보냈다. 나막신쟁이는 곤장 서른 대를 맞고는 귀가 길에 쓰러져 숨졌다. 쫄쫄 곯던 배에 기름이 차서 위장이 탈이 난데다가 매 맞은 독이 몸에 퍼졌기 때문이었다. 하마하마 기다리던 나막신쟁이 아내는 말띠고개에서 쓰러진 가장을 보고는 통곡했다. 매운바람이 더욱 기승을 부려, 나막신쟁이 아내는 "우야코, 나막신쟁이 팔자야, 이 못난 에펜네가 얼라들을 데리고 우찌 살라고. 아이고, 나막신쟁이 팔자야" 하는 통곡이 고개를 넘어, 나그네들이 그 사연을 듣고 입에서 입으로 전해져 '나막신쟁이 날'이 생기게 되었다.

염파는 숨을 크게 들이시고는 다시 말을 이었다.

"그 아래 마을에 살던 오라버니는 틈만 나면 말띠고개에 올라 목청을 틔우곤 했어. 오라버니가 강씨 문중에 양자가 되어 최창수에서 강문수가 되었다가 한양으로 가서 명가수가 되었제. 낮은 음과 높은 음을 다람쥐 쳇바퀴 돌듯 넘나든다는 고운 목소리는 하늘이 내린 목소리라고 팔도강산이 발칵 뒤집었다네. 왜놈들도 오라버니 목소리에 반해 음반이 날개를 달았고. 오라버니가 명가수가 못 되었더라믄 해방되기 전 이 나라를 발칵 뒤집은 호열자虎列刺, 호랑이에게 살점을 찢겨 먹힐 정도로 무시무시한 콜레라에 걸릴 뻔했는데, 그 전염병이 진주 지방에선 더했거든…… 나의 아비 어미도 그 전염병에 걸려 새카맣게 타서, 우찌 사람이 고양이가 불에 탄 것 맨치르 되는

긴지. 순경들은 병마를 물리쳐야 한다고 오두막인 우리집도
불에 태워 폭삭 가라앉게 하고, 난 혈혈단신이 되어……. 오라
버니가 진주에 오시믄 기생들이 인력거를 극장 앞에 놔두고
못 모셔 환장이었는데, 나의 인력거에 타시고는 여관으로 도
망치곤 했다네. 그 무시무시한 호열자도 물리쳤는데, 이제는
사람들에게 살점이 찢기게 되었노라고, 허허 웃으셨지. 극장
앞에는 오라버니를 보려고 팬들이 장사진을 이루고 아우성 쳤
으니께.”

“문수 형님을 사모하진 않으셨나요?”

“사모는 사모로되 오라버니 이상의 정은 아니었느니라. 난
이미 의기남아 대장부에게 머리를 얹혀, 자나 깨나 그이만을
그리워했지. 그이 부친이 만주 독립군을 돕는 돈줄이라 만주로
자주 드나들어 왜경들이 감시하게 되었고. 오라버니도 그 사실
을 알고 계셨어. 만일 내가 사모한다 캐도 오라버니가 안 들어
줄 정도로 자로 잰 듯 반듯한 분이셨제. 술도 담배도 안 하고
바람도 안 피워, 동료 가수들에게는 황제로 통하셨은께. 금욕
은 고운 목소리를 이어가기 위한 절제일 텐데 고만 폐병에 걸
리고 말았으니.”

“목청을 높여야 하는 가수에게 폐병은 생명과 진배없잖습니
껴. 그러니 가수 생활도 뜸할 수밖에. 곧 전쟁이 일어나고, 형
님은 요양 겸 귀향하여 당구장을 경영하기도 하셨고.”

“당구는 오라버니의 취미였지 돈벌이와는 무관했어. 지금

중앙로터리 옆에 있는 손한의원이 말띠고개 아래 마을에서 호열자 환자들을 잘 치료하여 거부가 안 되었는가. 서울에 이명래 고약이 있다믄 진주에는 손고약이 있을 정도로 유명했제. 손한의원도 고향 마을에서 자란 오라버니를 잘 알고 계셨고. 더구나 국민들이 떠받드는 명가수라 귀빈으로 모시고 치료를 도맡아 하셔서 가래에 피 나오는 게 멈췄으니, 에나 명의원인기라. 오라버닌 '이별의 부산 정거장'을 불러 재기에 성공했고. 모름지기 개구리가 땅구더기에서 겨울잠을 자고 봄이믄 뛰어나와 활개를 치듯 사람도 고런 과정을 치러야만 되는 긴가 봐. 희한한 건 나의 가슴앓이 병은 저승사자도 약 한 첩 얻어가길 소원한다는 천하 명의 손한의원도 고칠 수 없었는데, 바로 손한의원 건너편에 있는 만화당한의원이 잘 치료해줘서 그럭저럭 세월에 물감들이고 있네. 그저 기생 팔자란 고까옷에 꽃물 들이는 염색공이고, 퇴기는 헌옷에 꽃물 들이는 염색공이라 할지. 만화당한의원의 딸내미가 열병환자인데 딸내미를 위해 지성껏 지은 약이라 내게도 탁월한 효과가 있는 긴진 모르지만."

"전 가끔 그 당구장으로 가서 형님의 말벗이 되었는데 어떻게 최씨가 강씨 문중으로 양자를 가게 되셨는지?"

"오라버니는 내게 왜 기생이 되었느냐고 묻지 않으셨어. 사람에겐 뼛골까지 에는 아픔은 고스란히 상대의 몫으로 놔두는 것도 내 신약에 좋은 기 아닌가 하네. 고걸 캐려고 하믄 거리감이 생기는 기지. 이웃끼리 거리감이 생기는 것만큼 남남이란 저울도 없을 기네. 수산이라는 이름도 수산이면 족하지 그 앞에 성씨를 붙이믄 수산 아닌 허깨비가 공중을 떠다니는 꼴이고. 염파도 그 앞에 성을 붙이믄 염파가 아닌 기라……. 말띠고개에서 이마에 쇠똥도 안 벗겨진 애송이가 오라버니를 졸래졸래 따라 댕기믄서 목청 틔운 걸 배웠으니, 나도 국민의 가수 남인수의 제자인 셈이지. 내가 소리기생으로 이때껏 발돋움할 수 있은 것도 오라버니의 도움이 아닌가 하네. 여기 권번 교방선생이 나를 동기에 입문시키기 위해 요모조모 살펴보시더니, 인물도 반반하고 소리도 기똥차니 논개할매가 수제자 삼으시것다 카더니, 진즉에 내 앞날을 바늘귀에 실 꿰듯 훤히 꿰뚫셨는지 논개할매 초상화의 모델이 안 되었는갑네……. 얼마 전, 오라버니가 입원해 있던 서울의 병원에서 도망치듯 하향했다며, 뱃놀이 가자 안 카나. 얼굴은 핏기 없이 하얗고 눈은 왜 고리도 움푹 기어들어갔는지. 몸매는 가랑잎처럼 호리빼빼니스트가 되어 가지고설랑. 하도 목이 말라 남강 물에 목을 축여야만 살 것다 캄스르. 난 가야금을 켜고 오라버니는 히트곡을 부르고, 나중에는 서로 합창했느니라. '애수의 소야곡'에서 '무너진 사랑탑'에 이르기까지. 갈증이 이는 건 노래를 못 부르는 애통함 아니겄나. 옷도 흰 카다마이에 자색 나비넥타이를 맨 무대 차림새를 하고선. 피를 뭉툭 토하면 강물에 목을 헹구고, 또 노래를 부르고, 목을 또 강물에 헹구고. 오라버니는 팬들의 가슴을

울릴, 에나 국민의 가수다운 노래 하나만이라도 부르는 게 소원이라 캤어. 난 반드시 오라버니가 그러리란 걸 믿어 의심치 않아."*

염파는 장악원에서 문하생들에게 춤과 노래를 가르치고 있었다. 빼어난 미모도 미모려니와 덕과 지조를 지닌 기생이라 이웃들의 사랑을 받고 있었다. 더욱이 이당 김은호 화백이 의기사義妓祠에 봉헌할 논개 초상화를 그릴 때 모델이 되어 시민들의 화제에 오르곤 했다. 의기사란 논개를 기리기 위한 사당 이름이었다. 6·25 때 훼손되어 촉석루와 함께 새로이 단장하기 위한 공사가 진행되고 있었다.

"저도 그런 믿음에는 변함 없습니더. 문수 형님은 노래가 밥이요 생활이기도 했으니까요. 말을 하면 음표가 따라붙는지 대화중에도 가락이 물결치듯 하더라고예."

수산은 허공을 향해 가락 젓기하고, 염파는 둔덕에 피어 있는 민들레를 쓰다듬고는 강물을 내려다보았다.

"저 흐르는 강물이 눈물이 아닌가 하네. 나의 눈물이 모이고 모여, 더 나아가 이 사람 저 사람, 모든 사람들이 흘린 눈물이 모여서 강을 이룬다고. 임진왜란 때는 수많은 사람들의 시체가 둥둥 떠다녔고, 논개성님의 혼도 피멍으로 피어나고, 정확히

---

* 남인수는 그로부터 일 년 뒤, '4·19 학생 의거의 노래'를 불러 다시금 국민의 가수로 우뚝 서게 되었으나, 지병의 악화로 이태가 지난 45세 나이로 생을 마감했다.

그이 시체를 나룻배에 태우자, 강물이 피라는 걸 일깨우더군. 총알이 박힌 그이 가슴에서 피가 방울방울 흘러나와 나룻배를 적시고 강물 속으로 흘러가고, 창수 오라버니가 흘린 피를 보고도 강물이 피임을 가슴에 새겼더랬어.”

다리 위에는 한 무리 농악대원들이 악기를 켜며 지나가고 있었다. 해마다 봄이면 그 해의 풍년을 기원하는 농악대원들이 시가지를 돌곤 했다.

“이 노릇도 그만 둘 때가 된 것 같습니더.”

수산의 몸가짐이 허허해졌다.

“왜? 다시 방랑의 길을 떠나려고?”

“아입니더. 치기 부릴 정도로 젊지도 않았고, 남강을 보존하기 위해 염료가게를 없애야 한다는 여론이 일어, 견직회사가 늘어나서 염료가게가 필요 없다는 뜻이겠죠.”

“강변에 색색의 옷감이 바람에 나부끼는 것도 하나의 정경일 텐데.”

“방망이 소리는요. 빨래터도 없앤다는 소문이 들립디더. 이 도시에 인구가 늘어나서, 젖줄기인 남강 물을 잘 이용하기 위해, 댐을 만들기로 한답디더. 고게 후딱 오는 기 아니긴 하지만. 무명이나 비단은 뒷전으로 밀려나고 바야흐로 나일론 시대가 온 탓이기도 하고예.”

수산의 설명을 듣고 염파가 가만한 소리로 되뇌었다.

“무어라도 사라진다는 건 슬픈 일이라네.”

*

　영지는 둔덕을 지나 경비초소 앞에서 걸음을 멈췄다. 보트를 타고 물결 따라 흘러가는 젊은 남녀의 새된 웃음소리가 귀밝게 들려왔다. 무얼 수용한다는 건 자신도 닮고 싶다는 욕구일 것이다. 피부가 팽팽해지며 가슴 밑바닥에서부터 뜨거움이 솟구쳤다. 무언가 좋은 일이 일어나리란 설렘이 햇빛 밝은 물결처럼 남실거렸다.

　그 경비초소는 추포의 움막이 있던 자리였다. 이 강변에서 천년만년 살고 지고. 추포의 염원은 흘러간 강물이었을까. 영지도 덕자와 함께 추포의 움막을 찾은 예가 있었다. 니가 나를 놀리려고? 추포는 대뜸 영지를 몰아붙였다. 머리에 기계가 뱅글뱅글 돌아가는 사람은 점괘가 안 나오는 법이라고 도리질하면서. 터무니없는 오해라고 영지도 맞섰다. 덕자가 영지를 안산부인 손녀라고 하자 그제야 추포는 표정을 바꾸고 경산어른의 외손이라믄 나의 사돈뻘이라고, 빙애네 남편의 혼주가 된 그 시절이 나의 전성시대라고, 뱁새눈을 깜작거렸다. 그 순간 영지는 나의 앞날을 훤히 꿰뚫는 거라면 내가 안산부인 손녀라는 것쯤은 알아야 하는 거라고, 대들고 싶은 걸 꾹 참았다. 추포는 영지의 사주는 볼 것도 없다며 주산을 들고 흔들었다. 꿩 묵고 알 묵는 팔자이긴 하나 너무 목을 철판처럼 빳빳이 세우믄 오는 복도 휑하니 달아난께 고개를 참하게 수그려야 한다고, 꼬집었다.

경비초소 안에는 낯익은 중년신사의 뒷모습이 눈에 띄었다.
영지는 문을 열고 안으로 들어갔다.

"웬일이지?"

유목사가 초소를 찾은 건 성도들이 마련한 경비원들의 작업
복을 전달하기 위해서였다.

"청잣빛 하늘을 보려고요."

소녀의 얼굴에 긴장감이 감돌았다.

"하늘을 닮은 청자, 청잣빛 물속에는 하늘이 들어 있지."

유목사가 지난주일 예배 때 설교한 내용이 '고려청자와 하
늘'이었다. 유목사는 대머리라 그런지 이마가 더욱 뻔쩍 빛이
났다. 십자가를 수용하겠다는 단단한 의지가 숨어 있어서일
까. 영지는 유목사가 설교하면 그의 넓은 이마에 십자가를 그
리는 상상을 하곤 했다. 유목사는 매부리코에다가 얼굴이 얄
팍한데도 눈은 사려 깊고 은밀해 보여 목회자로서의 합당한
얼굴이 아닐까 싶었다. 눈이 마음의 움직임을 가름하는 창구
라면, 유목사는 창구 역할을 유효하게 표현하여 목회사역에
윤기를 더했다. 흔히 갈매기 입술을 지닌 자는 말 장사를 업으
로 삼아야 한다던가. 말 장사치고 목사만한 말 장사가 어디 있
다든. 영지가 몸담은 기독청년동아리 '에벤에셀' 회원들은 곧
잘 지도목사의 관상까지 들먹거리며 킥킥거렸다. 영지가 유목
사 얼굴에 관심 가진 건 누구보다도 그 얼굴을 많이 접해서였
다. 여자의 일생에서 최초의 이성 상대가 아빠라는 설도 있으

나 영지에게는 유목사가 그런 유형의 대상이었다. 병원 출입이 잦은 상근은 아빠 구실을 충분히 못해, 주일이나 무슨 행사가 있으면 자주 만나는 유목사가 더 가까운 이성으로 인친 탓도 있었다.

"하늘과 물, 청자가 삼위일체? 물도 하늘을 닮고 청자도 하늘을 닮았다는 뜻인가요?"

"물론이지. 하늘은 모든 걸 수용하니까."

유목사를 자주 만나도 강대상에서 설교하거나 청소년 모임에서 마주쳤지 이렇듯 단둘이 만난 건 처음이었다. 영지는 이런 소중한 만남을 허투루 보내고 싶지 않았다.

"하늘이 하나님을 뜻한다면 나머지 둘은 어느 걸 뜻할까요?"

예지에 빛나는 소녀의 또깡또깡한 질문이 바늘이 되어 유목사의 헐거운 두뇌를 땀땀이 깁고 있었다. 유목사는 바짝 긴장했다. 목회자라면 무엇이든지 척척 알아맞히는 지혜로운 달변가가 되든지, 어둠에서 밝은 세상으로 유도하는 길잡이 노릇을 감내할 책임감이 있어야 했다.

"어렵군. 질문한 내용이."

솔직하게 고백하는 게 의문을 담은 자의 감성을 부드럽게 할지도 모른다. 의문 속에는 칼날이 박힐 수도, 증오가 독처럼 배일 수도 있었다. 하지만 노상 소녀의 감성을 잠재워선 안 되는 게 목회자로서의 임무일 것이다.

"예수님이 물이라면 성령님은 청자, 아니지 정 반대일 수도 있지."

"왜 그렇지요?"

"예수님은 하나님이시고 성령님은 하나님의 사역을 돕는 분이므로."

"애매해요."

"실은 나도 애매해. 삼위일체 하나님은 영원히 풀 수 없는 수수께끼이기도 하고, 바로 나 자신이라는 확신이 설 때도 있고."

유목사의 이마에 그려진 상상의 십자가가 흔들리는 걸 영지는 바로 세우고 싶었다.

"사랑이란 서로의 지닌 장단점을 풀어나가는 걸음마라고 하셨죠?"

"인간의 뇌는 수수께끼의 보고거든."

"의문은 의문을 낳고……. 의문의 꼬리표에는 끝없는 물음표가 뒤따른다는 건가요?"

"인간은 영원을 꿈꾸면서도 손에 잡을 수 없는 공기 같은 걸 알기에 영원은 생명이 다하도록 꿈꿀 수밖에 없는 시간의 흐름임을 깨닫곤 하지. 난 배를 타면 물의 흐름이 곧 시간의 흐름임을, 세월을 돌리는 물레방아임을 새삼 확인하곤 해……. 지금 영지가 입고 있는 하얀 블라우스와 검정 스커트를 실례로 들어 보자. 그건 학생들의 교복을 상징하는 색깔이잖아. 왜 하필이면 많은 색깔 중에서 흰색과 검정일까?"

116
"꾸미지 않은 자연인의 모습, 현란하거나 다양한 색깔이라면 정신통일에도 문제가 있는 게 아닐까요."

"통일을 꾀하는 건 구속을 의미한다?"

"목사님의 설교 중에 구속이란 단어를 빼면 어찌 소금 없는 식탁일 것 같은데요."

"진정한 구속은 평강을 더 나아가서는 자유를 안겨주거든."

"그게 타당성이라는 건가요?"

"성직자들의 옷도 거의 흑백 아냐. 하양과 검정은 단순하면서도 마음을 편안하게 해. 그건 어머니의 색이기도 하고. 하얀 저고리에 검정 치마. 난 성직자의 옷과 교복이 왜 흑백인지, 좀 생각해 봤거든."

"단순하다는 건 거짓 없는 정직성을 의미할까요? 그런 의미에서 본다면 성직자와 학생은 정직의 상징이어야 한다는."

"검정은 모든 걸 수용하고 어떤 색과도 배색이 가능한 게 아니겠나. 하양은 검정도 되는 가능이 무한한 색이고. 극과 극인 흑백에서도 조화의 무궁함을 엿볼 수 있달까. 피아노도 그래. 흑과 백의 유효적절한 배합에서 아름다운 음이 탄생되는 법이거든. 난 나의 목회에서도 이 흑백의 원초적인 상징성을 어떻게 풀어나가야 하느냐가 성공의 비결이라 여기고 있어."

"미국의 흑백 문제는 돌이킬 수 없는 극과 극의 대립 아닌가요?"

"갈등이지 대립은 결코 아니야. 갈등은 실 꾸러미처럼 뒤엉켜 있어도 화해로 들어가는 통로거든. 대립은 대 조각처럼 서

로 맞서다보면 직선으로 치솟아 뒤엉킬 여유도 없달까. 그네들
도 피아노에서 우러나오는 음의 조화를 나의 것으로 수용하는
자세가 되어야만 진정 구속에 의한 자유로움이 탄생될 거야.”

“어렵고도 쉬워요.”

“쉽고도 어렵다면 우리의 대화가 헛된 것일 텐데.”

“목사님 말씀이 난해한 암호문 같다는 생각은 전연 없으므로
안심하세요. 전 수업 중에는 선생님들의 가르침이 그러하다는
걸 자주 느끼는데도.”

그들이 밖으로 나오는데, 둔덕에서 뛰놀던 아이들이 유목사
곁으로 우르르 몰려들었다. 노랑가방을 어깨에 멘 아이들의 눈
동자와 예배당의 초록지붕과 담을 따라 줄기를 뻗은 빨간 장미
가 봄볕에 아롱지고 있었다.

예배당은 아이들의 즐거운 놀이터였다. 시이소오와 미끄럼
틀 외에 운동기구가 있었고, 박하사탕과 캐러멜, 장난감과 그
림 동화집, 인형과 머리핀과 리본, 옷들이 아이들의 구미를 당
기게 했다. 그것들은 거의 미제였다. 아이들은 색채에 민감한
반응을 보였다. 기껏 기생들의 옷차림이나 국악인들의 연극 공
연 때나 볼 수 있는 색채는 거의 실생활과는 무관한 것들이었
지만 예배당에서 본 신기한 물건들은 하늘의 무지개를 따온 것
처럼 신선했다. 영지는 달디단 사탕과 알록달록한 인형보다도
그림 동화집이 더 좋았다. 종이 질이 가까이 접할 수 있는 책들
과는 달랐다. 감촉이 비단결처럼 매끄럽고 윤기가 났다. 더욱

이 교회학교 교사들이 들려주는 옛 이야기를 듣고 있노라면 이
야기 맛이 사탕보다도 더 달았다. 홍해수를 가르는 모세, 노아
의 방주, 신비한 힘을 지닌 삼손, 황금과 유향과 몰약을 지니고
별을 따라 먼 길을 떠나는 동방박사, 마리아와 아기 예수 이야
기를 들려주는 주일학교 여교사의 붉은 입술에는 꽃송이가 몽
실몽실 피어나는 것 같았다. 새 책장을 넘기면 빠작빠작 소리
나는 감촉은 비 온 뒤 은빛 나는 나뭇잎처럼 상쾌함을 안겨주
었다. 진정 아이들은 색채에 메말라 있었는지도 모른다. 영지
는 동화 속에 나타난 성자보다는 솔로몬이 더 좋았다. 가난한
사람들과 질병환자들에게 파묻힌 예수보다는 화려한 궁전에서
아리따운 여인들과 사랑을 나누는 솔로몬이 더 마음을 끌었다.
장래의 연인 상은 솔로몬이었고 밤마다 지혜의 왕과 함께 자는
꿈을 꾸고자 했다.

　영지는 배를 타고 노를 저어나갔다. 강물은 해맑은 거울이었
다. 거울 속에 인기척을 느낀 잔챙이들이 도망쳤다. 잔챙이들
은 동아리였고 소녀는 술래였다. 거울에 비친 소녀의 얼굴에
바지락이 검은 점을 아로새겼다. 노를 저을 때마다 파헤쳐지는
잘디잔 모래 알갱이들이 얼굴에 주근깨를 끼얹었다. 입을 벌리
면 거울 속의 입술에도 새우와 피라미가 들어왔다. 계속 삼켰
다. 밍밍했다. 뒤벼리 모퉁이가 가까워오자 동아리는 보이지
않고 술래의 그림자만 물 위에 떴다. 짙은 물속은 하늘도 배경
이 될 수 없는 것일까. 유목사는 하늘만한 거울이 없다고 했는

데. 고려청자가 대접받는 건 하늘만한 색채를 담고 싶은 장인의 혼이 배어 있다고도. 진정 유목사는 하나님이 온 인류의 빛이란 설명을 하기 위해 그런 비유법을 사용한 건 아닐까. 영지는 노 젓기를 멈췄다. 위험 지역이라 쓴 푯말이 강둑에 박혀 있어서였다. 해마다 익사체가 발견되어 세인의 입질에 오르내리는 곳이었다.

강태공이 낚시질하여 삼척이 넘는 잉어를 건져 올렸다는 소문이 나는 곳도 여기였다. 기암괴석이 장관인, 동쪽 기슭을 흘러가던 강물이 갑자기 오른쪽으로 방향을 바꾸어 휘돌아 흐르기 시작하면서부터 병풍을 두른 듯 깎아지른 절벽이 절경을 이루고 있어, 금강의 오묘한 풍치를 연상케 한다던가.

수주선생은 강 어디에서 영감을 얻어 '강낭콩보다 더 푸른 물결 위에' 란 시를 지었을까. 시인이 논개의 충정을 노래한 건 좋지만 비유법에 문제가 있다고, 소년소녀들이 모여서 열변을 토하곤 했다. 그들은 깊은 수심을 내려다보며 시인의 감성이 되기도, 깊은 물속에는 누군가가 숨겨 있고 비밀스런 이물이 숨어 있을 거라는, 호기심으로 물속을 저울질해 보곤 했다.

일제 때 이 고장 출신인, 모 재벌 창업주가 강물 속에 든 금덩이를 건져 그 자본으로 사업을 일구었다는 시쳇말이 떠돌고 있었다. 시쳇말은 뜬소문일 수도 있었다. 비밀이란 안개처럼 모호한 거고 누구나 성공담 뒤에는 전설 같은 이야기, 호기심을 자극하기 위한 만담 같은 이야깃거리가 남발함으로. 그건

자신의 허욕과 탐욕이 남의 성공담에 자극되어 입 밖으로 새어
나오는 자기 과시일 수도 있으니까.

영지는 준비한 작은 유리병에 물을 담아 뱃머리에 놓았다.
검정과 청색을 적당히 배합하여 감색 잉크를 만들어 두 개의
병에다 붓고 병마개를 닫았다. 하나는 빙애에게 줄 참이었다.
만년필보다는 펜글씨가 보기 좋고 글씨도 는다고 했다. 촉이
가는 걸 골라 길들이고 공책에 필기를 또박또박하고 주요한 대
목에는 줄을 쳐서 공책 정리에 정성들인다는 건 학생이 갖춰야
할 기본자세일 것이다. 영지는 일곱 가지 물감도 풀어 병에 담
았다. 무지갯빛이 햇빛을 받아 더욱 화사한 빛으로 눈을 부시
게 했다.

색이 빛날수록 독성이 강하다는 걸 알고 있겠지.

윤태가 주의를 주었다. 입마개를 달고 물감을 만져도 물감
알갱이는 피부에 스며들어 손톱이 누르뎅뎅해지고 몸이 가렵
고 재채기하면 속이 텁텁하고 메스꺼워 배앓이를 한다는 것도.
윤태가 우려하는 건 행여 물감이 엉뚱한 곳에 사용되지 않을까
라는, 죽음에 대한 공포는 아닐는지.

왜 염파를 보고 일곱 가지 염료를 더 구입해야만 했을까. 무
지개의 신드롬이 되살아나서일까. 낚시를 즐기는 아버지를 따
라 강으로 나오면 영지는 염료가게에 들려 물감을 사곤 했다.
번번이 잉크를 만들기 위함이란 구실을 달았어도 실은 색상이
주는 화사함에 현혹되어서였다. 영지는 빨강과 초록 물병을 나

란히 들고 비교해보았다. '강낭콩보다 더 푸른 물결과 양귀비보다 더 붉은 피'란 시인의 글귀를 연상하며, 영지는 염파를 생각하고 있었다. 논개란 제목의 시를 외우고 염파를 생각한 건 염파가 논개 후예란 것만은 아니었다. 영지는 연인을 살리기 위해 원수의 품에 안겨야 했던 염파의 고통에 이르진 못했으나 그 고통을 충분히 이해할 순 있었다.

작년 이때쯤이었던가. 영지는 아버지랑 염파랑 뱃놀이 한 적이 있었다. 특별한 행사 때나 불러 다니던 염파가 아버지의 초청에 응한 건 드문 일이었다. 그들은 친한 사이도, 인척 관계도 아니었다. 병이 골수에 박힌 환자의 청을 염파가 거절하지 못했던가 보았다.

사공은 노를 저어 나갔다. 입체화장으로 가려진 염파의 얼굴에 진 잔주름이 물결처럼 드러났다. 그것은 얼굴의 근육이 떨리고 있다는 증거였다. 염파는 가야금을 켜며 창을 부르고 있었다. 심청가였다. 근육만이 떨리는 것이 아니라 소리도 떨리고 있었다. 심청이 뱃사람들에게 팔려가기 전 이별주를 마시며 부르는, 가슴을 적시는 곡조가 한 음절 한 음절 떨어질 때마다 아버지의 입에서 나온 붉은 피가 꽃잎이 되어 강물에 흘러내리고 있었다. 그 순간 영지는 육체는 나이를 먹으며 제 몫을 다스리는 거지 세월에 부대끼며 삭아지는 건 아니란 강한 거부감으로 떨고 있었다.

그날 이후 아버지는 병원에 입원하여 현재까지 자리보전을 면치 못하고 있었다. 염파도 초청자의 죽음을 예감했을까. 죽음이란 공포에 휩싸이면 인체는 떨림으로 다가온다는 걸 영지는 피부로 감지했다. 둔덕에 빨갛게 핀 영산홍, 선학산 진달래가 병풍 속에 그려진 그림처럼 시야에 잡힌 순간, 영지가 느낀 건 아버지가 토하는 피는 분명 양귀비보다도 더 붉은 피였다.

시인이 피를 말리면서 글을 쓰는 거라면 한순간의 느낌도 죽음보다 더한 고통의 혈서라는 걸 알게 된 뒤부터 영지는 시인이 쓴 글을 읽고 회의를 느끼기보다는 그 글을 사랑해야 한다는 결심을 다졌달까.

영지는 외진 곳인데도 누가 오지 않을까 사방을 두리번거리고는 가방에 싸온 꾸러미를 풀었다. 개짐이었다.

빨래터 풍경

옥당목 옷걸이, 무명치마 저고리는 깟고실
아지매.

이불 요 홑청, 무명 쌀자루는 섭천 아지매.

옷 덮개, 속바지 둘, 밥상보 셋, 앞치마 둘은 기조네.

방석보 여섯, 베갯잇 열은 소분네.

목도리 둘, 남자 내의는 명밭골 세이.

책상보 둘, 책가방, 교복칼라 셋, 빤츠 여섯은 국희.

아기 포대기, 띠 둘, 기저귀 열, 다음은

"꽃방석 여섯."

빙애네는 초이네를 보며 눈을 흘겼다.

"니 좀꾀 부려 싸도 내 안 넘어간다 이거죠?"

남들이 알아들을까봐 죄어드는 목소리로 말하는 빙애네에 비해 초이네의 목소리는 암팡지게 컸다.

"월경수건을 기저귀와 구별 못하는 얼간인 줄 알았남?"

"아뇨, 세이 눈이 올빼미 눈 아닝교. 밤이믄 눈이 더 밝아 새앙쥐 잡는 덴 선수인 올빼미 같이. 가마솥의 뜨거운 김 쐬면 눈이 멀기 십상인데, 외려 세이 눈은 불꽃이 활활 타올라, 그것 구별 못할 거라곤 애씨당초 생각 안 했습니더."

"그라믄 가져오지 말아야제?"

"참 이상합니더. 왜 내 신성한 몸엣것을 숫제 지지리도 더러운 속물 취급할까예. 남편이 오입질해서 옮긴 매독 임질은 볼 만장만 넘기면서 이웃사촌 월경은 쌍불 켜고 싫어하는 것 난 이해 못하겠십니더. 지금 솥 안에는 매독균과 임질균이 든 빤츠도, 이가 버글버글한 내복도 노상 없진 않을 낀데."

"신성한 것이니게 이나 매독균이나 임질균 같은 기 섞여서는 안 되겠제."

"삶고 보믄 기저귄지 월경수건인지 표가 읍잖습니껴. 난 그걸 꼬박꼬박 챙겨 삶아 달라 할 테니 두고 보이소."

"안 돼. 우리 살림을 초이네가 돈내기로 떠맡지도 않을 기고 이 노릇 못하고 문 닫으믄 우짤 긴데?"

"그야 우리집에 오시믄 쌍수 들고 환영할 테니. 초이 아부진 입이 짧아 밥상에 앉으믄 노상 반찬 투정질인데 세이의 매운 솜씨를 빌리믄 진수성찬 아니겠능교. 그건 그렇다치고 절대 안 되는 건 아니죠, 그쵸?"

빙애네는 단골들이 개짐을 슬쩍 가마솥 안에 넣어도 거절 못했다. 남들 눈치 안 보게끔 그걸 삶은 걸 몰래 슬쩍 주인에게 돌려주곤 했으나, 한두 개이면 몰라도 초이네처럼 부피가 많으면 손님들이 눈치 채기 쉬웠다. 여자들은 남 개짐이 자신들 옷 속에 섞여 삶아지는 경우엔 깜박 나자빠질 정도로 싫어했다. 그런 사실을 증명이라도 하듯 원성이 터져 나왔다.

"빙애 어무이요, 난 이걸 못 가져 가겠습니더."

국희가 앵 토라졌다.

"와이 카노? 추저버서 싫으믄 고걸 저 강물에 횡구믄 안 되나."

초이네가 핏대를 올렸다.

"교복 칼라와 책가방, 팬티인데 어떻게 남의 멘스대와 삶은 걸…… 초이 어무이는 부끄러움도 없나욧? 아이, 창피해."

국희도 만만치 않았다. 국희가 몸담은 반에 서울서 전학 온 애가 있는데 혼혈아였다. 급우들은 초이가 엄마랑 코쟁이 서방 사이에서 태어난 트기라며, 장돌뱅이 화장품 장사인 초이 엄마가 양공주 출신이라고 쑥덕거렸다. 초이의 노란 머리는 헝클어지고 입술은 튀어나오고 콧등에는 주근깨가 박혀, 얄미워도 보통 얄미운 인상이 아니었다. 초이 아부지라면 초이 계부요, 기저귀는 초이의 씨 다른 의복동생일 것이다. 국희는 초이 엄마가 빨래터에 온 걸 보지 못했다. 아씨빨래 씻은 걸 빙애네에게 맡기고 다른 빨래를 하다가 금세 와서 알았다. 만일 초이 엄마 빨래랑 함께였다면 가마솥에 삶는 걸 마다했을 것이다. 아이, 창피해. 목청을 높이며 아예 상종도 하기 싫은 양 국희는 발을 동동 구르고 있었다.

"오야. 숭시러버 기막히다 이거제. 니가 고칸 걸 핑계삼아 나를 조질라고? 주디가 고리 야물다고 옥황상제가 니를 여왕으로 떠받든다 카더나. 니는 몸엣것을 안 치르는 축구 등신이가? 몸엣것 없는 처니야말로 시집 못 가고 비리비리 사는 걸 모리나?"

초이네는 빠져나올 구멍은 고함밖에 없다는 듯 캉캉거렸다.

"앗따, 아우도 고게 무신 장미를 피운 것 맨쿠르 기고만장이네. 나도 숭시러버 싫은데 한창 예민한 여고생이 무에 좋겠노."

기조네가 핀잔을 주었다.

"강에 가서 헹구고 오이라. 다시 삶으믄 칼클할 긴께."

빙애네가 국희를 달랬다.

"저 비윗살 보래. 우리 때사 경도 치루믄 밤에 몰래 빨아 농 뒤에 못박고 줄쳐서 말렸제. 요새는 대문에 들어서믄 서답줄 가장자리에 턱 경도수건이 안 걸렸나, 젖가슴 덮갠가 뭐신가가 안 걸렸나, 낮간지럽제."

"에편네가 양귀비 같이 보일 때가 경도가 있을 때라, 남들이 눈치 챌까봐 삽짝 밖에도 안 나가고 조신했었제."

"우리 며느리는 고게 있어믄 호강은 따놓은 당산인지 배 아프다며 서방을 식순이로 부려먹는데 눈꼴 시려 못 본다. 안사돈이 오믄 이웃들이 사위를 잘 뒤서 애처가가 지나쳐 공처가입디더 해싸아믄 고만 머리가 상그럽다니까."

방 안에서 초이네를 같잖다는 듯이 흘겨보던 노인들이 도리질하며 객담을 늘어놓았다.

"너무 방바닥에 퍼질러앉아 있은께 좀이 쑤시네. 내 이바구 하나 함세."

자매실댁이 자세를 고쳐 앉았다.

"아지매 이바구는 언제 들어도 깨소금처럼 구수합디더."

소분네가 자매실댁 어깨에 안마를 하고 있었다.

"효자 이바구라. 성은 우씨고, 저거 어매하고 아들하고 둘이 사는데, 아들이 효자라. 어매가 오동지 섣달에 잉어회를 먹고 싶어 하더랜다."

"엉가이도 묵거잼이던갑다. 입이 심심하믄 야밤중에 씨암탉 털도 고와 먹는다카더니."

드무실댁이 혀를 찼다.

"고걸 그랑께 오데서 잡아오것노. 아이고 우리 어매, 잉어회가 좋다 쿠던데, 오데서 구하노. 아들이 훌쩍했다 안 카나."

“노망 든 할망구라 효자 노릇도 섭천 소 웃는 것보다 더 어려 븐 기제.”

깟고실댁의 장단에 섭천댁이 북을 쳤다.

“섭천 소는 고런 망령든 할망구를 보믄 웃진 않는 데이.”

“아들이 자매실 앞 도랑으로 나와 울어싼께, 얼어붙은 도랑 가운데서 무엇이 짝짝해, 놀란 아들이 본께 얼음이 짝 갈라지 며 잉어가 팔딱 뛰어 오르더랜다. 아들이 언청 효잔께, 용왕께 서 보냈는 기라. 잉어회를 맛싯게 묵었어믄 고만이제, 또 할망 구가 꽁을 묵고 싶어 하니.”

“간이 포도청이라 암행어사 납시겄네.”

소분네가 가락을 맞추었다.

“효자 아들은 일주일에 한 마리씩 삼 년을 어매에게 꽁 공양 했는데, 마지막 어매가 숨지기 전 고만 꽁을 잡지 못해 울며 집 으로 안 왔나. 새벽에 닭이 울믄 꽁을 잡아 어매에게 올려야 하 는데 우짤꼬. 잠도 못 자고 끙끙 앓고 있는데, 뭔가 부스럭거리 며 마당에 내려앉는 소리가 나서 내다본께 꽁 한 마리가 꽁꽁 기는 기라. 효자 아들에게 감복한 일월성신이 보낸 기라. 어매 가 죽을 임시 아들이 잡아온 꽁을 묵고 자매실 동네가 떠나가 라 외치더랜다. 아무거시 내 아들아, 아무거시 내 효자야, 하 고. 어매 혼이 자매실 동네를 날아다니면서 효자라 쿠더랜다. 지금 우리 동네 앞에 서 있는 효자비가 그 비라.”

자매실댁이 기지개를 켰다.

강바람이 센지 낡은 중절모를 쓴 사공이 배추와 무를 실은 나룻배를 저어오고 있었다.

"벌써르 통이 크고 알찬 배추가 나왔는갑다. 김장 걱정이 한 보따리 남았네."

귀순네의 말을 듣고, 혁이네가 소리쳤다.

"대평 무시다. 멀리 바다 건너까지 원정 가는 대평 장다리 무시를 본토박이 우리가 못 먹어보믄 탈 나제. 아재요, 공짜 구경만 시키지 말고 무시 뿌리 한 개만 던져 주이소. 입맛 좀 다셔 봅시더."

"찬서리도 안 내렸는데 무시를 생으로 묵으믄 채독 걸린다. 서른 날만 기다리믄 끝물 무시가 쏟아져 나올 기니 그때 가서 주꾸마."

거절하면서도 사공이 무 두 개를 손에 쥐고는 여자들을 향해 던졌다.

밤에는 비가 올 거라고 예보했는지 저녁나절 강으로 모여든 강태공들은 삿갓 쓰고 도롱이를 걸치고 있었다. 한갓지게 낚싯대를 드리운 강태공들의 머리 위로 기우는 햇살에 먹구름이 서서히 움직이며 솜털처럼 흩어졌다. 구름을 봐서 밤 날씨를 점치기는 어려웠다. 빙애네는 대숲에서 불어오는 바람과 나뭇잎의 떨림, 자신의 몸에서 일어나는 풍으로 앞날의 날씨를 점쳤다. 밤에는 가랑비 정도로 땅을 적셔 내일은 이 노릇에 공치는 일은 없으리라. 빙애네는 삐뚜름히 놓인 빨랫돌을 제자리에 놓아 발로 밟으며 눈으로 딸의 행방을 좇고 있었다. 딸은 모래사장에 앉아 무얼 그리고 있었다. 자주 남편 얼굴을 그렸는데, 요즈음 그린 그림에는 남자 얼굴에 수염이 없었다. 수염 없는 남편 얼굴은 젊은이 같기도, 전연 남편을 닮지 않아 보이기도 했다.

얼마 전, 빙애는 영지 따라 예배당으로 갔다. 귀를 치료하기 위해선 예수님밖에 없다는 영지 모녀의 설득을 듣고서였다. 정수는 남편이 폐병 삼기에서 살아날 수 있었던 건 창조주의 은총이 있었노라고 간증했다. 그런 탓인지 딸이 예배당에 나간 뒤부터 점점 표정이 밝아져 빙애네는 마음이 놓였다. 걸핏하면 거부의 몸짓을 보였던 지난날과는 달리 무엇이든지 순순히 응하는 자세도 마음에 들었다. 한 성도의 배려로 보청기를 얻어 귓속에 넣어 그런지 가끔 큰소리는 알아들었다. 빙애네는 창조주의 능력은 믿지 않았지만 희귀하고도 값비싼 보청기를 딸에게 선사한 성도의 마음을 움직이게 한 건 하나님일 거라는 믿음은 지니고 있었다. 딸이 수화도 배워 영지와 곧잘 손짓으로 대화를 나누는 걸 빙애네는 신기한 눈초리로 바라보곤 했다. 그럭저럭 지내도 빙애네는 딸의 변화를 반길 수만은 없었다. 문제는 딸의 삶이 다른 여아들과는 달리 무척 고단할 거라는 게 빙애네의 고민이었다.

                                    *

　오랜만에 안산부인은 손녀를 데리고 빙애네에게 가보기로
했다. 외아들이 폐를 잘라내는 대수술을 받고 나서 건강이 예
상 밖으로 회복되는 증세가 빨라 나들이를 결심했던 것이다.
달마다 정기적인 방문을 고려한다면 두 달이나 지난 나들이였
으므로 부인에게는 그 기간이 긴 셈이었다.

　영지는 조모를 부축하는 지팡이 역할이 아니고 하릴없이 뒤
따르는 그림자 역할이 싫어도 불만을 겉으로 나타내지 못했다.
흔히 이웃들은 조모를 털어 먼지 하나 안 날 분이라고 칭송했
다. 남의 칭송을 받는 사람이 가족에겐 지독한 법이었다. 그 지
독함에서 손녀도 면제받지 못했다. 고삼이라면 가족보다는 친
구가 더 좋을 시기였다. 조모의 시중을 들기 위해 시간 낼 짬이
없어 짜증을 내면 아버지는, 몸종을 셋이나 거느렸던 분인데
오죽 적적하시겠니. 외톨이가 되고 싶지 않으신 거야, 하며 딸
을 달랬다.

　마침내 안산부인도 영지도 안산 앞길에서 걸음을 멈추었다.
안산 동네를 바라보는 부인의 눈길은 가당찮게 치솟은 이층 양
옥과 마주치지 않으면 안 되었다. 생가가 흔적 없이 사라진 자리
에는 복사나무만이 담 너머로 옛 주인을 내려다 볼뿐이었다. 부
인은 맥 빠진 몸을 가까스로 곧추세우고는 강둑으로 내려갔다.

　빙애네와 완이네가 부인을 반겼다. 일 년 중 섣달과 장마철
을 빼면 유일하게 손님을 받지 않는 날이라 빨래터는 조용했

다. 오늘은 빙애네 남편의 탈상이었다. 경비원들이 다녀간 뒤, 만득이 홀 옆에 마련된 빈소를 뜯어내어 태웠다. 불더미 속으로 빙애네는 머리에 꽂은 흰 댕기를, 딸은 가슴에 단 흰 리본을 던졌다. 가물가물 피어오르는 연기 속으로 몸을 움츠린 해오라기가 끼루룩 울고는 사라졌다.

"빙애는?"

영지가 물었다.

"잠시 바람 씌우고 올 깁니더."

빙애네는 영지에게 존대어를 썼다. 부인과의 주종관계가 이어오고 있는 이상 영지도 자신에겐 상전이었다. 부인댁에는 길흉사 때면 모녀가 함께 가든지 딸 혼자라도 보내서 심부름도 하고 영지와 어울릴 기회도 마련해주었다. 그래선지 빙애는 영지를 잘 따랐다.

"그나저나 삼 년이 하루 이틀인가. 욕 봤네. 지아비도 원껏 한 풀고 천당갔을 기네."

부인이 빙애네를 위로하고는 턱으로 옛 친정 쪽을 가리켰다.

"음력 춘삼월 뜨락에 꽃들이 만개하면 어르신은 소 잡고 돼지 잡아 잔치를 베푸셨지. 기억 나나?"

사라진 친정집 때문에 허정허정해 있던 부인의 기품이 빳빳하게 풀 먹인 모시옷처럼 되살아났다. 팔팔해진 기품은 빙애네와 완이네가 있음으로써 빛나 보였다.

"저희들이 나무 아래서 푸성귀를 다듬고 있으믄 어르신이 지

나치시다가 허허, 나무에도 꽃이 만발하고 땅에도 꽃이 만발하
니 이 더한 원이 있을 수 있으리요, 하셨습니더.”

빙애네가 기억을 되살리자 완이네가 화답했다.

“어르신의 장례식 날, 문상객들 중에는 끼니 무료보시 받은 사
람들도 찾아와서 줄을 이었지예. 그들은 너남 할 것 없이 준비해
온 쌀을 하관 위에 뿌려서 산역꾼들이 왜 그러느냐고 물었더니,
어르신은 저승에 가서도 배고픈 자들에게 끼니 무료보시 하실
것이므로 미리 쌀을 마련해 드린다 캄서르 눈물을 흘리더라예.”

“다 흘러간 옛 이야기지. 안산도 많이 변했어. 많은 고옥들이
전란 중에 불타 버리고 제우시 남은 것들도 조상 음덕 앞에 빛
감도 못한 채 제각으로 팔러가고. 아무리 양옥이 들어서봤자
안산은 안산이지 한양처럼 서울로 탈바꿈하진 못할 기야. 암,
택도 없는 수작이지.”

부인은 친정의 마지막 유물인 가마솥을 부드럽게 어루만졌
다. 영지는 가마솥을 빙애네에게 맡긴 조모의 뜻을 헤아리며,
그것이 조모다운 모습이 아닐까 가늠해 보았다. 다른 곳도 아
닌 안산의 새 귀족들이 볼 수 있게끔 가까운 곳에 두어, 비록
고옥은 사라져도 친정의 영광은 이렇게 의연히 남아 있음을 알
리고 싶었던 것이리라.

빙애네는 안산부인이 가져온 들기름으로 가마솥을 닦고 있
었다. 솥 안과 겉에 배어 있는 양잿물을 수세미로 씻어내고 물

행주와 마른행주로 번갈아 꼼꼼하게 닦고는, 안팎으로 골고루 배이게끔 들기름을 기름행주에 묻혀 닦아내었다. 어느 틈에 딸도 마루에 앉아 소다로 회중시계를 닦고 있었다.

"이 소솥으은 누누구 거거이야?"

딸의 목소리가 강바람 따라 윙윙거렸다.

"안산할매 기지 누구 기고. 알면서 왜 묻노?"

엉뚱한 질문이라 빙애네는 손짓으로 설명했다.

"우리 거거야. 아안사산 할머니 쪼쪽에서선 도돈이 드들은 거거지만 우우린 어얼을 바바쳐쳐지."

딸의 반응은 범치 못할 고집이 엉겨 있었다.

"얼을 바쳤다?"

빙애네는 솥의 주인은 부인이고 나는 옛 상전이 맡긴 걸 사용하고 있다는 조심성 이상의 것은 아니라 자위하고 있었다. 그렇긴 해도 빙애네는 딸의 오달진 고집과 영특함을 그릇된 생각이라고 충고하기는커녕 변명조차도 마련하지 못하고 있었다.

*

여느 날보다도 바람이 많이 부는 날이었다. 빙애는 혼자서 쉬임없이 걸었다. 강둑에 앉았다. 물방개가 강물에 팽이처럼 잔주름을 그으면 빙애는 아카시아 잎을 던지며 훼방을 놓았다. 배도 탔다. 노를 저으면 강물 속에는 두 남자의 얼굴이 차례로 나타났다가 물결 따라 흘러갔다.

"참고 견디는 힘을 길러야 한단다. 열이 많이 나서 머리가 아프면 찬 수건을 이마에 얹고 견뎌야지 자꾸만 코를 후벼 파면 코 모양이 나빠 남에게 인상을 나쁘게 심어준단다. 배를 타고 강을 한 바퀴 둘러볼까. 피리를 불어줄 테니."

강물 속에 비친 구레나룻을 빙애는 손으로 쓰다듬었다. 까슬한 감촉이 아니고 물의 감촉이 서늘했다. 빙애는 노를 들고 물밑 모래를 파헤치며 외쳤다. 피리를 찾아야지, 피리르을. 잔챙이가 놀라 달아나고 우렁이와 다슬기가 기어 나왔다. 깡통·병마개·유리구슬·몽당연필·동전이 보였다. 빙애는 배를 세우고 손을 물밑으로 뻗쳐 동전을 건졌다. 노인이 웃고 있는 백환짜리 동전이었다. 빙애는 모깃소리만한 소리를 내었다. 대토려엉 하아버지, 아빠르 차자 주세요. 힘겹게 내뱉은 소리를 반복하여 크게 외쳤다. 빙애의 얼굴에 열꽃이 피었다. 몹시 흥분하면 그런 후유증이 나타나곤 했다. 빙애는 발작을 일으켰다. 노를 들고 수면을 두드렸다. 뱃머리를 탕탕 소리 나게 쳤다. 머릿골이 빠개질듯 아팠다. 빙애는 버릇처럼 코를 컹컹 소리내어 풀며 강물에 코피를 쏟았다. 얼굴에 열꽃이 사라지고 머릿속이 맑아왔다. 해맑은 머릿속에는 소년이 자리 잡고 있었다. 강물이 거울처럼 소년을 껴안고 있었다. 소년은 백사장에 글을 써서 빙애에게 읽어보라 했다.

"곧 돌아올 테니, 말 좀 잘 배워 둬. 말 안 하고 살아갈 방법은 없는 기다."

"수광아, 네가 말한 것처럼 난 꼭 말을 바르게 배워 너를 만나기를 손꼽아 기다릴게."

그 말을 수없이 반복했다. 임진왜란이란 연극대사를 예전처럼 줄줄 외울 수 있도록 발성 연습도 했다. 뒤벼리 모퉁이가 가까워오자 소년의 환영은 사라지고 빙애의 그림자가 물 위에 떴다.

"여기 오면 위함타 캤제."

경비원이 헤엄쳐 와서 말했다.

빙애는 영지네 집 앞에서 어정거리다가 완이네 집 앞에서 서성거리다가 촉석루 공사장으로 갔다. 장용이 일손을 멈췄다.

"이리 온나. 이게 추칫돌이라 카는 기라."

장용이 연장을 들고 돌을 다듬는 시늉을 했다. 돌 조각이 튀어 오르는 걸 장용이 얼른 손으로 잡았다. 굳어 있던 빙애의 얼굴에 웃음이 번졌다.

"추칫돌을 놓고 기둥도 올리고 기와가 얹혀지믄 준공식을 하는 기다. 이 아재가 비까비까한 사람들과 어깨를 나란히 해서, 흰 장갑 끼고 턱 폼을 재고설랑 가위로 테이프를 탁 끊는 장면을 상상 좀 해보래이."

장용이 손짓으로 설명했다.

"엿장수 가위라도 빌려 와야겠네. 이왕이면 용꼬리에 붙지 말고 시장 곁에 찰거머리처럼 붙어 신문 귀퉁이에라도 나믄 혹시 아능교, 홀아비 신세라도 면하게 될지."

새참을 가져온 완이네가 장용의 상상에 기름칠을 했다. 완이네는 촉석루 공사장 일꾼들의 식사를 도맡고 있었다.

"차라리 이 이마빼기에 에펜네 구한다고 혈서라도 써서 붙일까봐."

"아녀자를 낚으려믄 차림새에서부터 달라져야지. 머리에 포마드도 자주 바르고 옷도 버젓하게 입어야 아녀자들이 관심이라도 가질 게 아뇨."

"동동주에다가 돼지머리, 전구지 부침개도 있으니 이보다 더한 먹거리가 있겠소."

장용이 말머리를 돌리며 젓가락으로 수육을 집어 빙애의 입에 갖다 댔다. 넙죽 받아먹을 줄 알았는데, 빙애의 입은 꼭 채워둔 자물쇠처럼 굳어 있었다.

"무신 기분 나쁜 일이라도 있어? 놈팽이들이 짝짜꿍하자 카더나?"

빙애는 고개를 가로 흔들었다.

"얼굴이 핼쑥한 걸 보믄 마음에 타격이 큰 기라. 상복을 벗고 보니 아바이를 완전히 잃어버렸다고 안 여기겠능교."

완이네가 양 갈래로 땋은 빙애의 머리를 매만졌다.

"원혼이라도 모시고 있다가 그것마저 없어뿌릿다 싶으믄 맴이 허전하겄제."

장용의 한숨이 새어나왔다.

빙애는 터벅터벅 걸으며 너우니 백사장으로 향했다. 수광이와 자주 거닐던 곳이라 백사장에 찍힌 발자국도 돌멩이도 건너편 보이는 산의 나무들도 수광의 얼굴로 변했다.

온 누리가 어두워져, 빙애는 꼭짓집으로 돌아왔다. 아무도 없었다. 한뎃부엌 옆에는 빈소를 뜯어내고 태운 잿더미가 바람에 흩날리고 있었다. 빙애는 누가 버린 방망이를 주워 잿더미 속을 뒤적거렸다. 아무 것도 없었다. 어느 새 달이 휘영청 떠 있었다. 빙애는 빨래터로 내려가서 방망이로 빨랫돌을 힘껏 내리쳤다. 누군가가 휘파람을 불었다. 빙애는 강물에 비친 달을 깨트렸다. 찰방 튀어 오른 강물이 온몸을 적셨다. 시원했다. 부셔진 달을 가루로 내고 싶은지 빙애는 마구잡이로 방망이질을 계속했다. 휙 휘익 휘이익, 휘파람은 더욱 야유조로 불었다. 딸을 찾아다니다가 되돌아오던 빙애네는 빨래터로 치달렸다.

"요게 환장했나, 지금이 몇 시인데 방망이질이고?"

누구보다도 빙애네가 해 진 뒤의 방망이질을 말려왔던 터였다.

"고꼬옥 피리 소소리가 드드리는 거거 가가타."

빙애는 이를 악다물며 더 한층 방망이를 두드렸다.

"오데 피리 소리가 들리노? 좀 들어나 보자. 나도 그 소리를 못 들어 목이 탄다."

말리는 빙애네와 한사코 뻗대는 딸과의 티격태격이 오래 끌었다.

저명인사들의 기자회견

시월이 오면 이 도시에는 예술제가 열렸다.

비봉루에는 시 백일장, 무용·독창·합창·피아노 경진대회는
공원 야외무대, 연극 경연은 극장에서, 각종 예술의 겨룸이 있
었다. 그밖에도 미술 실기대회, 사진 공모전·고전음악·민속음
악·시조·웅변대회·농악·변론·무예·투우대회·특산품 경진대
회도 있고, 공원의 가로수에는 시화전이 열려 길손들을 반겼

다. 그런 예술의 향연을 두고라도 세인들의 관심을 끄는 건 초
빙된 저명인사들의 기자회견이었다. 올해는 누가 초빙되어 어
떤 내용을 들려줄까, 시민들의 호기심을 당기게 했다. 초빙된
저명인사들은 동양화가 김화백·성악가 오교수·피아니스트 정
교수·연극배우 민여사·여성국악배우 김자매·국문학자 양박
사 등이었다.

저명인사들은 이 도시 출신 한학자인 백촌선생의 안내를 받
으며 시가지를 걷고 있었다. 기자들은 카메라 플래시를 터뜨리
며 먼저 김화백에게 질문을 던졌다.

"화백님의 화풍은 가장 한국적이라는 평을 받고 있습니다. 웅
대함과 섬세함, 잔가지 하나도 살아 숨 쉰다는, 기교에 연연하지
않고 혼이 배인, 환상적이면서도 인간미가 물씬 풍긴다는 찬사
를 받고 계시는데, 가장 한국적이라는 뜻은 무얼 의미할까요?"

김화백이 고개를 숙였다.

"겸손입니다."

"실례의 말씀이지만, 지혜와 충절, 성실과 부지런함, 하다못
해 대한민국 반만년 역사가 지배받은 서러움에 대한 굴종의 억
눌린 삶이라 참을성과 오뚝이, 인내와 양보도 있을 텐데요?"

"겸손이란 남을 높이고 나를 낮추는 겁네다. 욕망에 대한 한
없는 충동, 신에 귀의한 신비의 체험, 선을 향한 갈망, 앞날을
내다보는 꿈과 환상도 겸손에서 출발해야 하고 겸손에서 끝나
야 합니다."

"시작도 끝도 겸손이라? 반만년 역사가 그러했듯 뒤진 삶을 살아야 한다는 뜻이군요?"

"난 정치가도 철학자도 아닌 화쟁이이외다. 흔히 내 화풍을 가장 한국적이란 표현을 하고 지금 기자 양반이 질문하니, 평소 내 나름대로 생각한 걸 표현할 따름이외다. 분명한 건 남을 높이고 나를 낮추면 저절로 내가 높아진다는 건 만고의 진리라는 겁네다."

"의기사에 봉안될 논개화상을 그린 분으로 알려져 있는데, 한 말씀 하신다면?"

"알고 보니 논개화상을 그린 분들이 더러 있습디다. 이 도시에서 여러 날을 두고 지내며 풍물도 익히고 여러분들, 특히 여인들을 만났습니다. 여염집 부녀에서 여아까지 대화도 나누고 삶의 현장에서 느낀 소감도 들었습니다."

"논개가 자란 곳은 장수가 아닌가요?"

"물론이죠. 자란 과정도 알기 위해 전기도 읽고 행적을 밟아 보기 위해 장수에도 가 보았습니다. 여기 기녀들도 만났지요. 염파를 만나 비로소 논개의 윤곽을 잡게 되었달까요."

"염파의 무엇이 화백님의 영감에 생기를 불어넣었습니까?"

"우선 염파란 이름 자체를 음미해볼 필요가 있습디다. 발그림자의 어른어른하는 무늬, 또는 그 무늬 결을 의미하잖습니까. 그 이름과 걸맞게 보일락말락한 미소, 미소 뒤에 숨겨진 충정, 슬픔을 안으로 다스리는 슬기, 사근사근한 태도, 고개 수그리며 경청하는 곱단한 모습, 겸손이 몸에 배어 있더군요. 얼굴과 자태도 중요하지만, 이 지역의 분위기와 환경, 옷감도 논개 화상을 그리는 데 도움이 되더군요.”

“분위기와 환경이라면?”

“우선 남강 물을 들 수 있는데, 물 좋은 곳에 미인이 난다는 말이 있잖습니까. 산자수려한 곳이라 진주 기녀들도 이름이 드높았지만 평양 기녀 계월향도 왜장을 죽이고 스스로 목숨을 끊었지요. 나도 평양의 경관에 반해 여러 번 왕래했고 그곳 기녀들도 만났어요. 그런데 풍수가들에 의하면 평양은 퇴적암의 지세라 물에 장기瘴氣가 있어 식용수로는 좋지 않다고들 해요.”

“장기라면?”

“축축하고 더운 땅에서 생긴 독기를 두고 이름이지요.”

그들 일행은 시내 중심가인 중앙 로터리를 거쳐 인사동에 있는 조일견직회사 앞에서 걸음을 멈추었다. 진열대에 장식된 본견과 양단과 뉴똥이 길손들의 눈을 부시게 했다. 남자 안내자가 설명했다.

“진주에 견직공장이 이름을 떨치는 건 남강 물과 불가불 관계가 있습니다. 일본인들은 문물에 도가 트여, 산청과 함양, 진주 지방에 뽕을 심고 질 좋은 누에를 기르게 한 것은 토질과 기후가 양잠의 최적지로 손꼽았기 때문입니다. 물은 말할 나위가 없지요. 그네들이 진주에 방직공장을 세운 건 남강 물로 염색하면 비단 색깔이 고울 뿐 아니라 변하지 않아 비단 생산지로는 최고라는 걸 알고 투자한 거지요. 보시다시피 요즈음 진주 뉴똥이 깃발 날리고 있습니다. 생사로 베를 짜서 물로 삶아 염색한, 후렴 처리 공정을 거친 거지요. 물세탁이 가능한 견직물로 여자들의 일손을 들어주고 맵시 또한 나게 하는 질 좋은 비단입니다."

안내자의 설명을 듣고 오교수가 질문했다.

"남강 물에는 무엇이 들어 있어 비단과 연관이 있는 겁니까?"

"전 전문가가 아니라 잘 모르겠고요, 아마 미인들이 자주 목욕해서 그런 것 같습니다."

안내자가 한복 입은 모델들을 곁눈질했다. 저명인사들이 폭소를 터뜨렸다.

"오교수님께 한 말씀 여쭙고자 합니다. 음의 울림이 산봉우리를 쪼개고도 남는다는 풍부한 성량을 지녔다고들 하는데 그 비법이 있다면?"

기자의 질문을 받고 오교수가 화답했다.

"하루에 일백 번씩 상쾌히 웃는 연습을 게을리 하지 않아서입니다."

"결국 웃음이 만인의 가슴을 시원케 한다?"

"인간에게 묘약치곤 웃음 이상의 묘약이 없습디다. 삶의 근원적인 요소가 가화만사성이거든요. 가풍도 웃음에서 비롯되는 거지요. 난 웃음을 내 나름대로 표현하며 관중 앞에서 노래를 부릅니다."

"정말 대단하십니다. 다음은 탄력 있고 명징한 터치로 청중을 사로잡는 정교수님께서,"

"나는 말을 아낍니다."

정교수의 고백을 듣고 기자가 의아한 표정을 지었다.

"과묵한 분이라는 건 저도 알고 있습니다."

"결벽증인지 괴벽인지 난 사람들을 만나면 입이 바늘 꿰맨 것처럼 굳어져, 지적인 오만과 편견에 대한 혐오가 되살아나지만, 피아노 앞에 앉으면 그런 잡념이 전연 일어나지 않습니다."

"건반이 무한대의 공간이란 말씀입니까?"

"그렇지요. 아무도 발자국을 남기지 않은 새하얀 모래사장을 걷고 싶다든지, 잎사귀에 맺힌 영롱한 이슬을 손으로 받아보고 싶은 그런 순정한 마음이 일어납니다. 사람들하고 못다 나눈 대화가 발가락과 손가락 사이로 쏟아져 나오지요. 일테면 발가락과 손가락이 입과 귀가 되어 건반과 대화를 나누는 게 나의 독특한 묘기라 할까요."

"만일 피아노가 없던 시절에 태어나셨다면 큰일 날 뻔했습니다. 결국 피아노가 구원인 셈이군요. 민여사님께서 비법을 공개해 보실까요? 온몸에서 우러나오는 연기가 불꽃처럼 튄다는 평을 듣는데."

민여사가 하앙 웃었다.

"나는 개와 고양이를 아주 좋아해요. 상극인 두 놈을 사이좋게 화해시키다보니 저절로 명연기가 나온다 할까요."

"개와 고양이가 연극 선생 노릇 한다? 어찌 좀 이상하군요."

"두 놈을 가까이 두고 관찰하면, 원수를 사랑할 줄 아는 건 근본 바탕이 선해야 한다는 걸 터득하곤 해요."

"인간은 근본적으로 악하다?"

"그럼요. 난 몇 번 만주를 들락거리다가 일경에게 붙잡혀 감옥살이를 했죠. 일경은 나를 취조하며 한낱 개미처럼 여기고 쾌락을 맛보고 있었습니다. 그들은 모르고 있더군요. 쾌락보다 더 강한 건 고문의 고통을 이기는 의협심이라는 걸."

"알겠습니다. 개와 고양이에 대한 결론을 말씀해주서야죠."

"난 개와 고양이를 아주 싫어했어요. 감옥소에서 나와 연극 공부할 때였습니다. 나의 연극을 지도하는 분이 일인이었죠. 일제 말 당시 동경에서 그분만한 연극 지도자가 없었어요. 연극의 최고봉에 오르기 위해선 원수인 일인에게라도 배워야 된다는 결론을 얻고 그분의 문하생이 되었고, 피부에 닭살 돋아나는 고통을 견디며 연기 수업하는데, 스승이 충고합디다. 너의 눈빛을 사랑으로 채우지 않고는 최고봉에 오를 수 없다고요."

"연기를 배우면서도 일인에 대한 증오를 내비쳤단 말씀이군요."

"겉 다르고 속 다른 이중성이 내 안에 독가스처럼 저장되어 있었더랬죠. 스승은 개와 고양이를 내게 선물하고, 놈들을 기르며 둘 사이를 화해시켜라, 하셨지요. 스승은 내게 증오를 떨쳐버리지 못하면 참 연극인이 될 수 없다는 걸 가르쳐주셨습니다.”

“참 사랑이 없는 한 예술의 미학을 성취시킬 순 없다? 김자매님, 진진 양이 언니고 경수 군이, 아니지요, 경수 양이 동생이라던데?”

기자 질문을 받고 경수가 하하하 웃었다.

“그렇습니다.”

“두 분이 국악계 대모인 임춘앵 여사님의 조카라던데?”

“우리는 이모님의 제잡니다.”

진진이 방실방실 웃었다.

“진진 양의 웃는 모습에 넋을 빼앗긴 남자 팬들이 많은가 하면, 경수 군의, 아니지요, 경수 양의 늠름한 모습을 보고 반한 여자 팬들 때문에 골머리를 앓고 있다는 소문이 들립디다.”

“구혼작전·육체공세·자살소동 다양합니다. 저를 여자 아닌 남자로 오해하는 팬들이 너무 많습니다. 원래 생긴 바탕이 남자답기도 하고, 성격도 활달한데다가 적극적이고, 그런 조건에다가 남자 연기를 하는 것 이상의 즐거움이 없어, 팬들의 찬사를 받지 않나 싶습니다.”

“팬이 자살소동을 벌인다면?”

“문제를 문제로 받아들이는 것하고, 문제를 문제 아닌 것으로 받아들이는 것하고는 다르지요. 당신의 알몸을 봐야 물러서

겠다는 팬에게는 함께 목욕탕으로 가면 됩니다.”

그들 중에서도 가장 돋보이는 인사가 국문학 권위자인 양박사였다. 한학자는 흰 두루마기를 입었고, 신학자는 회색 양복차림이었다. 두 학자의 머리털은 은회색으로 빛났고 전신에서 풍기는 기품 또한 서로가 내로라 할 정도로 위풍당당했다.

“예술제 취지문에는 ‘개천의 제단 앞에 삼가히 받들기를 뜻하는 바이다’ 라는 글이 있는 줄 아옵니다.”

양박사의 질문을 듣고, 백촌선생 제자들이 예술제 취지문이 적힌 팸플릿을 일행에게 돌렸다.

“일제 탄압에서 벗어나 우리 민족의 얼을 찾아야 하고, 항일투쟁에 앞장섰던 이 도시에서 민족혼을 불태울 예술이 활활 타올라야 한다는 뜻에서 이루어진 겁니다. 선조에게 제를 올리고 풍년을 기원하며, 저마다 지닌 기예와 뜻을 펼칠 자리를 마련하고자 한 것이죠.”

백촌선생이 예술제의 당위성을 설명했다.

“그렇다면 제명祭名을 개천이라 함이 타당할 것 같습니다. 영남이라 하면 너무 적은 이름 아닙니까. 범국민적인 행사라 전국에서 물려든 인파로 이 도시가 떠나갈 듯하는데.”

양박사가 도리질했다.

“옳은 말씀입니다. 취지문을 작성할 당시에도 개천으로 하자는 의견이 있었지요. 개천이라 하면 하늘이 열린다는 뜻 아닙니까. 이 제전이 확고한 전통이 쌓일 때까지는 개천이란 제명을 사용하는 걸 삼감이 좋다는 신중론도 있어 이제까지 ‘영남 예술제’란 이름을 잠시 빌렸던 겁니다.”

“이젠 국제적으로 명성을 얻었으니 ‘개천예술제’라 해도 단 군님께서, 이 무엄할 놈들이라 하진 않겠습니다, 그려.”

“사실 내년은 예술제가 생긴 지 십 년째 접어들어 어느 정도 뜻한 바가 자리 잡혀 예술 위원들이 이미 그리 하기로 입을 모았습니다만.”

저명인사들은 진주성 경내를 둘러보고 촉석루 공사장에서 걸음을 멈추었다. 양박사가 손가락으로 불탄 주춧돌을 탁탁 두들겼다.

“전쟁으로 먹물 먹었군요.”

“에나 왕창 먹물 먹은 겁니다.”

백촌선생이 선선히 응했다.

“하륜선생이 지은 ‘촉석루기문矗石樓記文’에 보면 이 근처 강 가운데 뾰족뾰족한 돌들이 솟아 있는 까닭에 누의 이름을 촉석루라 지었다고 적혀 있더군요. 그러한 돌들이 지금도 있습니까?”

“지금은 물속에 잠겨 있지만 가뭄이 되면 수면 위로 얼굴을 내밀기도 합니다.”

“이 도시가 민속촌임엔 틀림없는 것 같습니다.”

양박사의 촌평에 백촌선생의 놀란 눈빛이 탁탁 튀었다.

“에나 그렇소이까?”

"연탄이 대중화 된 지 오래인데 골목마다 장작개비와 갈비 파는 지게꾼들이 많더군요. 가마솥에다 지은 밥이니 차지고 고솜한 밥맛이 일품이요 숭늉 맛이야 더할 나위 있겠습니까."

"에나 그렇기도 하군요."

"장악원에 가보니 머리에 쪽진 기생들이 있던데 아리따운 자태며 예의범절이 여염집 마님은 흉내도 못 내게 비범하더군요. 나긋나긋한 자태에 안 녹아날 양반이 있겠소이까. 무슨 유물처럼 여기기도 했다니까요."

"박사님의 안목을 누가 넘보겠습니까. 유물 치고 인간 유물처럼 감흥을 일게 하는 것도 드물지요."

"공장이 별로 없어 매연이 안 나와 그런지 공기가 맑아 숨쉬기가 편하군요."

"그러니까 생산성 없는 소비 도시인데다 발전 없이 매양 낙후된 소도시로 굼뜬 제자리 걸음마지요."

"누가 선생을 여기 시민들의 대변인이라 하지 않을까 봐서 그런 겸양의 말씀을 하시오? 빌딩 많이 들어서고 공장 많이 들어섰다 해서 도시만은 아니잖습니까."

양박사가 다시 헛기침하고는 한학자를 바라보았다.

"허허, 에나 그렇긴 합니다만."

"여기서 만나는 사람들마다 말을 하면 에나예, 에납니더. 에나군요, 에난가요, 에나지요, 에나란 말을 습관적으로 사용하는데 선생도 역시 그러시군요. 그 단어는 타지방에서 들을 수

없는 이 지방 토종 말씨더군요. 부드럽고도 순수한 우리 민족
의 정서에 알맞은 글이 아닌가 합니다."

"에나, 그럴 겁니다."

저명인사들과 기자들은 의암 바위 곁에 섰다.

"이 바위는 임진왜란 당시엔 위암危岩으로 불렀답니다. 국가
가 어려움에 접하면 절벽에서 떨어져 있고 평안할 때는 붙는다
는 전설적인 바위인 셈이죠. 논개가 왜장을 끌어안고 숨진 뒤
부터 의암義岩으로 불리게 되었습니다만."

백촌선생의 설명을 듣고 양박사가 고개를 끄덕거렸다.

"위암과 의암으로 불리게 된 변화에 대한 박사님의 고견을
듣고 싶습니다."

기자가 토를 달았다.

"첫째는 지리적 조건입니다. 한 사람이 겨우 설 정도의 조그
마한 섬 같은 바위가 바로 절벽과 가까이 있어 비가 많이 오면
떨어져 보이고 가뭄이 계속되면 붙어 보이기도 하지요. 둘째는
사회적인 여건입니다. 임진왜란이란 전란에 마음이 불안한 사
람들이 무언가에 대한 기대로 영웅심을 부추기는 심리가 작용
되었다 할까요. 셋째는 사람의 마음입니다. 어려운 일에 접하
면 접할수록 평안을 간구하고 영구히 보존할 보물을 남기고 싶
어 하니까요. 신화도 전설도 무언가 기댈 언덕을 찾기 위해 인
간들의 입에서 전래된 이야기 아닙니까."

"논개 충정도 사람들의 영웅 심리에 힘입었단 말씀입니까?"

"기자 양반도 참, 논개 여사님이 용궁에서 뛰쳐나와 나를 고양놈이라 나무랄 것 같이 말하는군……. 저 방망이 소리 말입니다. 공해치고는 재래공해라 그런지 듣기가 거북스럽지 않군요. 아까 저기 둔덕에서 어떤 아낙이 가마솥에 넣는 걸 보니아, 글쎄 아씨빨래지 않습니까. 혹시 선생의 옷들도 거기에서삶아져 나온 건 아닌지요?"

"그렇습니다. 우리집 내자·며느리·손부·손녀들도 그 아낙의 단골이지요."

잠시 머뭇거리던 기자가 양박사를 향해 허리를 굽실거렸다.

"박사님 댁의 전화번호를 알고 싶습니다. 국문학에 대해 여쭙고 싶거든요."

"대한민국 인간 국보 제 일호인 나의 전화번호를 모른대서야자네가 어찌 기자랄 수 있겠는가. 나 여기 오기 위해 멋진 새구두 하나 맞춰 신었지."

양박사가 구둣발로 힘껏 돌멩이를 차서 강물 속으로 빠트렸다.

"박사님의 구두가 번쩍번쩍 빛나고 있습니다. 국문학에 대한해박한 명강의처럼."

"자네, 내 구두 사고 싶지 않은가?"

"여부 있습니까. 파신다면 사서 저희집 가보로 모시겠습니다."

"모시고 싶다면 자네 부모님이나 잘 모시게. 우리집 전화번호는 92 4989야."

양박사의 설명을 듣고 기자가 감탄했다.

"구두 사구팔구라, 전 숫자엔 젬병이라 저희 집 전화번호도 곧잘 잊어버리지만 박사님의 전화번호는 평생 잊지 못할 겁니다."

예술제 전야제

공원 옆 시공관 안내판에는 국립극단 회원
들이 공연할 〈딸들은 연애 자유를 원한다〉
란 연극 포스트가 붙어 있었다.

빙애는 포스트 옆에 전시된 연극 사진을 눈여겨보고, 수첩에
공연 날짜와 시간을 적고, 도로변 벽에 붙어 있는 안내판을 훑
어나갔다. 피아노 경연은 건반에 병아리, 합창대회는 콩나물시

루에 음표, 변론부는 열변을 토하는 청년의 벌린 입에 대한민국 지도가 그려졌고, 투우대회는 이중섭 화백의 소 그림이 크게 복사되어 있었다.

"소가 시심수술이 나났나 바바요."

말을 더듬는 빙애를 힐끗 보고는 길손들이 냉담한 모습을 한 채 지나쳤다. 무안당한 빙애는 다시 고무줄이 당기는 듯한 미소를 지었다. 거리는 차츰 사람들로 붐볐다. 길가에 진열된 특산품 주위에는 경찰관들이 밀려드는 사람들을 정리하느라 진땀을 뺐다. 씨 없는 수박, 약쑥과 감초, 작살과 찐쌀, 삼척이 넘는 잉어를 구경하고, 빙애는 시식코너에서 도토리묵 한 대접을 사 먹었다. 시화전이 열리는 공원 가로수에는 노을을 배경으로 소녀가 환히 웃고 있는 그림 위에 '그리움'이란 시가 적혀 있었다. 그대는 치자빛 노을, 나는 뜬구름, 나는 그대를 그리워하고, 그대는 나를 포옹한다. 빙애는 시를 수첩에 정성스레 적었다. 길을 가다가도 빙애는 수첩을 펼치고 시를 음미하다가 가게에 있는 거울 앞에 섰다. 거울 속에는 그리움을 담은 소녀가 눈빛은 자연스럽지만 입술은 여전히 고무줄이 당기는 듯한 미소를 짓고 있었다. 빙애는 활짝 웃으며 거울 속으로 빨려 들어갔다.

"잘못하다가 거울을 깨뜨리믄 물어줄 끼가?"

가게 주인이 성가시다는 표정을 지었다. 소녀의 입김 서린 거울이 뿌예졌다. 거울 옆에는 인형·부채·탈·나무주걱·도마·열쇠고리·양초 등 민속품과 잡화가 진열되어 있었다.

"벙어리가 되었나, 왜 대답도 안 하노?"

상대방의 무반응을 보고 화가 난 주인이 소녀 등 뒤에 서 있었다. 거울 속에 비친 소녀의 얼굴을 보고 주인이 냅다 소리쳤다.

"이게 누고, 빙애 아이가?"

빙애도 덩달아 소리치며 뒤돌아봤다.

"기조 어엄마."

"엄시게, 선녀 같이 일류 멋쟁이가 되얏네."

기조네가 너 없이는 못살겠다는 표정으로 빙애를 껴안았다. 귀머거리니 말도 못 알아들은 기라. 기조네가 과장된 몸짓을 한 건 불쌍한 생각이 들어서였다.

"서선녀는 하한보복을 입어야 하고 야양장을 하하면 처천사사라 부불러야 하합니다."

"하모, 천사가 되얏구믄. 나뭇군이 있어야 선녀도 있는기제. 닌 이젠 카다마이 입은 신랑 각시가 되어야 하는 기라. 근데 이 옷은 오데서 맞춘 기고."

기조네는 빙애가 입은 원피스의 목 뒤 상표를 살폈다. 파란 줄무늬에 홍장미가 띄엄띄엄 수놓아져 있었다.

"송옥 양잠점에서 맞춘 기네. 초일류 양장점 옷이라, 아마 너 그 어무이가 달포 동안 일해야 벌 수 있는 돈이제. 세 빠지게 번 돈을 모아야 시집도 갈 낀데, 하기사 니 옷 안 해주고 돈은 뒀다 무엇 하게. 구두는 오데 끼고?"

빙애는 기조네가 질문한 뜻을 알고 구두를 벗어 보였다. 구두코에 리본이 달린 빨간 단화였다.

"워싱톤제화라. 신도 최고급을 뽑았구먼. 빙애네 눈이 대추나무에 걸린 연맨큼 높아 가지고설랑."

기조네는 대답도 없이 가게를 지나치는 빙애의 꽁무니를 향해 소리쳤다.

"등을 사러 온 모양인데, 나중에 오니라. 호국사 스님들이 만든 등은 우리 가게에서 팔기로 했으니께."

번화가인 중앙동 상가에는 더욱 사람들로 북적거렸다. 빙애는 송옥양장점과 워싱톤제화 사이에 있는 정미용실로 들어갔다.

"웬일이야. 여기에 다 오고?"

중년여인 손톱에 매니큐어를 칠하던 소분이 일어나서 떨떠름한 표정을 지었다. 빙애는 모른 척 거울 속에 비친 자신의 모양새를 살피고 있었다.

"거긴 아무나 앉는 자리가 아니야."

소분이 마담의 눈치를 살폈다. 손님의 머리를 매만지던 마담도 뜻밖이란 표정을 지었다.

"머머리 하러 와와서."

빙애가 손톱으로 머리를 갉작거렸다. 양 갈래로 땋아 묶은 숱 많은 머릿결이 새카맣다 못해 감청 빛을 띠었다.

"여긴 너무 비싸단 말이야. 다른 데로 가봐."

소분이 손사래쳤다.

쉬잇, 잔말 말라는 몸짓으로 빙애가 구슬백을 열어 돈 뭉치를 꺼냈다. 소분의 표정이 달라졌다.

"어떤 형으로? 보아하니 옷과 구두도 일류고, 머리형도 일류로 한껏 뽐내고 싶은가봐."

소분이 가위를 들자 빙애가 거절했다.

"내 머머리는 마담이 가까아야 해. 영지처럼 단발로."

여고생들은 등을 들고 교정으로 모여들었다.

"희한한 등이군."

담임이 영지 곁에서 신기한 표정을 지었다. 영지는 고집스레 대답했다.

"십자가등이에요."

다른 등보다는 두 배 남짓 컸다. 겉면에는 주홍 십자가와 교회의 전경이 그려져 있었다.

"이 등은 어때요?"

경화가 연등을 들고 흔들었다.

"얜, 누가 부잣집 딸이 아니랄까봐, 꽃잎에다가 금박까지 입혔을까. 부처님이 연꽃 속에 숨어 있다가 돈 냄새 난다며 멀리 휭하니 달아나겠는걸."

혜순이 손사래 치며 목을 흔들었다.

"돈타령은 사절. 정성은 모래 밑에 감춰 둔 금은보화라던? 천금이 있어도 쓸 줄 모르면 보시도 못하고 생색도 못 내는 법이야. 모름지기 돈 더하기 정성은 극락장성 고속 통로인 줄 몰라?"

경화가 목소리를 높이자 혜순이 비아냥거렸다.

"십자가등도 연등도 너무 큰 거라 어찌 강물 속에 잠길 것
같아."

"물과 바람의 압력에 비례하여 등이 너무 작아도 쉽게 흔들
어지거나 물속에 잠긴다는 원리를 몰라?"

영지 뒤이어 경화도 반박했다.

"어디 남강 물결이 골샌님의 허약한 몸처럼 골골거리기만 한
대? 혈맥이 새파랗게 뛰노는 젊은 기상인 줄이나 알고 기어."

여고생들은 두 줄을 지어 시가행진을 하고 있었다. 앞에는
남고생들이, 그 앞에는 예술 공연자들이, 그 앞에는 심사위원
들과 저명인사들이 걷고 있었다. 맨 앞에는 진해해병군악대들
의 악기 연주가 팡팡 울렸다. 해가 기울면 가가호호마다 축등
이 켜지고 시민들의 유등 행렬*도 이어졌다. 등을 든 학생들
과 시민들이 시가지를 한 바퀴 돌고는 둔덕으로 모여들었다.

---

* 유등 놀이는 우리 겨레 수난기였던 임진왜란과 더불어 민족사에 뿌리를 두
고 있다. 임진왜란 당시 김시민 장군이 삼천여 명의 병력으로 진주성에 쳐들
어온 이만 왜군을 무찔러 진주대첩을 거둘 때 성 외곽 지원군과의 군사 신호
로 풍등風燈을 하늘에 올리며 횃불과 함께 남강에 등불을 띄운 데서 비롯되었
다. 군사 신호로 사용된 유등은 남강을 건너려는 왜군을 막기 위해 쓰였으며,
진주 성내에 있는 병사들과 사민士民들이 멀리 두고 온 가족에게 안부를 전하
는 통신용으로도 이용되었다. 목숨이 오락가락하는 전쟁 중에도 등불에 안
부를 적어 가족에게 전하고자 했던 선조들의 안타까운 마음이 후세인들의
가슴을 적셔, 나라와 겨레를 지키기 위해 목숨을 바친 병사들과 사민들의 넋
을 기리기 위해 이어져온 것이 예술제 유등놀이로 자리잡게 되었다.

"이제부터 각자 자유로이 등을 띄운다. 시간은 앞으로 두 시간 이상 걸리면 안 돼. 정해진 조에서 이탈하면 벌을 받아. 어디 가도 공동체는 힘이 있다."

담임의 주의를 듣고 덕자가 쉽게 수긍했다.

"염려 놓으십쇼. 불한당이 나타나면 저희들이 주먹으로 넉아웃시킬 테니까요."

"혈기로 상대를 너무 얕잡아봐도 안 돼. 함정은 어디에도 있으니까. 분위기에 휩싸여 어정버정거리지 말고 집으로 돌아가도록."

"선생님도 참, 저희들이 어린애들인 줄 아시나봐?"

경화의 불만을 담임이 무겁게 받아넘겼다.

"어린애들이 아니라서 내 머리카락이 쑥쑥 빠져 대머리가 되었다."

담임이 자취를 감추자 국희가 답답하다는 듯 가슴을 쳤다.

"이 좋은 날 머리 좀 식히려고 하는데 삼각함수 얼굴 같은 선생님이 삼각함수 푸는 식으로 여기 저기 숨어 있다가 결정의 순간에 나타날 걸 생각하면 맥이 확 풀려. 남학생들과 데이트 좀 하면 어때. 어디로 갈래?"

"혼자 있고 싶어."

영지가 진심을 토했다.

"이러다간 사람들 틈새에서 등이 납작코가 되겠다. 질서도 탈선도 사람들이 어느 정도 모일 때 가능한 거지. 설마 선생님들이 우리 꽁무니를 따라다니시겠어? 빠이빠이.”

덕자 뒤를 따라 혜순과 국희도 등을 띄우기 위해 의암바위
곁으로 내려갔다.

어느 틈에 동현과 형서가 영지 곁에 섰다.

“오빠들이 웬일이야?”

영지의 물음에, 형서가 우산을 들고 흔들며 명쾌히 답했다.

“너희들의 신변 안전을 위해 차출된 일일 민원 경찰관이야.”

“일기는 쾌청. 달이 강과 숨바꼭질하자고 꼬드기는데 우산이
라뇨?”

경화가 우산 아래로 숨어들었다.

“이 북새통에 연락망을 뚫기 위해선 검정우산 만한 것이 없
거든. 사고를 보고 호루라기를 불어도 거리 감각도 모르고 속
사포도 될 수 없어, 나란 존재를 알리기 위해선 검정우산이 필
요해서지.”

“일테면 박쥐부대 작전이란 거군요. 쥐공 잡기 전에 먼저
축포에 쏘일까 겁나니, 우산을 접는 것이 훨씬 지혜로울 것
같아.”

경화가 말하는 박쥐는 검정우산을, 쥐공은 말썽꾸러기를 가
리켰다. 타당, 폭음이 울리며 축포가 하늘을 수놓고 있었다.

“여긴 너무 복잡해. 오빠, 등 띄울 마땅한 장소가 없을까?”

영지의 부탁을 듣고 형서가 안을 내놓았다.

“제비표성냥 공장 근처가 좋을 것 같아. 여기보단 조용할

테니.”

“축포가 어찌 성냥공장을 겨누지 않을까. 폭삭 타버릴 텐데.”

동현의 농담에 형서가 제재를 가했다.

“장사가 돈 번다고 가슴 아파할 이유라도 있어? 이왕이면 제비표성냥이 세계 성냥공장으로 뻗어 가도록 빌어줘.”

그들이 성화공업사 앞 강가에 당도해도 인파가 붐비기는 마찬가지였다. 등을 띄우기 위해 둔덕으로 내려간 아낙이 미끄럼 타듯 밑으로 내려가다가 첨벙 물속으로 빠졌다. 동현도 형서도 호루라기를 불며 잰걸음으로 달려갔으나 이미 경비원이 아낙의 몸체를 덜렁 안아 둔덕으로 올라온 뒤였다.

“신출내기일수록 요란을 떠는 법이지.”

형서가 무안쩍은 표정으로 이마를 탁 쳤다.

“우산 손잡이를 홀처럼 내밀어 권위자처럼 구는 사이 천금같은 기회를 놓치고 말았군요. 그런 화급한 기회를 만나면 먼저 물속으로 뛰어들어야 정의로운 경찰관이 되는 게 아닌가요?”

경화가 말참견했다.

“너네들 등은 어찌 교만한 장신구처럼 보여.”

동현이 십자가등과 연등을 비하시킴으로 수치심에서 벗어났다.

“남들 눈에 잘도 띄는 게 신의 눈에도 확 비칠 게 아니겠어요. 천국이나 극락이나 먼저 침노하는 자가 승리하는 법이거든요. 예수님도 부처님도 이 많은 군중들의 기원을 들어주려니

눈앞이 캄캄하여, 내 복이나 챙겨 도망가겠다 하시겠네.”

“자아, 이거나 받아.”

형서가 미니성냥을 경화에게 주었다.

“누가 제비표성냥 사장님 아들이 아니랄까봐 이렇게 상혼에 투철하실까.”

경화가 연등을 흔들며 둔덕으로 내려갔다.

“지금 우리 회사 직원들이 등 가진 분들에게 나눠주려고 미니성냥을 수레에 싣고 강가를 돌아다니고 있어. 단순히 상혼이라 여기면 억울해. 거기에 든 비용이 얼만데. 수입의 일부를 사회에 환원하는 셈치고 선심 쓴다는 것쯤은 알아둬.”

형서가 영지에게도 미니 성냥을 건넸다.

타당, 연달아 터지는 축포가 꽃무늬처럼 하늘을 수놓고, 가로등 불빛과 촛불이 어우러진 강물은 공작의 깃털처럼 현란했다.

“무얼 기원할래?”

웅웅 울리는 소음에 경화의 목소리가 잦아들었다. 서너 발짝 떨어진 곳인데도 영지와 경화 사이로 순례자들이 들락거렸다.

“비밀.”

“무슨 숨길 게 있다고 비밀이란 장막으로 몸을 사릴까. 난 시험 치는 날 내 옆자리에 우등생이 앉아 커닝 좀 하게 해달라고 기원할 테야.”

“차라리 이 동현 오빠가 대리시험 쳐달라고 기원하렴. 마음 고생 덜 하게. 우리는 간다.”

동현이 앞서고 형서가 뒤따랐다.

형형색색의 등이 물결 따라 떠내려가고 있었다. 거의 둥근 등이나 가오리연을 흉내 낸 것도, 국화나 코스모스 등 생화를, 고무풍선을 단 것도 있었다. 탕탕 울리는 축포 소리에 고무풍선이 팡 터지며 등이 스르르 물속에 잠겼다.

영지는 미니성냥갑을 열어 성냥 한 개비를 꺼냈다. 등과 초는 준비해도 성냥은 준비하지 못했는데. 작은 것이 긴요하게 사용되는 순간이었다. 갑의 겉면에 붙은 적린赤燐의 까끌까끌한 감촉이 정겹다. 형서 오빠, 영지는 나지막이 부른다. 평소에도 영지는 동현보다는 형서를 더 따랐다. 동현은 실천보다는 어깨가 먼저 올라가는, 과시형이었다. 형서는 부티 안 내고 남에게 피해 안 주는 깔끔한 성격이었다. 더욱이 경화의 표현대로 제비표성냥 상표인 물 찬 제비처럼 호남답게 잘 생겼다. 영지는 형서가 좋아 잘도 따랐으나 연인으로는 어딘지 부족한 느낌이 들었다. 너무 잘 알고 있어서일까. 사랑은 신비의 겹을 하나씩 걷어 올리는 안개 같은 모호함이 아닐까. 마치 드러낸 보석보다는 감추어진 보석이 더 값어치가 있을 거라는. 기대와 호기심이 켜를 늘려가는 나이테처럼 쌓이고 쌓여져서 이루어지는 만남, 그건 경건한 사랑법인지도 모른다. 형서의 환영을 지우며 영지는 성냥개비를 들고 불을 댕겼다. 적린 끼리 부딪히며 켜진 작은 불꽃이 피시식 소리 내며 타올랐다. 영지는 초록과 분홍의 초에다가 불을 밝혔다. 성냥개비로 불을 댕기고 불꽃을 초에 갖다 대었다. 초는 사르르 녹고 있었다. 내 몸을 사르므로 어둠을 환히 밝히는 인종忍從, 그건 경건한 사랑의 완성이었다. 영지는 엄마를 통해 인종의 사랑을 터득하고 있었다.

정수는 남편의 병구완을 위해 짬만 나면, 웅담과 녹용과 뱀장어, 쇠고기와 잉어와 토끼를 고아 먹이고, 한약을 달여 먹이고, 신생아 태를 구해 정성들이 대접했다. 기침할 때마다 타구에 쏟아지는 피가 섞인 가래, 늦가을 나뭇잎처럼 세포가 소멸되어가는 과정에서 드러나는 앙상한 뼈, 죽음의 문턱에서 고통에 신음하는 남편의 몸부림을 마치 내 고통인 양 거두어들이는 인종, 남편을 향한 정수의 헌신은 경건한 사랑의 본보기였다.

신생아 태를 구하기란 밤하늘의 별을 앞치마 주머니에 담는 것만큼 어려운 일이었다. 별은 우러러보는 것만으로도 위안을 받으련만, 신생아 태는 생존의 경쟁에서 맞붙어야 하는 처절한 사투였다. 태를 옹알이에 담아 깊은 산 속에 묻는 건 6·25 전쟁 전의 일이었다. 지금도 더러 그런 풍속이 있는 건 산골사람들과 무당들이 행하는 제례와 비슷한 거고, 거의 강으로 나가 띄우는 것으로 신생아 앞날의 안녕을 기원했다. 시내에 산부인과 병원이 있었으나 신생아 태는 구매자에게 암암리에 목돈을 얹어 거래된다는 풍문이 나돌았다. 그것도 경찰의 눈을 피해야 하는 거라 무척 어려운 일이었다. 정수는 미리 산파에

게 돈을 줘 귀띔을 받아, 이른 새벽 만득의 배를 타고 강 둔덕
에서 몸을 사렸다. 신생아 가족이 나타났다 사라지면 만득은
쏜살같이 배를 몰았고 정수는 뜰망으로 태를 건져 올려 앞치
마 주머니에 넣고 일부러 수초를 담은 뜰망을 들고 둔덕으로
오르면, 기다렸다는 듯이 문둥이들이 앞을 가로막았다. 문둥
이들은 히죽거리며 갈고리를 들고 경우에 따라서는 상대의 몸
을 찍어 넘어뜨리겠다는 험악한 눈초리로 쏘아보았다. 정수는
못 이긴 척 뜰망을 그네들에게 안겨주고 치달려 귀가했다. 정
수는 그 태를 잘게 썰어 참기름과 소금에 버무려 멧돼지 창자
라고 속여 남편에게 권했다.

영지는 등을 강물 위에 띄웠다. 가족의 건강과 집안에 평강
이 강물처럼 흐르고, 곧 치르게 될 대학입시에 합격되고, 꿈에
도 그리던 왕자가 나타나도록, 영지는 기원하며 볼을 붉혔다.
십자가등이 시계에서 멀어질 즈음, 영지는 빙애네 빨래터를 눈
으로 찾았으나 순례자들의 움직임만 보일 뿐, 먼 거리였다. 영
지는 빙애에 관해서도 빌고 싶은 마음이 불쑥 일어났다. 무얼
빌어야 하나, 아무래도 자신이 얼굴을 붉힌 대목일 것 같았다.
빙애에겐 빙애만한 착한 왕자가 나타나기를.

중앙 로터리 옆에 있는 밀림 제과점에서 빙애는 빵과 우유
로 늦은 점심을 들었다. 고삐에서 풀려났다는 해방감이 전신
을 파고들었다. 앞으로 예술제가 열리는 엿새 동안 마음껏 자

유를 누리고 싶었다. 이제는 풀빵 따위 굽는 짓은 안 하리란 각오가 단단히 서 있었다. 난 어린애가 아닌데, 영지와 나이도 같은데, 강물도 흐르고 흘러가는데, 풀빵처럼 똑같은 모양과 크기가 같은 생활이 싫었다. 무언가 변화가 와야 한다고, 새로움에 대한 유혹이 굼틀거렸다. 밀림제과점 이층은 다방이었다. 빙애는 주문한 커피를 스푼으로 휘저어 조금씩 들이켰다. 옆에 앉은 청년과 아가씨가 즐겨 대화하는 걸 훔쳐보며, 아가씨의 흉내를 내었다. 삼층으로 오르는 층계참에서 빙애는 귀청이 따가워 보청기를 꺼냈다. 캉캉 울림에 따라 열린 문을 통해 불빛이 벽에 어지럽게 찍혔다. 가슴이 울렁였다. 다리도 따라 움직였다. 진홍 드레스를 입은 여자가 술 취한 남자를 껴안고 층계로 내려오고 있었다. 여긴 카바레야. 어서 내려가. 여자의 눈짓에 질려 빙애는 밖으로 나왔다. 빙애는 상점 유리창에 비친 자신의 모습을 보며 걷고 있었다. 옷매무새와 머리형에 신경 쓰며. 새끼 꼬듯 양 갈래로 묶여 있던 머리카락을 잘랐더니 굳어 있던 표정도 바람에 날리는 머릿결처럼 변화를 일으켰다. 입술이 자연스레 움직이며 앞니가 드러났다. 빙애는 여학생들을 눈여겨 살피며 표정과 옷차림, 걸음걸이조차도 닮아가기를 바랐다. 가로수 잎이 떨어져, 빙애는 낙엽을 주워 수첩 갈피 사이에 넣었다.

"무얼 하고 있지? 우리 아가씨가?"

인파가 몰려드는 소음 속에서 빙애는 귀 익은 목소리를 들었

다. 그런 정겨운 목소리는 기적 소리 못잖게 빙애를 달뜨게 했
다. 뒤돌아보니 유목사가 웃고 있었다.

"나낙여으으 주주고 이이서요."

빙애는 수첩을 펼쳐서 낙엽을 보여주었다. 낙엽 사이사이에
적힌 시구를 본 유목사가 정다운 손짓으로 물었다.

"우리 아가씨가 시인이 되었구나."

"시인?"

"그럼, 다윗처럼."

"여호와는 나의 목자시니 내가 부족함이 없으리로다?"

발음도 틀리지 않고 정확히 읊었다. 유목사가 성경의 긴요한
내용을 외우게 했던 것이다.

"옷도 근사하게 입고 머리 모양도 달라졌구나. 등 띄우러
가자."

유목사 곁에 선 성도들도 십자가등을 들고 있었다. 빙애는
싫다는 몸짓으로 고개를 가로저었다.

"배 타고 너우니까지 가는데도?"

유목사는 빙애를 배에 태우고 성경구절을 가르치곤 했다. 목
회자로서 한 영혼을 구원하는 것도 중요하지만, 빙애가 지닌
때 묻지 않은 성품과 진지한 눈빛을 사랑했다. 매사에 철두철
미하고 똑똑한 영지보다도 빙애에게 더 정이 갔다. 영리한 사
람에게는 잣대를 들고 상대를 저울질하기 쉬운 게 인간의 마음
일지도 모른다. 부족한 사람에게 정이 가는 건, 그 부족함을 메

우기 위해 내 능력을 발휘할 수 있어서일 것이다. 빙애는 암기력에 천부적인 재질이 있었다. 농아란 어둠의 질곡으로 잠시 성장이 더딘 걸 발견하고 유목사는 기억력을 회복시키고 발음을 정확히 하기 위해서는 성경 외우기만큼 좋은 효과가 없다는 걸 깨달았다. 과연 유목사의 의도대로 빙애는 성경을 외우면서부터 달라지고 있었다.

"호혼자 이잇고 시시퍼요."

"이거나 가져."

빙애가 이외로 고집을 피워, 유목사는 십자가등을 빙애에게 안겨주었다.

연이어 축포가 터지고, 등이 물결 따라 떠내려가고, 구경꾼들도 서쪽에서 동쪽으로 이동하고 있었다. 사람들이 파도치듯 떠밀렸다가 떠밀었다 하는 바람에 여기저기서 호각 부는 소리, 질서를 지키라는 고함 소리가 터졌다. 빙애는 등이 망가지지 않도록 높이 쳐들고 의암바위 곁으로 다가갔다.

색색의 조화와 단청으로 장식한 화려하고도 큰 배가 의암바위 곁에 서 있었다. 뱃머리에 봉황을 세우고 집을 지어 장식한 채선이었다. 북과 꽹과리 등, 민속 악기를 든 악사들 뒤이어 염파도 가야금을 들고 배에 몸을 실었다. 채선을 만들고 장식하여 가무 행렬에 초빙 받은 수산도 그들 뒤를 따랐다. 비비이잉, 삐잉. 채선에 설치한 마이크의 둔탁한 울림이 인파의 소음에 잦아들었다. 굉음에 놀란 해오라기 무리가 화다닥 날아올랐다.

"훠이 훠어이."

만득이 놈들을 향해 노를 들고 흔들었다.

"오랜만일세. 노 젓기가 쉬운 일이 아닐 텐데."

수산은 나이 많은 만득을 높여 대접하지 않았고 만득 또한 수산을 하대하지 않아 서로 너나들이하고 있었다. 수산이 버려진 아이이긴 해도 절에서 자란 탓이었다.

"노가 바로 내 손발일세. 이 노릇 안 하면 손과 발이 운다네. 예술제 시작부터 벌써르 구 년째 접어드는데, 채선 주인이 된 게 영광이라 완이에게 대물림하려도 어려븐 기라."

만득이 노를 가슴에 품었다. 땡볕에 달구고 강바람에 거슬린 만득의 피부가 고동껍질처럼 단단히 여물어 있었다.

"보트도 배 아닌가베?"

"앰핸 소리 말게나. 양놈 배가 조선 배를 따라 가겠는가. 거품이나 내며 요란 떠는데, 조선 배는 듬직하고 미더운 기라. 쌀도 실어 나르고 채소도 솜도 사람도 실어 나르는, 사람의 냄새가 진득하게 배어나오고 정도 솔솔 풍기는데."

만득이 노를 뱃머리에 대고 탁탁 두들겼다.

무지갯빛 저고리에 남색 치마를 입은 염파의 자태가 곱다. 수산이 염파 곁에 앉았다.

"올해도 변함없이 해오라기가 채선을 감싸 돌고 있습니더."

"새는 날기 위해 태어난 기제."

염파가 하늘을 우러렀다.

"울기 위해서가 아니고요? 누님 대신. 저것 보십쇼. 끼룩끼룩 울어 쌓네. 강물도 눈물이 되어 흐르고."

수산이 가야금 현을 퉁겼다.

"강물이 눈물이라고? 아니야, 살기 위한 몸부림이제. 사람의 피와 땀방울이 뒤섞여 흐르는……. 물빛이 해돋이처럼 발갛게 물드네. 공작이 새끼 낳기 위해 용쓰는 것처럼."

언제는 강물이 눈물이라더니. 수산은 염파의 강한 몸짓이 자신을 추스르기 위한 안간힘임을 알고 있었다.

앞서거니 뒤서거니 하며 떠내려가는 등. 등에서 새어나온 빛들이 한데 어우러진 강물은 혼불처럼 타오르고 있었다. 염파는 흐르는 물에 손을 씻고 물을 한 움큼 마셔 입가심했다. 창을 부르기 전 행하는 준비 중의 하나였다.

"촛농이 흘러내려 입 안이 텁텁할 텐데."

"대접을 가져오지 않았어? 이 물을 떠다가 촉석루 난간에 부어보렴. 알록달록 채색이 될 거니."

"대접은 안 가져와도 이미 제 머릿속에 새겼습니더."

수산은 새로 짓는 촉석루 칠공으로 내정되어 있었다.

"화중신선花中神仙? 누님을 달랑 업고 촉석루 난간에 방처럼 붙이고 싶어라."

"왜 명사십리가 그리운가."

화중신선은 해당화를 가리키기도 했다.

“해당화도 양귀비꽃처럼 붉지요.”

호국사의 단청을 위해, 물감 원료를 구하기 위해, 수산은 팔도강산을 순례하며 명사십리에도 들렀다. 해당화만큼 수산을 사로잡은 꽃도 드물었다. 원색에서 뿜어져 나오는 기괴한 색깔, 뿌리는 물감의 빼어난 원료가 되었다.

물이 쿨렁쿨렁 배 가장자리를 넘나들듯 넘실거렸다.

“노를 잘 젓게. 배가 풍덩 물속으로 잠긴다면 이 무슨 창피이겠는가.”

수산의 귀띔을 가벼이 흘리는 만득의 뱃심이 불 지핀 장작개비처럼 활활 타올랐다.

“배가 을매나 가볍는지, 내 가슴 위에다 올려놓아도 끄떡없을 거구마. 그건 바람에 날려 뿌릴 이바구고, 남강물이 을매나 심이 센지는 아마 자네도 모를 걸세. 임진왜란 때는 수만 명의 시체를 흘려보냈는데.”

“나도 고걸 모를 리 있겠나. 안산의 유적지마다 그림자를 새기고 진주성 성벽에 콧물을 칠갑하고 강물에 멱을 감으면 내 키만큼 남강도 자라고 있다는 걸 미리감치 알고 있다네.”

해오라기 무리들이 손에 잡힐 듯 가까이 날고 있었다. 만득이 다시금 ‘훠어이훠어이 허허훠이’ 목청을 높이며 뱃머리를 쳤다. 연이어 북과 꽹과리가 울리고, 염파가 가야금을 켜며 창을 불렀다.

백구야 왜 이제 왔느냐

내 님은 구만리 머나먼 곳에 계시는데

님 소식 전하려고 왔느냐

님 향한 일편단심 내 어이 어길 건가

시방 시월 초사흘 하늘이 열리는 날

꿈에 그리던 내 님이 꽃가마 타고 오시네

오매불망 그리던 내 님이 미소 짓고 나를 반기네

어와 둥둥 내 사랑아 어와 둥둥 내 사랑아

슬픈 곡조가 바람을 넘나들듯, 흥겨운 가락이 강물을 데울
듯 녹아 흐르고 있었다. 배가 다리 곁으로 흘러가고 있었다. 다
리 위에서, 휘이익 휘익, 휘파람 부는 소리가 들렸다. 염파가
꽂고 있던 칠보 용두잠을 다리 위를 향해 던졌다. 풀어헤친 긴
머리카락이 염파의 가냘픈 몸매를 조각조각 가위질하며 끌어
당길 듯 강풍에 흩날리고 있었다. 염파는 강물에 머리를 적시
고 연이어 창을 부르고 있었다.

떠나려 하네 내 낭군이 단꿈도 잠시런가

이별이 있으므로 또다시 만날 날이 있으려니

살을 에는 아픔을 곱씹으며 잘 가시오 내 님이여

이내 몸은 구름다리 되어 님을 보내 드리리다

환호성이 터지며 다리 위에서 꽃송이가 채선을 향해 쏟아지고 있었다. 수산이 노란 국화 한 송이를 널름 받아 염파의 머리에 꽂았다. 생화도 조화도 등과 함께 떠내려가고 있었다.

염파 일행이 배에서 내리고 국악단원 일행이 채선에 올랐다. 피리를 든 수광이 배에 오르려는데 그들 일행을 구경하던 빙애와 마주쳤다.

"수광이 아니야?"

빙애의 청청한 목소리가 또렷하고도 경쾌하게 튀어나왔다.

투우대회

"무엇이? 딴따라 짓 했다고?"

노를 발하는 부친 앞에서 수광은 그저 처분을 바란다는 시늉으로 허리를 방바닥에 닿게 굽혔다. 화를 잘 내는 아버지에겐 절절매는 게 수였다.

정대환씨는 아들을 노려보았다. 단박 요절내도 시원찮을 분노로 부들부들 떨고 있었다. 딴따라 짓이라니, 양반 씨앗이 천민이나 할 짓거리를 하고 댕겼어? 내 비록 초목으로 목숨을 연명해도 남 손가락 받은 짓 안 하고 여지껏 지탱해 왔은께. 그러다가 켕기는 게 있어 대환씨는 입을 다물었다.

"피리 부는 게 좋아 여행 좀 다녔을 뿐입니다."

수광은 다시금 목을 방바닥에 대며 굽실거렸다.

"이제부터 맴 다잡아 묵고 공부나 해라."

계동댁이 조심스레 입을 열었다.

"무신 돈으로? 이녁이 식모살이해서 돈 벌겄나? 내가 동냥해서 공부시키겄나? 봉투에 풀 붙이믄 밥 굶지는 않을 긴께 생고생 해가며 공부할 필욘 읍다."

대환씨는 봉투를 만들어 그날그날 생계를 유지하고 있었다.

"금뎅이 자식 공부 안 시키고 이 어려븐 세상을 우찌 살라 야단일꼬. 텃밭도 있고 이 집을 팔아도 자식 하나 공부는 넉넉히 시킬 수 있을 낀데."

영감이 미쳐도 단단히 미쳤어. 계동댁은 화를 삭였다.

"다 찌글어가도 조상 대대로 물러 받은 집인데, 내 목에 칼이 들어가도 이 집은 팔 순 읍서. 우리가 여기 살고 있은께 입에 풀칠할 건더기도 나오는 게야."

"그 많은 살림은 오데 갔을까."

계동댁의 바가지는 수광이 들으라는 거나 진배없었다. 허울 좋은 양반이었지 계동댁이 시집 올 때는 쌀독도 바닥나 있었다. 대환씨에게 행운이 온 건 일본으로 건너간 처남 가족이 지

진으로 숨지고, 처가의 전 재산을 거머쥔 데서부터 비롯되었다. 평거에 있는 논마지기와 중앙동에 있는 상가를 물려받았고 계동댁의 상술 또한 뛰어나 포목점은 날로 번창해갔다. 재산은 불었지만 오십이 가까워도 계동댁은 임신하지 못했다. 삼대독자라며 하도 남편이 아이를 원해 계동댁은 씨받이를 구해볼 것을 권했다. 아내는 날마다 포목점에서 지내고 시간이 남아도는 대환씨가 취미를 붙인 건 서예였다. 대환씨는 포목점이 있는 이층 건물 한 칸을 마련하여 친구들과 붓글씨를 쓰거나 잡담으로 보냈다. 그것도 성에 안 차 대환씨는 필묵 도구를 지니고 유람의 길에 나섰다가 젊은 과부를 알게 되었다. 화수가 임신하자 대환씨는 그 사실을 계동댁에게 알렸다.

"이 양반 웃기네. 내가 씨받이를 구해보라 했지, 언제 첩산이 두라고 했수?"

속았다는 감정이 북받쳐 계동댁은 이를 갈았다.

"씨받이나 첩산이가 다른 게 무어라고 야단법석이오?"

대환씨가 역성을 냈다.

"여펜네가 내 마음에 들어야지, 어디서 굴러다닌 되바라진 년에게 혹해 뭐 태기까지 있다고?"

"투기질도 정도 나름이지. 언제는 여자 구하라고 닦달질 해쌓다가 가리늦게 여자가 나타나자 노발대발하는 꼬락서니라니."

"대를 잇는 게 을매나 어려븐 긴데. 한순간 데리고 놀 여자와 내 자식 낳아줄 여자는 근본부터 달라야 하거늘."

“이제 와서 어떡할 거야. 좋아도 내가 좋아하는 기고 함께 살아도 내가 사는 기니, 임자는 간섭 마시오.”

대환씨는 옆 돌아볼 겨를 없이 집을 따로 구해 화수와 살림을 차렸다. 이왕지사 잔치가 벌어진 마당에 재를 뿌려선 안 되겠다고 여긴 계동댁은 그들 사이를 봐주기로 마음먹었다. 계동댁이 더 이상 화풀이하지 못한 이유는 화수의 헌신적인 태도에도 있었다. 예상과는 달리 화수는 계동댁을 깍듯이 성님이라 부르며 할 일을 찾아서 했다. 식사도 꼬박꼬박 손수 해서 계동댁을 대접하고 가게로 와서는 계동댁의 손과 발이 되어 도왔다. 제까짓 년이 하루 이틀이지, 어디 두고 보자. 계동댁의 꿍꿍이속을 비웃기라도 하듯 화수는 표정 하나 안 변하고 사근사근 굴었다. 더구나 계동댁이 아파 드러누워 상점은 화수가 도맡아 관리했다. 계동댁은 가난한 살림을 일으켜 세우기 위해 고생을 많이 해 신경통으로 손발을 마음대로 움직이지 못했다. 화수는 계동댁의 병구완도, 대환씨의 보살핌도, 가게 일도 잘 처리했다. 아들까지 낳아 대환씨는 물론 계동댁의 환영을 받았다. 하지만 아들이 돌도 채 못 돼 모은 돈을 몰래 챙기고 대환씨의 이름으로 빚까지 얻어 야반도주했다.

“살림이 도망간 게 내 탓이란 말이오?”

대환씨가 벌컥 화를 냈다.

“당신 탓 아니믄 내 탓이이구마.”

그들 부부는 서로 당신 탓이라고 목청을 돋우다가 계동댁이 먼저 화를 잠재웠다.

"아버님 말씀대로 봉투나 잘 만들면서 살자. 이젠 떠돌이 짓은 고만 하고."

대환씨가 아들에게 다시 일침을 가했다.

"다신 그딴 짓 했다간 정씨 문중 호적에서 이름을 제해 버릴 긴께. 남들에게 체면 보시는 짓이니 제발 딴따라짓 했다는 소린 입 밖에 내지도 말고."

붉은 목도리를 목에 두르고 길을 걷는 빙애의 발걸음은 가볍기만 했다. 시무룩이 걷고 있던 수광도 빙애의 밝은 표정을 보고 한결 가뿐한 자세가 되었다.

"어때, 따뜻하지?"

빙애가 수광의 목에 두른 감색 목도리를 바로 매어 주었다. 손수 짠 걸 선물한 것이다.

"아주 따뜻해."

속삭이다가 수광이 표정을 바꾸어 큰소리로 손짓해 보였다.

"이만큼이나, 양털처럼."

"그리 안 해도 다 알아듣는단 말이야."

빙애가 울컥 울분을 토했다.

"세 딸 중에서 누가 마음에 들었어?"

수광이 말머리를 돌렸다. 그들은 시공관에서 〈딸들은 연애 자유를 원한다〉라는 연극을 보고 나온 길이었다. 빙애는 귀를 곤두세웠다. 갑자기 멍멍해지며 수광이 무언극 배우처럼 보였다.

"무무어라 해해지?"

"금방 다 알아듣는다 하구선."

수광의 목소리에 짜증이 배인 걸 눈치 채고 빙애의 목소리가 술술 풀려나왔다.

"연극 내용이 재미 있었느냐구? 물론이지. 고집쟁이 아버지와 엄마의 연기도 볼만했지만 세 딸이 자유로이 제 짝을 찾아가는 장면이 좋았어. 세 딸 중에서 막내딸이 제일 맘에 들더라. 부모 품을 떠나 사랑하는 사람과 멀리 도망가는 거잖아."

수광이 놀란 표정을 지었다. 말을 안 더듬고 표현해서였다. 그런 이면에는 수광에게 잘 보이기 위한 빙애의 피나는 노력이 숨어 있었다. 혼자서 연극을 두 번이나 보았고, 그와 대화를 나누면 어떤 내용이 화제에 오를 것인가를 짐작하고 수없이 반복한 결과였다.

그들은 신안벌로 향했다. 날씨가 따뜻했으나 강바람이 세차게 불어 목도리가 어느 정도 바람막이가 되었다. 수광은 빙애를 어떻게 다루어야 할지 궁리하고 있었다. 극장표도 식사도 간식 요금도 빙애가 지불했다. 돈을 내려 해도 빙애가 한사코 먼저 내겠다고 떼를 썼던 것이다. 악단 따라 전국을 순례할 때 빙애는 가슴속에 새겨진 따스함이었다. 수광의 뇌리에 박힌 건 논개 역 할 때의 빙애 모습이었다. 풋풋한 정감 어린 모습이 눈만 감으면 되살아났다. 지방을 돌면 불편한 것이 잠자리였다. 어쩌다 수입이 쏠쏠하면 여관에 들어도 번번이 이십여 명의 단원을 편안히 잠재울 정도로 수입이 넉넉한 건 아니었다. 교정이나 홀을 빌려 합숙하는 예가 잦았다. 그러면 똑순이가 그의 곁에서 잠을 청했다. 똑순이의 매력은 눈빛이었다. 오뚝이 눈알처럼 빙글거리다가 불쏘시개가 타오를 때처럼 빛을 뿜어대었다. 넌 고양이 눈을 지녔어. 그 눈을 가지고 출세하는 거야. 단장은 똑순이의 예명을 빛나리라 지어 주었다. 수광은 빛나리의 눈을 보면 빙애의 별처럼 초롱초롱한 눈빛을 떠올리곤 했다. 별빛 눈은 따스했지만 불꽃 눈은 몸을 불사를 것 같은 무서움이었다. 그 위험을 감지한 건 두어 달 빛나리의 육체를 탐하고 난 뒤였다. 빛나리는 단장이 쥐고 있는 오랏줄이었다. 남자 단원들이 빛나리와 성욕을 채우게 하여 한 동아리에 똘똘 묶어두려는 게 단장의 속셈이었다. 그 오랏줄에 매인 남자가 한둘이 아니란 걸 알고 수광은 악단을 뛰쳐나오려고 기회를 엿보다가 마침 진주에서 공연이 있어, 단원들 몰래 악단을 빠져나왔던 것이다.

신안벌에서는 징과 꽹과리가 요란하게 울리고 있었다. 드넓은 벌판에 통나무로 울타리를 친 원형의 경기장으로 소들이 모여들었다.

전국 각 지방에서 예선을 거쳐 온 황소들이 겨룸을 하고 있었다. 수많은 사람들이 몰려들어 응원하는 소리도 기악 소리와 함께 드높게 울려 퍼졌다.

빙애는 소들이 줄줄이 서 있는 곳에서 장용과 마주쳤다.

"이건 아저씨가 기르는 소?"

장용의 눈이 황소 눈으로 변했다.

"오매, 우리 딸래미가 운제 아나운서가 되았노? 머리는 또 뭐꼬? 옷은 비카비카하게 차려 입고선."

"이게 누구 소냐고 묻지 않아."

빙애가 응석을 부리며 장용의 품에 안겼다.

"내 기 아니고 호랑이골 소야. 기골이 장대하게 생겼제."

"호랑이고골이라면 소가 호랑이처럼 무서서게네?"

빙애가 양손으로 두 눈을 치켜 올리며, 으흥거렸다.

"백수의 왕은 사자라 캐도 호랑이에겐 못 당하는 기라. 사자는 게을러서 견디는 힘이 부족하거든. 호랑이는 심만 센 기 아이고 머리가 뱅글뱅글 돌아가는 것도 뛰어나고, 뚝심도 보통 아닌께. 호랑이골 소니 호랑이를 안 닮았겄나. 작년에 우승한 섭천 소를 물리치고 본선에 올랐어."

장용이 호랑이골 소의 머리를 쓰다듬었다.

"또 본선에 오른 소는요?"

수광이 물었다.

"닌 누고?"

장용이 수광의 요모조모를 살폈다.

"빙애 동뭅니더."

수광이 꾸벅 절을 했다.

182

"야시골 소가 본선에 올랐어."

"야시골이라면 여시가 많은 곳인가요?"

"저기 보래이. 소도 제 안태본의 등을 지고 나왔는지 우찌 여시를 닮아 보이지 않아?"

장용이 건너편에 서 있는 소를 가리켰다. 호랑이골 소보다는 몸집이 작으면서도 날렵한 인상을 풍겼다.

미리 와 있던 완이와 윤태가 수광이와 빙애 앞을 가로막아 섰다.

"도회지로 싸돌아 댕긴다는 소문은 진즉에 들었는데, 때물이 쏙 빠졌구먼. 냇물에 헤엄치는 미꾸래지처럼."

윤태가 가시 돋친 말을 내뱉었다.

"소식 몰라 궁금했지. 내사 군에 있었는데 오데 있다가 이제 나타나노?"

까까머리 완이 그동안 안부를 물었다.

"지리산 도사놈이 해인사 중놈에게 안부 전하는 꼴이구먼. 니가 산 속에서 총부리 들고 있는 동안 난 첩첩산중에서 도를 닦고 있었어."

수광의 대답을 듣고 윤태가 히죽거렸다.

"중놈과 도사님이라, 우째 겉궁합은 찰떡처럼 맞아 보여도 속궁합은 물과 기름맨치르 영 비틀어 보인다카이."

"우리 오랜만에 만났는데, 술이나 한잔하자."

완의 제안을 듣고 윤태가 안을 내놓았다.

"지금 호랑이골 소와 야시골 소가 맞붙기로 했는데 우리 내기하여 진 자가 한턱내기다."

"좋긴 한데 모두 호랑이골 소에게 돈을 걸 게 아냐? 호랑이라면 용맹의 표본이라, 우리 전통 설화에 등장하는 동물의 왕인 걸 모르진 않을 텐데."

수광이 별로 관심 밖이란 뜻을 비쳤다.

"난 그런 유식쟁이 말은 못 알아들은께. 미안하지만 난 야시골 소에게 걸겠다. 머리 영리하고 꾀 많은 여시가 많은 곳에서 자랐는데, 호랭이를 못 이길까."

윤태가 이기죽거렸다. 탄알은 호랑이골 소를 겨냥한 게 아니라 수광의 가슴을 꿰뚫는 데 있었다. 유년시절 병정놀이할 때부터 넌 나의 연적이었어. 마치 게야무라 로구스케와 최경회의 대결을 이 자리에 옮겨 놓은 것처럼 으르렁거렸다. 빙애의 태도로 봐서 수광을 사모하는 게 여실히 드러났다. 검게 물든 윤태의 얼굴에 핏기가 서려 잿빛으로 번들거렸다.

"좋다. 난 호랑이골 소에게 걸겠다. 두상이 좀 크게 생겼느냐. 심이 세어야만 이기고, 이기는 심은 짐승일수록 뚱보여야 하지."

수광도 지지 않겠다는 듯 당차게 나왔다.

"소싸움은 뿔이 튼실해야만 최고로 꼽는다는 걸 모리나. 작년에도 뚱뚱한 소가 이긴 게 아니라 날렵하게 생긴 섭천소가 일등 했어."

184

윤태가 앙앙거렸다. 빙애는 그들 대화를 잘은 알아들을 순

없어도 윤태와 수광이 소싸움에 내기를 걸고 있다는 것쯤은 알
고도 남았다. 수광이 이긴다면 좋지만 만일 진다고 해도 걱정
할 건 못 되었다. 엄마 몰래 은행에 저금한 돈을 찾아 넉넉히
지니고 있었다. 장용은 젊은이들이 주고받는 말을 객쩍게 듣고
는 뒤로 물러났다.

"잘 싸워야 헌다. 이기는 것도 좋지만 호랑이골 소가 을매나
영특한지를 보여주어야 하는 기라. 자네를 이 경기장에 내보내
기 위해 일년 내내 마음고생을 좀 했냐. 내가 폭삭 늙어 버렸은
께. 자네도 고생이 많았지. 여기 출전하기 위해 짐을 끌고 달리
다가 나무를 들이박아 얼굴에 흉터 자국도 많이 났제."

호랑이골 소 주인은 물수건으로 소의 몸을 닦고 있었다. 주
위의 분위기에 압도당할까봐 굳은 몸을 풀어주기 위해서였다.

"반드시 이겨야 하는 기라. 승리의 깃발을 따기 위해 내가 이
녁에게 개소주도 십전대보탕도 좀 달여 먹였는가. 심이 세다고
이기는 기 아니야. 꾀를 부려봐. 다리는 말뚝이 되어야 해. 발
은 뻗대고 머리는 들이박고. 심은 심으로 뚝심은 뚝심으로 알
겠제."

야시골 소 주인이 소를 쓰다듬다가 얼굴을 비비고는 심판관
에게 넘겼다. 예선에서 탈락한 소들은 뒷전으로 밀려나고 호랑
이골 소와 야시골 소가 경기장으로 입장했다. 심판장이 호랑이
골 등을 감싼 청색 포대기를 걷어내자 청색 깃발 든 응원석에
서 요란한 함성이 터져 나왔다. 이어 심판장이 야시골 소 등을

감싼 흰 포대기를 걷어내자 흰 깃발 든 응원석에서도 요란한 함성이 터져 나왔다. 난 야시골 소에게 논 한 마지기를 걸겠다 느니, 누군 호랑이골 소에게 밭 두 떼기를 걸겠다는 기염이 터져 나왔다. 꽹과리와 징이 울리고 결전을 알리는 심판관의 목소리가 이어졌다. 서로 마주 본 소들은 준비운동을 하고 있었다. 앞다리 근육을 푸는 고래빼기, 모래를 후벼 공중으로 퍼 올리는 운동이었다. 징 소리가 쨍 울려, 놈들은 동시에 머리를 앞으로 들이밀며 격전을 벌리고 있었다. 타닥, 하는 뿔치기에 이어 머리를 맞댄 채 힘겨루기를 하고 있었다. 일테면 뿔을 고누세우고 밀고 당기는 소 특유의 우직한 끈기를 통해 투혼을 엿보는 싸움이었다. 머리를 맞댄 소들은 전신의 힘을 머리에 집중하며, 씨이익 꿍, 뱃속에서 나오는 깊고 날카로운 소리를 냈다. 찍어, 밀어, 구경꾼들은 싸움을 부채질했다. 야시골 소가 호랑이골 소에게 밀려 끙끙거리고 있었다.

"저런 바보 봤나. 뒤로 물러섰다가 급소를 찔러봐."

야시골 소 주인이 주먹을 불끈 쥐고 상대의 소 목에다가 뿔을 들이박으라는 시늉을 했다.

"절대 흥분해서는 안 된다 카니. 천천히 심을 모았다가 딱 순간에 심을 쏟아야 하는 기라."

호랑이골 소 주인이 용기를 북돋았다. 상대에게 밀린 야시골 소는 주인의 뜻대로 뒷걸음질 쳤다.

"여우는 제 꾀에 제가 넘어가는 법이지."

수광이 목에 힘을 주었다.

"여우 사냥이 아니고 소 사냥이다. 지능이 소보다는 여우가 더 높다는 걸 몰라? 머리싸움에는 단연 여우가 으뜸이지."

윤태도 지지 않고 맞섰다.

밀려난 야시골 소가 상대 소에게 달려들었다. 이번에는 호랑이골 소가 뒤로 밀려났다.

"저건 또 뭐야?"

빙애가 수광의 팔을 잡았다. 호랑이골 소가 꼬리를 흔들면서 뒷배가 들쭉날쭉했다.

"그러면 그렇지. 승리는 경각에 달렸다. 조금만 더 심을 내라. 놈이 나자빠질 때까지."

"마지막 일초가 중요한 기다. 뚝심으로 버텨라."

구경꾼들은 일제히 일어서서 응원하고 있었다. 뒤로 밀려난 호랑이골 소가 으흥거리며 용을 쓰고 있었다.

"저 무서운 얼굴 좀 봐."

빙애가 핸드백 속에 든 투우대회 포스트를 꺼내 펼쳤다. 이중섭의 소 그림이 인쇄된 포스트가 깃발처럼 휘날렸다.

"좀 가만히 있어."

수광이 포스트를 보는 둥 마는 둥 하자 윤태가 빙애에게 포스트를 빼앗아 들고는 흔들어대었다. 호랑이골 소가 더 이상 밀려나지 않고 제자리를 지키고 있었다. 어흥 컹컹거리며 상대의 뿔을 들이받던 두 소가 제자리걸음으로 버티더니 이번에는

야시골소가 뒤로 밀렸다. 입에는 거품을 내며 비칠거리다가 오
줌을 갈기며 혀를 내밀고 항문에서는 똥이 나오고 있었다. 순
식간에 호랑이골 소가 야시골 소 목덜미에다가 뿔을 박았다.
야시골 소가 비틀거리며 쓰러졌다.

"피, 피르 흐흐이고 있어."

빙애가 울상을 짓다가 수광의 팔을 들고 흔들었다.

"수광이 만세."

"죽었구나. 소 한 마리 값이 얼만데 농토가 울겠어."

완이 풀 죽은 목소리를 냈다.

"죽었다고 쓰레기 더미에 버릴 건 아니제. 쇠고기 맛에 농사
꾼들의 허기 진 배에 기름 좀 채우면 우때서."

윤태가 내뱉고는 들고 있던 포스트를 짝짝 소리 나게 찢었다.

"내가 졌은께 한턱내기로 하꾸마."

*

밤이 되어 수광과 빙애는 어디로 갈지 서성이고 있었다. 젊은
이들이 갈만한 곳은 거의 다녀 마땅한 장소가 떠오르지 않았다.

"배를 타고 어디론지 가, 응."

붉은 혼방 체크 반코트에 귀걸이까지 단 빙애가 졸랐다. 하
늘색 원피스 자락에서는 향수 냄새가 솔솔 풍겼다.

"카바레에 가서 춤이나 출까?"

갑자기 수광의 목소리가 은밀해졌다.

“브라보.”

빙애의 입에서는 영어 단어까지 튀어나왔다. 어디든지 따라가고 무엇이든지 순종하겠다는 고분고분한 태도에 수광의 음흉스런 욕망이 꼬리를 쳤다.

“여기서 시내까진 멀어. 배를 빌려 타고 어디론지 숨어버리자.”

“오케이.”

거침없이 대답하는 빙애의 입술에는 진홍빛 립스틱이 칠해져 있었다. 길손들이 턱없이 큰 빙애 목소리를 듣고 걸음을 멈췄다. 수광의 얼굴이 일그러졌다.

“좀 조용히 말해.”

“이젠 실수 안 할게.”

빙애가 고분고분하면서도 나약해보여, 수광의 음흉스런 욕정은 쏙 들어가고 유년시절의 따스한 연민이 되살아났다.

“완이 아부지께 배를 비비리까?”

“내가 잘 아는 할아버지가 계셔. 저리로 가봐.”

그들은 나루터로 갔다. 배 한 척이 물가에 서 있었다.

“어서 타.”

수광이 매여 있는 밧줄을 끌었다.

“아안 되되. 그건 나브븐 지시야.”

빙애가 수광의 손목을 잡았다.

“나쁜 짓이라니?”

“나이 마만은 하아아버지가 아드과 손주르 머머여 살리고 게

게셔.”

“아무도 모르잖아. 슬쩍 사용하고 그 자리에 놔두면 될 텐데. 손주까지 있다면, 아들은?”

“야양조족 다리가 어웁서.”

“며느리는?”

“도마망가가서.”

“양쪽 다리 없는 병신과 어떻게 살아? 그 아줌마 도망가길 잘했지. 평생을 남편 발이 되어 살아야 할 게 아냐. 다리 없는 병신보다는 그 병신을 봐야 하는 아내의 비참한 삶, 참 잘한 짓이야. 우리 엄만 아버지가 병신이 아닌데도 도망갔어. 피붙이인 나를 팽개치고. 늙은 아버지가 싫다고 젊은 놈과 배 맞아 줄행랑쳤지.”

수광이 속사포처럼 쏘아대어 빙애가 울음을 터뜨렸다.

“나남으을 소속이는 건 나브픈 지지시야.”

“그래, 배 빌린 삯은 나중에 갔다 와서 주기로 하자. 아마 할아버진 지금 주무시고 계실 걸. 사공이 얼마나 고된 직업이란 건 니도 알잖아. 곤히 주무시는 노인을 깨우면 오히려 방해만 하는 거야.”

수광이 빙애를 달랬다. 빛나리에게 볼 수 없는 빙애의 순진성이 수광의 마음을 움직였다. 그들은 배를 타고 동쪽으로 향했다. 노를 젓는 수광의 팔을 빙애가 움켜잡았다. 자신의 팔 힘이 수광에게 도움 되기를 바라며. 수광은 꽉 조여 오는 빙애의 악력을 느끼며 빛나리를 생각했다. 빙애가 그의 가슴에 초롱초롱 뜨는 별이라면 빛나리는 가슴 밖에서 활활 타오르는 불빛이었다. 불빛은 한순간 타오르다 사라지지만 별은 언제나 가슴속에서 그의 몸을 데우고 있었다는 걸 감지했다. 수광은 참을 수 없어 노를 팽개치고 빙애를 와락 껴안았다. 배가 흔들거리며 강물이 들어와 발목을 적셨다.

"배배가 뒤지지피므 어어쩌러고?"

"이렇게 꼭 안고 죽는 거지, 뭐."

거친 물살이 밀려옴과 동시에 물결이 그들의 몸을 적셨다. 그들은 배에서 내려 모래사장으로 올랐다. 주위는 컴컴했다. 아무도 없었다. 강풍이 세차게 불어 그들은 덜덜 떨며 옷을 벗고 서로의 몸을 껴안아야만 추위를 견딜 수 있다는 듯 양다리를 비비고 있었다.

*

보트 관리사무실로 윤태가 찾아왔다.

"나랑 좀 가자."

친구의 눈빛이 예사롭지 않아 완이는 행선지를 물었다.

"어디로?"

"잔말 말고 따라와."

"군대식의 그 따위 명령은 집어치워."

완이는 역성을 냈다. 휴가 받고 귀가하여 일주일 동안 내내

돌아다니다가 이제 겨우 아버지의 일을 돕고 있었다. 보트를 타기 위해 손님들이 줄을 지어 틈 낼 시간의 여유가 없었다.

"빙애를 구해야 해."

"무엇이?"

"납치당했어."

독수리눈으로 변한 윤태의 거무스름한 얼굴에 광기가 서렸다. 완이와 윤태는 보트를 타고 동쪽으로 향했다.

"누구에게 들었노?"

윤태의 얼굴에 독물처럼 번진 광기가 질투라는 걸 완이는 금세 알았다. 자신에게도 광기가 서려 있다는 걸 느끼고 완이는 마음을 느긋하게 가졌다.

"도동 식당에서 나와 어떤 놈에게 이끌려 배를 타고 갔다더라."

"네 귀가 당나귀 귀로군. 물감이나 잘 팔아 돈이나 벌 요량해야지 남의 뒤꽁무니 소식은 무엇 땜새 필요해?"

"야아, 니가 운제 귀족이라고 빙애에게 고리도 야박하냐. 못된 놈에게 추행이라도 당한다믄 속 시원하겠어?"

"빙애가 납치당할 정도로 어리석다고 생각해? 골 빈 수작 좀 작작 부려. 외려 남자가 여자에게 끌려 갔꾸마."

평소에는 여동생처럼 보살폈으나 은연중 완이도 빙애를 평생의 내조자로 점찍고 있었다. 연모하기보다는 나 아니면 빙애를 돌볼 남자가 이 세상에 없다는 책임감과 자부심이었다. 그저께 삼차까지 술을 마시며 밤을 지새우던 날, 완이는 빙애가 수광을 사모하는 마음이 뼛속까지 에어 있어 마음을 되돌리긴 해도 내내 근심이 떠나지 않았다. 빙애가 수광에게 노리개 감 이상은 아닐 거라는 우려였다. 보트를 운전하는 윤태의 손놀림 이 허우적거려 서너 차례 곤두박질치고서야 그들은 수광이 몰 았던 배 옆에 당도했다.

"저기 불빛이 보여."

독수리가 먹이를 만난 듯 윤태의 눈빛이 교활하게 번들거렸 다. 윤태와 완이는 배에서 내려 검부러기와 생솔가지 타는 냄 새가 코 안에 스며들어올 지점에서 뜀박질을 멈추었다. 어둠 속에서도 활활 타오르는 불빛을 타고 남녀의 알몸이 어김없이 드러났다. 나뭇가지에 걸린 남녀 옷들이 바람을 타고 팔랑팔랑 춤을 추었다.

"이 불한당 같은 놈아?"

입에 거품을 내며 윤태가 그들에게로 달려갔다. 갑작스런 외 침에 놀란 수광은 빙애를 일으켜 세우며 가슴에 안았다. 반격 을 하려다가 수광의 행동에 몸이 굳어진 윤태는 그들을 노려보 았다.

"옷을 입어."

수광이 나뭇가지에 걸려 있는 옷을 내려 빙애에게 주었다. 서둘러 옷을 입고 난 빙애가 수광의 앞을 가로막아 섰다.

"오바빠드드이 어언 이일이야?"

빙애가 표독스런 얼굴로 윤태와 완이를 쏘아보았다. 너희들이 뭔데 성스러운 우리의 사랑에 재를 뿌리느냐는 몸짓이었다. 수광이 얼른 옷을 입었다.

"웬일이냐고? 만 사람이 그래도 넌 그리 못 해."

완이 고함쳤다. 뒤집어 걸친 빙애의 원피스 자락에서 물이 흘러내리고 있었다. 추위에 덜덜 떨면서도 내 사랑을 너희가 방해하지 못할 거라는, 아니 방해해 보라는 당당한 표정을 짓고 있었다. 완이는 절망한 채 부르짖었다.

"그 꼬락서니가 뭐꼬? 이 외진 곳에서. 누가 설 땅이 없어 쫓아내더냐."

"우리가 저절로 여기까지 온 거야."

수광이 여유 있는 몸짓으로 빙애의 허리를 안았다. 불난 가슴에 더욱 불을 지르려는 듯이 앙칼진 목소리가 터져 나왔다.

"어서 우리 눈아앞에서 어업서져버려. 여긴 우리 두둘만 있는 곳이야."

빙애가 더욱 수광의 품에 매달렸다.

"저리 비키지 못해? 내 저 놈을 죽이고 말 테다."

윤태가 힘껏 나뭇가지를 휘어잡았다. 나무가 뿌리째 뽑혀짐과 동시에 나뭇가지에 걸려 있던 남녀 팬티가 떨어졌다.

"빌어먹을 양반 새끼가 자존심은 오데 두고 천민의 딸을 건드려, 건드리긴. 내 이 불한당놈의 간을 까발리고야 말리라."

윤태가 몸을 부들부들 떨며 뿌리째 뽑힌 나무를 휘어잡는 순간, 완이가 재빨리 윤태를 넘어뜨리고는 목청을 높였다.

“빨리 토껴.”

수광이 빙애 손을 잡고는 치달리고 있었다.

“미쳤어? 이 자슥아, 연놈을 잡아 경찰서에 넘겨야지.”

윤태가 일어서서 완이에게 주먹질했다.

“강간·폭행·치사·음란·간음, 어느 법조문에 해당하지? 총각과 처니가 서로 좋아 야단인데, 수갑 채울 재판관이 어디 있노?”

“성 문란에 대한 책임을 물어야지.”

“이 외진 벽촌에서, 그것도 시뻘건 대낮이 아니고 지금은 한밤중이란 걸 알아야지. 눈만 돈 게 아니고 머리까지 획 돌아 버린 거로군. 니와 난 빙애의 보호자란 걸 알아야 돼.”

계속되는 윤태의 주먹질을 피해 완이가 풀숲으로 나뒹굴었다.

*

예술제가 끝나 빨래터는 뜸했던 손님들의 발길이 잦았다. 빨랫감도 불어나고 땔감도 구하기 위해 빙애네는 바삐 움직였다.

“빙애는 오데 갔노?”

드무실댁이 맛 좀 보라며 갓 짠 참기름이 든 병을 내밀었다.

“이거 거저 주었다고 빨래 꼭지 삯 받지 않을 기라 여기진 마십쇼.”

말머리 돌리는 빙애네의 몸짓이 허공을 맴도는 것 같았다. 딸의 행동이 수상쩍어 내내 마음이 불안하여 허우적거렸다.

저녁 때, 완이네가 찾아왔다.

"빙애가 돈을 펑펑 쓰고 다닌다 카더라."

"돈은 무신 돈을. 번 돈은 은행에 차곡차곡 저금했는데. 고런 뱅신 육감 떨 소문은 귀 싸매고 듣지 말아야지."

"무신 소문이라 캤노?"

"생트집 잡을 소릴 씨부리니게 화딱지가 나서 그랬다, 왜?"

빙애네의 눈에 쌍불이 켜졌다.

"잘난 뱅신 딸 뒀다고 자랑하기가?"

맨날 당하기만 하다니. 완이네는 이를 악다물었다. 불쌍한 년, 다 지 위해 하는 소리를 넘겨짚어 나를 싸잡아 도매 값으로 떠넘기려 들어 들긴.

"그래, 난 잘난 뱅신 딸 두어 요리 호강하고 닌 못난 아들 두어 고리도 꾀죄죄하게 살고 있나."

악이 충천한 빙애네는 팔딱팔딱 뛰며 앙탈을 부렸다.

"지 딸은 절세가인처럼 생겼다고 나팔 불어 쌓고."

"지 새끼는 문디처럼 못 생겼다고 꼬부랑거리나?"

"우리 완이가 못 생겨도 임자 딸과 혼인 맺자 안 할 낀게 간뎅이 부은 소린 고만 하라고. 반편이 각시 데리고 살다가 혀 꼬부라지게."

빨래터에 온 여자들은 둘의 다정한 모습을 보고 서로 사돈 맺는 게 좋겠다는 말을 듣고 빙애네가 펄쩍 뛰며 거절한 걸 빗대어 한 말이었다. 천상 선녀 같은 내 딸을 누가 감히 넘겨짚어

예. 어림 반푼어치도 없는 소립니더.

"피곤해. 며칠 동안 잠 못 잤어."

빙애네는 더 이상 성깔 부릴 처지가 아니라고 단정 지었다. 무슨 조그마한 근심이나 걱정할 일이 생기면 완이네를 못 살게 구는 게 빙애네의 버릇이었다. 왜 니 걱정거리를 나에게 짐 맡기듯 짊어지게 하느냐는 완이네의 항의를 듣고 빙애네가 고백한 적이 있었다. 이 세상에 기댈 언덕은 엉가뿐인데 애교라 여기고 받아주면 안 되나. 상대방이 자신의 나약함을 고백하고 순순히 나와, 완이네도 너무한 것 같아 목을 낮췄다.

"용돈을 적게 주면 될 긴데. 돈 없으믄 삽짝 밖에도 운신 못하는 기이 세상 물정 아이가."

"난 돈 일환도 준 적 읍서. 지 통장도 멀쩡하고."

빙애네는 딸의 저금통장을 내밀었다. 저금한 돈은 일 푼도 찾지 않고 그대로 있었다.

"니도 안 주고 통장도 멀쩡하다믄, 그 많은 돈이 오데서 나온 기고?"

"도둑질했단 말이가?"

잠재워졌던 빙애네의 화가 다시 터졌다.

"빙애 지갑에서 돈이 뒤주에서 됫박으로 쌀 퍼내듯 줄줄 새어 나온다 카더라. 완이도 윤태도 봤다던데 지어낸 말은 아니제."

투우대회가 열렸던 날, 일차는 윤태, 이차는 완이, 삼차는 빙애가 푸짐하게 돈을 썼다. 빙애는 엄마 모르게 수광을 만날 날을 고대하며 따로 저금통장을 마련해 두었던 것이다.

"안 쓸 곳에 쓴 건 아니구믄. 품앗이라 생각하고 질펀하게 한 턱 낸 것인갑네."

"이 멍청아, 돈이사 빌릴 수도 있은게 놔두고라도 상놈팡이와 짝짜꿍인 건 우짤래?"

"누군데?"

"수광이라고 딴따라 따라 댕기다가 온 놈인데, 완이 말마따나 빙애와는 물과 불이라."

"뭘쿠노?"

"딴따라이긴 해도, 수광이란 놈은 빙애 아바이 신 벗어논 데도 못 따라간다니 큰일이제. 더욱이 계동양반 외동아들이라, 양반은 빌어 묵어도 쌍놈과는 혼례를 올리지 않는다카이."

"내 모리는 걸 엉가가 무얼 고리 잘 안다고. 남 걱정은 말고 이녁 걱정이나 하시게."

상대가 양반 아들이라는 사실에 빙애네의 귀가 쫑긋해졌다. 내가 무엇 땜새 돈을 버는데. 눈에 들어가도 안 아플 딸자식 하나 잘 건사하여 양반댁 도령님과 혼인 맺게 하는 것이 빙애네의 소원이었다. 딸을 뿌리 깊은 곳으로 시집보내 다시는 상놈이란 굴레를 짊어지게 하진 않으리라. 돈만 있으믄 다리 없는 뱅신도, 곱새도 시집을 잘도 가는 세상이더라. 그제야 빙애네는 수광이가 누구인지 기억해 냈다. 빙애를 무척 따르던 소년을. 그 소년이라면 빙애를 충분히 사랑하고도 남으리라.

“딸을 너무 우다 키워도 안 되고, 부족한 딸이라믄 부족한대
로 짝 맺어 주는 기 행복이라카이. 백지 나중에 큰코다처 목놓
아 울지 말아야제.”

“사나흘을 눈 붙이지 못했는데 눈알이 불거져 나와 두꺼비
파리 잡아먹는 신세 될라 미리 감치 잠이나 자야지.”

빙애네는 완이네에게 잘 가란 인사도 없이 방문을 탕 소리
나게 닫았다.

사라호 태풍

겨울은 길고도 길었다. 꼭짓집은 방문이 닫힌 채 조용했다. 그래도 여자들은 강으로 나와 얼음을 깨고 시린 손을 호호 불어가며 빨래를 하고 있었다.

"을매나 얼척 없는 일이고. 강단 센 빙애네가 조리도 고질병 얻었을 땐 볼장 다 본 기다."

혁이네가 삶아 온 빨래 속에 손을 넣었다.

"딸이 얼굴에 분 바르고 마실이 잦더래. 에미치고 갇힌 새라 애연스러바서 볼만장만 놔뒀더니 하도 외박을 자주해서 덜미를 잡고 보니, 상놈팽이와 짝짜꿍이라."

소분네가 일손을 멈췄다.

"상놈팽이가 수광이었담서? 호랑이 잡지 가만 두었을까?"

귀순네가 헛기침했다.

"돈과 자식은 인력대로 되는 기 아니네. 남자사 아무러믄 우뗳노? 험이 간 딸이 문제지."

기조네가 시린 손에 입김을 불어넣었다.

"처음에는 양반 아들이라 캐서 반기다가 만나보니 얼굴은 귀티가 나고 잘 생겨도 진실성이 없어 보이더래. 듬직한 면이 있어야 사윗감으론 최고지. 아무래도 딸래미의 앞날이 먹구름일 것 같아 잔소리해도 도통 먹혀들지 않고 마음이 허깨비라. 고만 딸래미의 머리채를 낚아채고 패악질하고 분란이 안 일어났나. 상대가 제 아비 탁해서 정이 간다는 딸래미의 고백에 악이 충천된 빙애네도 되레 벙어리가 될 수밖에. 녀석도 피리를 잘 불었대. 빙애네도 곰곰이 생각해 보니 딸이 처니 귀신으로 늙게 해서도 안 되겠기에 육갑 떨기 전 짝지어주려고 해도 상대가 나이가 어리다는 핑계로 결혼할 맴도 없이 얼락녹을락이라 기가 차더래. 고만 딸에게 고삐를 매니 모은 돈 몽땅 털어 도망쳤다 안 카나."

소분네 뒤이어 귀순네가 말했다.

"계동양반 첩산이 잘못 만나 망신살 당해 노리에는 신약으로 생고생 안 했나. 에미가 못된 년이었지. 뭇 한량 꼬시기로는 선수였으니께. 계동양반 바지춤 잡고 난 뒤부터는 구미호 둔갑하듯 착하디착한 여염집 아녀자도 못 따라갈 정도로 고분고분해쌓더니, 뒤주 뒤에 감춰둔 돈 다 빼돌리고 피붙이 새끼 두고 새파란 젊은 놈과 야간도주했으니. 피붙이 새끼는 자라서 중핵교도 마치기 전 과부 건드려 퇴학당해 딴따라 따라 댕기는 신세였제. 다 외탁해서 그래."

"외탁한 기 있어믄 친탁도 하는 기라. 젊은 혈기로 피둥거려쌓다가 인생 쓴맛 알게 되믄 절도 삭고 야물어져 사람 구실하는 기네. 을매나 포온이 졌으믄 딴따라 따라 댕기면서 지 어미 찾았겄노. 행방을 알고 난께 지 어미는 죽고 없더래. 고향에 와보니 딴따라 짓이 싫어, 고길 빠져나와 빈둥거리며 쏘다녔단 소리를 완이네에게 들었다. 객지에 나돌아 댕기다가 발붙일 곳이 없으믄 여기 안 오고 오데 가겄노."

기조네가 방망이를 힘껏 두들겼다.

"어깨에 너무 힘주어 삐꺽삐꺽 해싸믄 마른 고추를 빻을 수 있겄는가, 나락이 쌀이 되겄는가. 건강할 때 내 몸도 잘 간수하며 일해야 되네. 늙어서 자리보전 면치 못하믄 자식들에게 짐 지우고 천덕꾸러기 신세 면치 못한다네. 딸이 도망가뿌린께 성깔 돋친 빙애네가 여자들이 버린 방망이를 주워 애꿎게 방망이질 해쌓다가 고만 덜커덕 팔이 고장났다 안 카나."

소분네의 귀띔에 기조네가 방망이질을 멈췄다.

"팔만 고장났겠나? 빨래터가 떠나가라 목 놓아 울어 목은 자라처럼 쏙 들어가고, 목소리는 모래를 됫박으로 물린 듯 뻑뻑해 소리도 못 내고. 뼈마디마다 삐꺽삐꺽, 굴신도 못하는 개비라. 머리도 세월을 널뛰듯 건너뛰어 폭삭 세어 버렸다니께."

동짓달에 언 강물이 섣달이 되어 더욱 꽁꽁 얼어붙었다. 완이네는 안산부인댁을 찾아갔다. 빙애의 가출은 완이네에게도 충격을 주었다. 나이가 들어갈수록 빙애에 대한 아들의 은밀한 눈빛을 보고 완이네는 한동안 실망했다. 사공 아들에게 딸을 선뜻 줄 사람은 없지만 병신을 며느리로 거두어들인다는 것도 못할 노릇이었다. 빙애가 가출한 사실을 알고 완이네는 평소에 품었던 고민이 달아나고 보니 빙애네가 불쌍해 견딜 수가 없었다.

완이네의 설명을 듣고 안산부인의 입술 언저리가 부챗살처럼 접어들었다.

"같이 가보게나."

부인이 앞장서고 완이네와 영지가 뒤따랐다.

매운바람이 뼛골까지 스며들었다. 영지는 입시 준비로 바빠 그동안 빙애를 잊고 지낸 사실을 후회했다. 좀 더 가까이 따스하게 대할 기회가 있었다면 가출까진 안 했을 텐데. 하지만 수광이와 함께 도망쳤다면 자신도 말리지 못했을 거라고 자위해 보았다.

빙애네는 몰라볼 정도로 초췌해 있었다. 거무튀튀한 얼굴에

살가죽이 누렇게 부어올라 부황증에 시달리고 있음이 여실히
드러났다. 오래 굶어 병색이 짙고 한껏 초라해 보이는 겉모습
과는 달리 빙애네의 목에 걸친 회중시계는 빤짝빤짝 빛을 품고
있었다.

"건강부터 다스려야 여식아를 기다릴 심도 생기느니라. 물
한 모금도 마시지 않고 입마개를 달고 있다캐서 빙애가 빨랑
돌아온다 카더나."

안산부인이 빙애네를 나무랐다.

"살고 봐야제. 몸 굴신도 못하고 있다가 죽은 귀신 되어 딸
볼 끼가? 약이나 묵고 기운부터 차려라."

완이네가 약사발을 빙애네 입에 갖다대었다. 빙애네는 눈물
을 훌쩍거리며 도리질했다. 부인이 완이네에게 약사발을 받아
다시 빙애네 입으로 가져갔다. 거절하지 못하고 빙애네가 약을
들이켰다.

"자식이 좋긴 하나, 내 몸 잘 돌보고 나야 자식도 있는 기지."

부인의 충고는 위안이 될지언정 진실은 아니었다. 십여 년을
두고 외아들의 병구완에 바친 부인의 정성을 빙애네가 모를 리
없었다.

"성한 몸이믄 몰라도 반편이 자슥이라 애달아서 안 그렇습니
껴. 이 추운 겨울에 동태 신세는 안 되었는지."

탁탁하게 쉰 빙애네의 고백을 듣고 부인이 다독였다.

"목숨이란 모져, 명주실처럼 가늘어 보여도 칡넝쿨처럼 질

긴 거라네. 어느 하늘 아래서 숨쉬고 있을 기니 그런 걱정일랑 말게."

벽에 걸린 민패달력 숫자에는 가위표가 그려져 있었다.

"기다리다 발병하느니 잊음이 좋은 기라 밤마다 연필에 침 묻혀 달력에다 기명해두고 잠이 들곤 합니더. 걔가 집 나간 지도 벌써 달포가 다 되었네예."

초조한 기다림을 빙애네는 달력의 날짜에 가위표로 적어 위안을 삼고 있었다. 달력 위에는 남편의 영정이 걸려 있었다. 영정 양쪽에는 6·25 전쟁과 장마 때 남편의 공로를 치하한 감사장 두 개가 든 액자가 걸려 있었다. 그걸 훑어보며 영지는 빙애에게 좀 더 따스하게 보살펴야겠다고 스스로에게 다짐했다. 타인의 슬픔에 동참하고 이웃의 아픔에 덕이 된다는 건 인간이 지녀야 할 기본 예의일 터였다.

부우웅 붕붕, 정오를 알리는 사이렌이 울렸다. 빙애네는 목에 걸고 있는 회중시계에 밥을 주었다.

"수광의 아버지도 아들의 행방을 수소문 중이래요. 빙애는 그 회중시계에 밥을 주고 싶어서도 돌아올 겁니다."

영지의 위로를 듣고 부인도 덧붙였다.

"개망나니 자식 찾아 뭘 하느냐고 계동양반이 버럭 화를 내쌓아도 제 자식 안 챙기는 부모가 오데 있건노. 머잖아 좋은 기별 올 테니 기다려 보게나."

　남자는 빵모자 쓰고 여자는 머플러를 두르고 열심히 벽에 칠하고 있었다.

　새로 지은 이층 양옥은 화가가 설계한 거라 조형미가 뛰어난 미술관 같은 인상을 풍겼다. 화가는 이웃에 사는 신혼부부에게 칠을 맡긴 걸 의심쩍어 하다가 공사가 마무리되어갈 즈음에야 만족해했다. 어느 분야든 기예가 뛰어난 전문가에게 일을 맡기면 안심할 수 있어도 아직 초보자인 젊은 부부에게 일을 맡긴다는 건 모험이었다. 화가가 그리 한 건, 일의 진척이 더디고 잔꾀를 잘도 부리는 나이 많은 기능공에게 일을 맡겼다가 혼쭐난 경험도 있었고, 공사비도 다른 곳보다 싼데다가 여기저기 자기 취향에 따라 간섭을 마음대로 할 수 있어서였다. 그런데도 젊은 부부는 일을 신속히 성실하게 처리하여 화가의 시름을 덜게 했다. 더구나 화가의 관심을 끈 건 젊은이의 아내였다. 하도 칠을 잘도 하여 알아본 바에 의하면, 금어를 배운 적이 있고 국악인의 딸이었다는 것과, 그리기에 탁월한 재능이 있다는 점이었다. 해맑간 얼굴에 노상 웃음이 떠나지 않아 그 원인이 젊은이에 대한 지순한 사랑임을 알게 되었다. 더욱이 농아인데도 자신만의 독특한 언어로 말했고 눈치도 빨라 처음에는 젊은이의 아내가 농아란 사실을 몰랐다. 화가는 공사비도 넉넉히 주고 지기들에게 소개도 해주는 배려를 아끼지 않았다.

　"칠 종류에는 어떤 것이 있을까?"

빙애가 풀어진 머플러를 다시 고쳐 매었다.

"크레용칠·물감칠·페인트칠."

수광이 손짓으로 설명하자 빙애가 히히 웃었다.

"흙칠·먹칠·똥칠도 있어."

"우리에게 맡겨진 일을 잘하자는 뜻이구나."

"응. 남들에게 밉게 보이고 싶지 않아. 열심히 노력하면 그만한 대접은 받기 마련이거든."

"조심해. 사다리가 넘어지면 어쩌려구."

일에 너무 몰두한 나머지 빙애가 오른 사다리가 흔들려 수광이 주의를 주었다.

가게에 딸린 방 한 칸이 그들의 보금자리였다. 처음 집을 뛰쳐나왔을 때 수광은 무일푼이었다. 가게 전세금은 빙애가 어미가 알게 모르게 저금한 돈을 찾은 것과 어미가 숨겨둔 농밑돈도 챙겨온 것으로 치렀다. 그들은 페인트도 팔고 집집마다 주문 받은 칠을 손수 하여 짭짤한 재미를 보고 있었다. 자정이 되어 가게 문을 닫고 그들은 아랫목에 나란히 누웠다.

"오늘밤에는 엄마에게 편지를 쓰도록 해."

"잘 있다는 내용? 돈 자잘 버버고 있다는? 엄마가 온다면 어떠게 해. 난 집을 마련하기까지는 편지 안 할 거야. 여긴 서울인데, 서울에 집을 지니면 사는 건 끄끄떡 없대나."

"나도 그렇게 생각해. 우리에게 필요한 건 피와 땀이다. 부지런히 일해 누울 자리 마련해 놓고 부모님을 초청하도록 하자."

"자기 아버지, 나를 며느리로 맞아들일까?"

"그럼, 임신까지 했는데. 우리 아기가 어디서 헤엄치고 있지?"

수광은 귀를 빙애 배에 바짝 들이댔다.

"아빠와 수숨바꼬꼭지하려고 숨 주주이고 있나봐."

빙애는 수광의 품에 안겨 잠이 들었다.

*

겨우내 언 땅이 풀리고 갯버들이 꽃을 피웠다. 빙애네는 손님을 맞이하여 더욱 부산스레 움직였다. 완이네의 도움을 받아 풀빵도 구웠다. 달력에는 날이 갈수록 앞당겨진 가위표 치기가 하루 두 번씩 정오와 자정으로 나눠 쳤다. 하루를 절반으로 나누어 정오까지 딸을 기다렸다가 자정까지 다시 기대해 보는 것이 빙애네가 살아가는 힘이었다. 그나마 더 이상 가위표가 붙지 않기 위해서는 일에 몰두하는 것이다. 빙애네는 손수 정미소와 목공소를 돌아가며 겨와 나무부스러기도 실어 날랐다. 느티나무와 벽오동이 한뎃부엌에 그늘을 드리우는 건 두어 시간이었다. 뜨거운 대낮에 햇볕 쬐고 풍구를 돌려 살갗이 짓무르며 땀띠 덧남이 빈대에게 물린 꼴이었다.

"혼자 사니 무신 낙이 있건노. 딸 찾으려고 몇 번이나 대처로 나돌아도 못 찾아 허탕치고 되돌아 왔담서. 빙애 고게 모질 줄 누가 알았나. 어무이에게 잘 있다는 소식이라도 전해 주믄 탈나나."

"조리도 외로이 혼자 사는데 누가 짝지어 줄 사람 읍냐? 왜 반씨 안 있는갑네. 석수쟁이 하고 내외간 삼으면 우떻노? 반씨가 빙애네를 마냥 좋다칸다더라. 내사 이 외진 곳에 무서버서도 혼자선 못 살겄데이."

"그 말 빙애네에게 했다간 큰코다쳐. 우떤 한량이 빙애네를 꼬실려고 했다가 펄펄 끓는 재물을 한 바가지나 얻어 썼을 번 햇실끄르. 외진 곳이라 캐도 무섭진 않아. 밤낮 여자들이 죽치고 경비원들이 들락거리는데, 무서울 새가 오데 있노?"

"남편의 원기가 옴 붙어 기를 부리는 기다. 사람 몸이 한계가 있는데 밤낮 저럴 수가 있겄어? 지 정신이 아니라 카이."

여자들이 쑥덕거렸다.

봄비가 그친 저녁나절, 손님이 없는 틈을 타서 계동댁이 찾아왔다. 빨랫감을 이고 왔지만 실은 계동댁도 수광의 소식을 듣기 위해서였다. 처음 대환씨는 아들이 농아와 눈 맞아 도망쳤다는 소식을 듣고 노발대발했다. 더욱이 딴따라쟁이 딸이란 사실을 알고는 분개하고도 분개했다. 계동댁도 겉으로는 아들이 확 돌아 버린 게 아니냐고 남편의 화를 부채질했으나 천민의 딸이란 사실이 기를 돋웠다. 어차피 한 둥지에서 살아가노라면 며느리를 마음대로 다룰 수 있다는 것이 마음에 들었다. 친자가 아닐수록 그 배우자는 좀 모자라는 게 다루기가 훨씬 수월한 법이었다.

"두 늙은이가 사는 재미가 읍서 몸 재고 있었더니 빨랫감이 늘어나 인자 오게 되얏네.”

계동댁이 먼저 입을 열었다.

“남의 딸 신세 망치고도 다리를 쭉 뻗을 새가 있습디껴?”

들리는 소문에 의하면 아들이 상종 못할 딸과의 관계로 대환 씨가 화병이 났다 하여, 빙애네는 어디 두고보자는 심정으로 악을 피웠다.

“누구 신세를 누가 망쳤는데? 똑띠기 알고 덤비게나. 세상에 가시나가 없어서 귀머거리에게 혹해 줄행랑 쳤을까.”

내가 니에게 질까 보냐고 계동댁의 입술이 독을 품었다. 어 부인이 행차했으면 고개를 자라목처럼 구부려야지, 상년 주제 에 핏대 올리긴. 천민일수록 깡다구가 세다더니, 감히 뉘 앞에 서 홍두깨 생갈이짓을 해쌓노.

“양반이라고 누가 쌀가마니를 지고 와서 넙죽 엎드리는 종놈 이 있답디껴. 내 딸내미가 문전걸식하기 십상인 빈털터리 집안 에 무엇 하러 들어가. 내 이년 보기만 하믄 모가지를 비틀어 죽 이고 말 거니께.”

빙애네가 소매를 걷어붙이며 인상을 썼다.

“참으로 얄궂데이. 지딴에는 지랄 용천한다고 씨부러쌓아도 니 안태본이 뭐꼬?”

분을 삭이다 못한 계동댁의 입술에는 가래가 버글버글 끓고 있었다.

210

“종년 아닝교. 종년이라 캐도 경산댁 종년은 시집가믄 경산

어르신이 혼주가 되어 종님으로 대접받았은께 디디기 걸쌓는 기 아니구마예."

"니 서방은? 문디 아이가?"

"오데 내가 서방질하며 댕기는 걸 봤소? 남의 귀한 낭군을 서방이라뇨? 빙애 아바이가 오데 낯짝이 비틀어지고 손가락이 오그라 들었습디껴? 내 참, 살다보니 별라별 꼬락서니를 다 보네. 남의 귀한 딸내미를 귀머거리라고 업신여기는 그 심보 때문에 궁디는 널퍼졌고 태도 못 열어보고 자궁에 곰팡이가 팍 끼여 안 있능교."

빙애네는 못할 말을 하고야 말았다. 딸의 생사도 알 길 없는데 양반댁 며느리가 되었다고 무슨 싹수가 있담. 당신이 내 가슴에 못을 박는다면 나는 당신 가슴에 비수를 꽂고야 말겠다는 결연한 태도로 맞섰다. 계동댁은 아차, 싶어 자세를 고쳐 앉았다. 애초에 귀머거리란 말은 입에 담지 않아야 할 악담이었다. 남을 저주하면 내 가슴에서부터 피를 흘린다는 걸 계동댁은 익히 경험한 바 있었다. 화수가 잘 대해주면 잘 대해줄수록 가슴에는 저주의 탑을 쌓아가고 있었다. 네년이 별수 있으려고. 저주는 결국 자신의 가슴에 비수처럼 박혔다. 별수 없는 꼴이 된 건 첩년이 아니라 바로 자신이었다.

"내가 싸우려고 여기 온 기 아니네. 양쪽 집이 심을 모아 아들딸을 찾아 잘 살아보자고 왔네."

대환씨가 화병이 났어도 아들이 잘 살고 있다는 소식이라도

알면 며느릿감이 딴따라 딸이라도 괜찮고 농아라도 좋다는 뜻
을 비쳤다고, 계동댁이 새삼 환기시켰다. 계동댁이 욱한 감정
에서 벗어나자 빙애네의 화도 누그러졌다.

"지는 상년이라도 빙애 아바이는 귀한댁 도령인기라예. 상년
이 양반을 넘볼라카마 눈에 무명씨 백히기 쉬워도 자고로 에펜
네 팔자는 뒤웅박이라 카던데……. 지가 무신 심이 있다고 마
님 옷고름을 눈물닦이로 만들겠습니꺼. 그 빨래는 제가 빨아
드리겠습니더."

"자네 일이나 하게. 둘이서 마주보고 방망이질하다가 또 싸
우게."

계동댁은 대야를 머리에 이고 빨래터로 내려갔다.

촉석루는 차츰 제 모습을 갖추고 있었다. 정면 5칸, 측면 4칸
의 다락집으로, 팔작지붕에다가 목조와가 형태인 모습이 드러
났다. 이승만 대통령이 친필로 쓴 현판 하사까지 한다는 소식
이 전해져 관계자들은 더한층 열심히 작업에 매달렸다.

주춧돌을 놓은 뒤부터 별 할 일 없어진 장용은 빙애네에게 빨
랫돌도 가져다주고 목공소를 찾아다니며 땔감도 마련해주었다.

아침 일찍 완이네와 함께 장용이 꼭짓집을 찾아왔다.

"지리산 작업장으로 갈까 합니더."

장용의 인사말을 듣고 빙애네가 말끝을 흐렸다.

"고되고도 장한 일 하셨는데……."

“빙애에게 무신 소식이라도? 형님이 깍듯이 모셨다던 삼천리극단 단장댁에도 다녀왔는데.”

“바쁜 총중에 서울까지 댕겨 오셨다니. 엉가도 내 일 좀 고만 거들어.”

“와? 내가 새벽부터 와서 메느리 간섭하는 시어마시 노릇이 싫어서 하는 소리가?”

완이네가 껄껄 혀를 찼다. 두 여자의 대화를 듣고 장용이 말했다.

“이 못난이 살아 있는 것도 형님 덕 아닙니껴. 빚 탕감하는 셈이니 거저 잘 봐 주이쇼.”

나는 가더라도 자네는 빙애와 빙애 엄마를 잘 보살펴다오. 한수가 숨을 거두며 힘겹게 내뱉은 말이었다. 한수는 도동에서 물에 떠내려가는 사람들을 건져 올리고 장용과 함께 나룻배를 타다가 변을 당했다. 물에서 건진 사람들을 먼저 보내고 장용과 한수는 마지막 남은 나룻배를 타고 오다가 급류에 휩쓸렸다. 배는 산산조각 났다. 사공과 장용은 뗏목을 부여잡고 노를 저어 간신히 헤엄쳐 다리 가까운 둔덕까지 당도했다. 한수가 뗏목 잡는 걸 두 사람에게 양보했던 것이다. 옆 돌아볼 겨를 없는 위기인데도 장용은 소리쳤다. 잠깐만 참으십쇼. 내 얼른 구호 배를 타고 올 테니까요. 하지만 뗏목을 마음대로 움직일 정도로 여유가 없었다. 두 사람은 뗏목을 타고 한수는 헤엄쳐서 거의 비슷한 시각에 둔덕에 이르렀고 곧장 한수는 마신 오물을 토하고 숨을 거두었다. 사지를 헤맸던 그 마지막 장면이 두고 두고 장용을 괴롭혔다. 힘겨루기에서 한수가 장용을 따를 수 없는 게 한 가지 있었다. 수영이었다. 만일에 말이다. 뗏목에 형님을 태워 보내고 내가 헤엄쳤다면 둘 다 살 수 있었을 기 아이가. 그건 장용이 술을 마시거나 잠꼬대 하다가 깨어나면 수 없이 중얼거리는 장탄식이었다. 충분히 가능하다는 사실이 장용을 못 견디게 했다. 아니, 장용이 죽음에 대한 두려움으로 용기를 잃었을 거라는 경비원들의 수군거림이 더욱 장용의 양심을 흔들어 깨웠다. 이듬해 장용은 장마가 진 틈을 타서 실제 그 거리에서 둔덕까지 헤엄쳐보니 거뜬히 헤엄치고도 남았으리란 결론을 얻었다. 빙애 모녀에 대한 각별한 애정도 가슴 밑바닥에 깔려 있는 양심이 꼬리치기 때문이었다.

"이 못난이가 촉석루 공사했다고 소문이 짜하게 퍼져 비석과 석불을 만들어 달라는 주문이 많아서, 짬만 나믄 따디미돌을 가지고 들리겠습니더."

빙애네는 완이네와 함께 안산 신작로에 올라 장용을 배웅했다.

둔덕에 핀 꽃들도 지고 잎이 무성한 여름이 어김없이 또 왔다. 기상대에서는 이번 여름은 유난히 장마가 잦을 거라 했다. 며칠을 두고 이따금 천둥이 울다가 비가 창대 같이 내리쏟았다. 굵은 빗줄기를 타고 미꾸라지가 사방으로 나동그라졌다.

사람들은 하늘에서 메추라기가 내려와 굶주린 배가 삼겹살이 되겠다고 넉살을 떨었다.

빙애네는 만득과 경비원들의 도움을 받아 가마솥과 빨랫돌을 홀로 옮겨놓았다. 비바람에 못 이겨 나뭇가지들이 우지직 소리 내며 떨어졌다. 지붕에 덮어씌운 비닐이 날아가고 천장에는 물이 떨어져 세숫대야를 놓아 받쳤다. 지렁이와 노래기가 방으로 기어 들어와 노린내가 확 끼쳤다. 빙애네는 걸레질을 해가며 벌레들이 들어오는 족족 잡아 없앴다. 달력에 가위표 치기도 멈추지 않았다. 완이네가 와서 몸을 피해야 된다고 해도 거절했다. 빗물은 모이고 모여 흘러온 오물과 함께 강물이 벌겋게 변했다. 황톳물은 꼭짓집 축대까지 뒤덮을 듯이 너울거렸다. 강물을 타고 지붕도 장롱도, 소와 돼지도, 수박과 참외와 채소도, 성냥과 비단필도 나염한 옷들도 떠내려가고 있었다. 라디오에서는 오물에 뒤섞여 떠내려가던 과일을 주워 먹은 사람들이 복통을 일으켜 병원에 입원 중이고 소를 잡아먹은 동네 사람들이 괴질에 걸려 중태라는 소식을 전했다. 도동은 물바다가 되었고, 옥봉에까지 수마가 덮쳐 차도 못 다니고, 제비표성냥 공장이 수해를 당해 얼마나 손해를 봤으며, 떠내려가는 금고를 붙잡으려다 강물 속으로 들어간 조일견직 공장 여직원이 익사했다는 소식도 들려주었다. 아나운서는 물가에 얼씬도 말라는 당부도 잊지 않았다.

열흘 동안 쏟아지던 비가 뚝 그쳤다. 물 구경을 위해 많은 사람들이 다리와 둔덕으로 모여들었다. 빙애네 꼭짓집에도 단골들이 찾아왔다.

"엄시게, 천 일 기도하는 도사 될끼가, 여직 죽치고 있었어?"

깟고실댁이 진흙 묻은 고무신을 벗어 털었다.

"설마 생사람 잡아가겠나 싶어 오기로 버티고 있었습니더."

빙애네가 입술을 딱딱 떨었다.

"설마가 사람 죽이네. 내 남편을 잡아갔으니 나도 잡아가라는 자네 악다구니에 질러 물귀신이 물러간 게로군. 고집 부릴 게 따로 있지. 내사 어지러바서도 도망 가겠다이."

너울거리는 황톳물을 보고 멀미가 일어난다며 섭천댁이 이마를 짚었다.

"육십년래의 장마 아이가. 손주 녀석이 하늘에서 미꾸라지가 많이 내려와 추어탕 해 묵는다고 마당에 낚싯대를 드리우더라."

드무실댁도 멀미가 일어난다며 등을 두드렸다.

"아궁이가 우물로 변해 바가지로 물을 퍼내도 소용읍고, 티들어간 된장 고추장에는 왠그리 구데기가 째빗는지, 쌀에 티가 읍나, 보리쌀에 티가 읍나, 사람이 식충이 안 되고 배기겠어? 아암, 육십 년래의 장마고 말고."

깟고실댁이 치를 떨었다.

"맙소사. 빙애 아부지가 돌아간 지 운젠데 벌써 육십 년이 또 들먹거려요? 지금 비를 그 당시 비에다 비교할 수 있겠능교. 걸핏하면 육십 년래의 가뭄, 걸핏하면 육십 년래의 장마, 왜 사람들은 허풍스레 육십 년을 잘도 내 세울까예?”

“육십 년래의 풍년, 육십 년래의 흉년도 안 있나. 아마 고게 인생 고작 육십 평생이란 말에서 나온 길 끼라. 사람 일생을 육십 년으로 선을 그어 고만큼 살아 별 여한이 없다고 여겼다믄 고런 엄청난 숫자가 오데 있겠노? 그런께 풍년이 오믄 저마다 고 엄청난 숫자를 내세우며 서로 기뻐하고, 흉년이 들믄 고런 엄청난 숫자를 들먹이며 서로 도와 어려움을 이기자는 것일 기라. 장마도 마찬가지제.”

드무실댁이 트림을 했다.

“막말 못한다. 가뭄은 빈민 했나. 가뭄 뒤끝이고 봇물이 안 터져 다행이었지 여차하면 시내까지 물바다가 될 조짐이 보인다카니, 당분간 오데 피해 있어야 혀.”

기조네가 충고했다. 완이네도 졸랐다.

“안산마님이 그리시더라. 위험하니 댁으로 와 있으라고. 라디오 방송에도 다른 지방에는 지금도 비가 계속 퍼붓고 있다 캤어. 마님댁에 가기가 뭣하믄 제발 우리집으로 가자. 내일이 바로 추석 아이가. 혼자서 요런 곰팡이 나는 곳에서 지낼 끼가?”

“빙애 아바이 제사는요. 탕국도 끓이고 고사리나물도 무쳐 제를 올려야지예. 지금은 한여름도 아니고 초가을 바람이 솔솔 불어 쌓는 구월인데, 제까짓 게 오믄 을매나 더 오겠습니껴. 초가을 바람이 매운 건 삼척동자도 다 아는 사실인데. 바람에 쫓겨 한량쟁이 구름도 휑하니 달아나뿌리는데.”

"한량쟁이도 늦바람이 더 무섭다 안 카더나. 아직도 음력으론 한여름인데. 하루가 다르게 세상 물정도 변하는 마당에 날씨 변덕을 우떻게 믿을 수 있겄노. 완이 아부지 사공 노릇이 벌써르 삼십 년이라, 대숲 바람이 경기 난 듯 윙윙거리다가 까무러치며 쉰소리 내는 걸 보니께 한바탕 난리가 일어날 조짐이라 캤어."

"하모 맞데이. 지난 초봄 밤하늘에 좀생이를 봤는데, 조문성이 초생달보다 먼저 가뿌렀다니께. 흉년이 들 조짐이 뭐꼬. 장마 아니겄나."

깟꼬실댁이 목운동했다.

"빙애 아부지 육신이사 망경산에 묻혔지만 혼은 강이 안 앗아 갔습니껴. 내 신세가 청개구리 더 이상이겄습니껴. 청개구리야 개골개골 울어 싸서 넋두리야 풀겠지만. 우리 혼인 명세는 남들처럼 검은머리 파뿌리 되도록 살자던가, 아이 낳아 큰집 짓고 부자 되어 잘 살아 보자가 아니었지예. 우리는 한날한시에 태어났으니 그저 괴로울 때는 속으로 삭이고 한량없이 기쁠 때는 바깥으로 드러내 웃고, 그러다가 한날한시에 같이 죽자는 거였습니더. 내가 죽지 못하고 살아 있는 건, 다만 빙애가, 뱅신인 개가 마음에 걸려서……. 하마하마 올까 고대하는 것 이상 하마하마 올까 걱정도 했습니더. 개가 여기 오믄 이 에미사 좋겄지만 개에겐 쓴잔 마신 길 낀데. 그라믄 이 에미도 좋을 리 없는 기고. 그래도 이적지 소식 읍는 걸 보믄 개도 편한 건 아닌 기라. 곧 올 깁니더. 기다리려믄 여기서 기다려야지예. 장마가 져서 물난리가 많이 일어나 싸도 여긴 끄떡없이 안 지내왔습니껴. 내 몸이 바로 기상댑니더. 날씨가 꾸무레지면 어깻죽지부터 미리 감치 기별 받아 쑤셔오는데 라디오가 무신 소용 있나예. 비가 다 와서 날씨가 안 개었습니껴. 내 몸이 요렇게 말짱한 데예. 또 가마솥은 누가 지키고예. 지 혼자 외롭다고 울어싸몬 내 혼도 휑하니 달아나 뿌립니더."

빙애네가 넋두리를 쏟았다.

그날 자정이 넘어 비는 다시 창대 같이 내리쏟았다. 큰비와 함께 들이닥친 태풍을 사람들은 사라호 태풍이라 불렀다.

*

수마가 할퀴고 간 자국은 깊고도 넓었다. 허물어진 담, 떨어진 기왓장, 깨진 장독, 득실거리는 쥐벼룩, 새로 도배해야 할 방 안, 곰팡이 핀 알곡들, 재해 숫자를 알리는 빗물에 젖은 특종기사들이 거리의 벽보에 붙어 있거나 길손들의 발에 밟히곤 했다.

영지는 '에벤에셀' 회원들과 함께 특종기사를 읽고 있었다. 읽을수록 갑갑했다. 더욱 견딜 수 없는 건 불어오는 바람조차도, 흐르는 물조차도 썩은 냄새를 풍기고 있었다. 쪽빛 하늘과 쪽빛 강물, 손에 잡힐 듯 하는 바람은 더할 나위 없는 상쾌함이었는데.

9월 11일 사이판섬 동쪽 해상에서 발생한 제14호 태풍 사라호가 16일에는 오끼나와섬 서쪽 해상을 거쳐 동지나해에 이르면서부터 남해안지방은 이 영향을 받아 바람이 갑자기 강해졌다. 제주도에서는 23시 30분에 동북동풍 20.0m/sec의 10분간 최대풍속을 관측했고 17일 새벽에는 제주도 동쪽 해상에 위치하여 영남지방은 심한 폭풍우로 인해 막대한 풍수해를 입었다. 이로 인해 전국에서 이재민 373,459명, 사망자 750명, 선박피해 9,329척, 건물피해 1,320동, 침수 11,016동, 경작지 216325정보, 公路 10226개소, 축대 163개소 등 총 피해 추산액은 무려 661억 7천 54만 2천여 환에 달하는, 유사 이래 막대한 피해를 입었다.

먼저 기사를 읽은 경화가 의뭉에 휩싸였다.

"아직 수해 복구가 진행 중일 텐데 어떻게 이런 수치가 나올 수 있을까."

"언제나 정확성은 기대하기 어렵잖아. 근사치일 테지."

영지가 맞받았다.

"근사치? 맞는 말이야. 근데 큰바위 얼굴은 어디쯤 숨어 있을까?"

울툭불툭 튀어나온 뒤벼리 모퉁이를 올려다보며 덕자가 바람에 날리는 머릿결을 매만졌다.

"절벽을 보고 큰바위 얼굴을 기대하다니?"

국희가 별 생딴전 짓거리라는 몸짓을 했다.

"기어오를 수 없는 절벽이니 위대한 인물을 그려볼 수 있는 거지."

동현이 덕자 의견에 윤기를 더했다.

"저 절벽에는 숱한 미래상이 그려져 있을 걸. 남북통일에서부터 개개인의 서원 기도까지."

형서의 설명을 듣고 경화가 달콤한 목소리로 속삭였다.

"오빠 서원 기도는 무엇이었을까?"

"성화산업이 알차게 성장할 수 있도록."

"난 엄마가 일군 송옥양장의 발전을 위해 돕기로 결심했어."

경화는 기업의 이세 길을 차근차근 밟고 있었다.

"난 편지가 오길 손꼽아 기다렸지. 대입시험 대리자가 되어 달라는 내용이 적힌."

동현이 경화의 어깨에 손을 얹었다.

"서울에서 차밍스쿨에 다니고 있어. 모델 수업 과정을 거쳐 디자이너 공부를 할까봐. 모델이 지닌 특성, 어려움을 알아야만 옷에 대한 애정이 피어날 것 같아서. 학문보다는 전문직에 매달려야만 하고많은 의류업계에서 승리할 것도 같아. 이조백자를 연상시키는 간결하고도 은은한 선의 아름다움, 우리 고유의 단청에 영감을 얻어, 기하학적인 실루엣으로 변화를 시도해 볼 참이야."

경화가 핸드백 속에 든 실 꾸러미와 헝겊을 꺼냈다. 헝겊 조각을 잇댄 바느질 솜씨가 꼼꼼했다. 혜순이 뒤를 이었다.

"대학시험 백일을 앞두고 난 저기서 필승 다짐이란 글씨를 새기려는데 반반한 곳은 거의 기도문이 새겨져 있더라. 득남을 원하는 기도, 외박 잦은 남편의 바람 재우기, 우리 합궁은 쾌청이란, 신혼부부 일기도 적혀 있었어. 필승 다짐은 너무 간략한 것 같고, 어디 가도 만사형통의 복을 달라는 기도를 드렸어. 바위에 새기는 건 자연 훼손이라 오던 복도 달아날 것 같았거든. 거들 난 집안에서 서울 유학이 쉽지 않아, 학비를 벌기 위해 하루 스물네 시간을 풀어나갈 지혜로운 해결사가 되어야겠지. 난 공권력에 희생 당하는 인권 문제를 파헤치는 명변호사가 될래."

"허욕에 주눅 들라. 복 빈다고 복이 줄줄이 사탕처럼 쏟아진다던?"

국희가 건조한 목소리를 내었다.

"난 돈 벌이에 이악스런 좀생이 의사가 아니고, 적어도 이 좁은 땅에 심장병 어린이가 있어선 안 되겠다는 명제에 매달리겠어."

덕자의 설명을 듣고 국희가 반박했다.

"소리 높이는 척쟁이치고 약속 지키는 걸 못 봤어. 잘난 척, 뛰어난 척, 부자인 척. 이 세상엔 척쟁이들이 많더라."

"금면류관 쓰고 금마차 타고 금의하향하는 날이 있을 테니 두고봐. 억울하거든 저 절벽으로 기어 올라가 큰바위 얼굴 대

신 네 얼굴이나 조각해서 후세인들의 입질에 오르내리는 명물
이 되어보렴.”

“난 우리집에 내 자존심을 걸겠어. 경제가 호황일 경우 혜택
이 가장 늦게 오고 불황일 경우 손실이 가장 먼저 닥치는 이치를
깨달아, 가장으로서 근검절약하여 가게를 잘 꾸려가겠노라고.”

부모 없이 자란 국희는 조부를 모시고 두 동생을 보살피고
있었다.

“오빠는 무엇이 될래?”

경화가 동현에게 물었다.

“지나온 과거를 수용하고 미래를 예정하기 위해선 현재에 처
한 나를 점검해볼 필요가 있어. 현재는 피라미드식 층계 위에
덩그마니 놓여 있는 상자라는 것. 그 상자를 열기 전에는 만능
상자처럼 보이지만 정작 열어보면 희랍신화에 나오는 희망만
이 들어 있을 걸. 난 그 희망을 연단하는 연금술사가 될 거야.”

“어렵군. 철학과 구도자는 불가불 관계가 있긴 하지만. 아가
씨는 무슨 기분 나쁜 일이라도 있어? 그림자처럼 서 있게. 경쾌
하게 요약할 명언이라도 말해봐.”

형서가 강물을 내려다보는 영지 곁에 섰다.

“난 조모 그림자나 밟으며 이 둔덕에 더 많은 발자취를 남기
고 싶어.”

영지의 목소리가 강물의 흐름에 녹아들 듯 낮게 흐르고 있
었다.

"명언 중의 명언이야. 현재 처한 나의 입장을 거부하지 않고 수용하는 자세. 이 둔덕에 더 많은 발자취를 남긴다는 건 이 도시를 사랑하는 거고, 결국엔 나를 사랑하는 거겠지. 큰바위 얼굴을 훗날 뒤벼리 모퉁이에서 찾을 필요가 뭐 있어. 현재 바로 우리 곁에 선 영지가 바로 큰바위 얼굴인데."

국희가 영지 예찬론을 펼치자 경화가 좀이 쑤신다는 듯 외쳤다.

"형서 오빠, 그 카메라 앵글 빨리 돌려. 지금 우리들이 큰바위 얼굴을 발견한 장면을 놓쳐선 안 되잖아."

"지금 실없는 소릴 할 새가 어디 있노. 저기 가보도록 하자."

형서가 이끄는 대로 일행은 유목사 곁으로 다가갔다.

기도하는 자세로 하늘바라기 하던 유목사는 젊은이들에게 오늘은 어떤 만나를 들려줘야 하나를 생각하고 있었다. 교회는 물론이고 대외적으로도 유목사가 설교하는 날은 일정이 잡혀 있었다. 하지만 오늘의 일정은 유목사가 미리 젊은이들에게 연락을 취해 이루어진 모임이었다. 수마가 할퀴고 간 자리에서 상처 난 심령을 위로해야 하는 게 목회자의 소명이기 때문이었다. 성도들에게 말씀을 거울삼아 입술로 고백하는, 명쾌한 해답은 많았다. 지금은 처지가 달랐다. '홍수의 메시지를 젊은이들에게 어떻게 전달하느냐'였다. 감수성이 예민하고 비판의식이 날카로운 청년들에게 하늘이 내린 재앙에 대해 설명하는 건

여간한 담력과 삶을 꿰뚫는 혜안이 아니고선 어려운 과제였다. 장마가 끝난 지도 닷새가 지났으나 물빛은 아직도 황토 색깔이었다. 어느 지역을 휩쓸고 온 건지 나무때기와 바가지와 소쿠리와 옷가지들이 떠내려가고 있었다. 눅눅한 바람에 실려 오는 썩은 냄새가 코 안을 싸하게 훑고 지나갔다. 흐르는 물을 응시하던 유목사에게 안겨진 건 썰렁한 좌절감이었다. 황톳물이 떠내려 갈수록 흐려진 물빛이 차츰 맑아오는 걸 본 순간, 장마 후유증으로 자신의 내부에 흐르던 황톳물도 해맑아 온다는 감을 잡았다. 그러자 해답이 떠올랐다.

"좀 앉지 그래."

젊은이들은 지도목사의 권유에 따라 바위 위에 걸터앉았다.

"불과 물 중에서 어느 것이 더 무서울까요?"

오싹 한기가 든다는 시늉을 하며 국희가 먼저 질문을 던졌다. 지도목사도 회원들도 국희가 왜 그런 질문을 하는가를 알고 있었다. 집 짓는 공사 현장에서 일하던 아빠와 엄마가 불이 나서 숨진 까닭이었다.

"불과 물이 없으면 인간이 살아갈 수 없다는 건 만고의 진리이기도 하지. 불꽃과 수분의 유익을 떠나 헤아려본다면 불과 물은 상극이고, 이 상극에서도 공통분모가 있달까."

유목사의 미끼에 걸려든 물고기는 덕자였다.

"있는 것을 없게 하는 겁니다. 무엇을 태워 버리거나 앗아가는 것."

"옳은 말씀. 흔히 불은 불길, 물은 물살로 표현하지. 인간들이 주고받는 말에는 기지와 재치가 샘물처럼 흐르고 있어 만물의 연장이라 불리게 된 건 아닌지. 어느 사공이 그러더군. 불은 타올라도 피할 구멍이 있어 '불길' 이라 하고, 수해가 일어나면 물은 물살, 살殺이 붙어 싹 쓸어버려 피할 구멍이 없다고. 일테면 화재는 재라도 남지만 수마는 싹쓸이 해 '마魔' 가 붙는다는 뜻이기도 하고. 그러고 보면 우리 한글은 말의 보고라 할까."

유목사가 유연하게 나왔다.

"저희 회사는 불을 소중히 여기면서도 불을 가장 무서워하는 회사입니다. '다시 보자 불조심' 이란 격언이 사옥 곳곳에 붙어 있지요. 성냥에 불꽃이 튄다면 위험천만이거든요. 이번 물난리로 사옥에 남아 있는 것이 없을 정도로 싹쓸이 당했습니다. 물은 불보다 더 무서운 거라는 걸 실감했죠."

형서가 경험을 이야기했다.

"목사님께서는 지금도 하나님이 살아 계신다는 걸 믿으십니까?"

경화가 목에 힘을 주었다.

"암, 살아 계시고말고."

유목사가 흔쾌히 대답했다.

"천지를 지은 전능하신 분이라면 왜 이런 혹독한 물난리를 겪게 하고 모든 걸 앗아가 버릴까요? 창조주라면 친히 지은 천지를 보호하고 지켜야 할 책임이 있어야지요?"

경화의 눈에는 칼날 같은 적의가 담겨 있었다. 질문에 대한 확신이 없으면 이 자리를 떠나 버리겠다는 위협적인 태도였다.

"건축가가 자신이 살 집을 지었다 하자. 건물이 오래되어 곧 무너질 정도면 그 건물을 헐고 새로 건축해야 하지 않겠어. 하나님도 인간 세계를 재건축할 필요가 있으면 불 재앙과 물 재앙을 내리신단다."

"재앙이라도 그렇죠. 이런 최악의 심판이 아니라도 얼마든지 헐어버리고 새로이 지으실 수 있을 텐데요. 전지전능하신 분이라면 당신의 형상을 닮은 아들딸들에게 상처 안 입히고도 다른 방법이 많을 텐데요. 그런 의미에서 본다면 창조주는 구세주가 될 수 없는 거죠."

경화는 구세주의 호칭마저도 거부하려 들었다. 악취를 몰고 오는 바람을 떨쳐버리려는 듯 동현이 양손을 내저었다.

"하나님은 사랑이라 하셨는데 왜 사랑에 먹칠하셨을까요?"

젊은이들의 의문에 찬 질문은 유목사도 으레 창조주와의 대화 때 항의해보는 대목이었다. 주님과 으밀아밀 주고받는 그런 내용들은 목회 사역에 한계를 느낄 때 열병을 치르는 것과 진배없는, 아픔으로 가슴에 새겨 있었다. 유목사는 젊은이들의 질문에 대답하기 위해 손에 쥔 성경을 힘주어 잡았다.

"먼저 성경 말씀을 읽어보도록 하자. 시편 29편, 10절에서 11절까지. 야훼께서 홍수 때에 좌정하셨음이여, 야훼께서 영영토록 왕으로 좌정하시도다. 야훼께서 자기 백성에게 힘을 주심이

여, 야훼께서 자기 백성에게 평강의 복을 주시리로다.”

“새빨간 거짓말. 하나님이 홍수 때 좌정하셨다구요? 정말 웃기네. 언제 전능자가 나타났으며, 그 위력이 만인의 공감을 얻게 되었을까요?”

경화의 항의는 숫제 경멸에 가까웠다.

“목사님 말씀 중에서도 시편 강해는 유명하지요. 하지만 지금 그 말씀은 저희들에게 심한 모멸감만 안겨줄 뿐입니다.”

형서가 들고 온 사진첩을 펼쳐 보였다. 이번 수마로 피해 현장을 생생하게 찍은 내용들이었다. 물속에 잠기면서 살려 달라고 아우성치는 노인 부부·아들 내외·손자들, 허물어진 집터에서 허기져 있는 가족의 모습들이 전시를 연상케 했다. 사진 중에서도 유목사를 자극한 것은 어린아이가 죽어 있는 엄마의 젖을 물고 있는 장면이었다.

“그 장면을 찍기 전 먼저 아이를 엄마 곁에서 떼어 내어야지.”

“저는 떨어진 거리에서 관망할 수밖에 없었습니다. 경찰관들이 바리게이트를 치고 통행금지 시켰으니까요. 어려운 걸 쉽게 이해하려는 건 남의 두개골을 훔치는 이치지만 우선 목사님의 설교부터 듣기로 할까요.”

유목사가 입술에 힘을 실었다.

“지금 내 귀에는 수레를 타고 오시는 주님의 움직임이 들려.”

“제 귀에는 바람 소리와 물 흐르는 소리밖에 안 들리는데요.”

혜순이 가만가만한 목소리를 내었다.

“좀 더 귀 기울여봐. 주님이 타고 오시는 수레바퀴 소리가 들리지 않아?”

“어디쯤에서, 영혼의 수레바퀴가?”

영지가 귀를 곤두세웠다.

“저 흐르는 물을 봐.”

유목사가 양손으로 강물을 가리켰다.

“흙탕물인 걸.”

뭘 저걸 보라고 하셔요, 국희가 구시렁거렸다.

“흙탕물이 조금씩 맑아져가고 있잖아. 주님의 손이 더러움을 몰아내고 참 빛을 채우고 있는 모습이 환히 보이는데.”

유목사의 부드러운 목소리가 점점 쇳소리를 내었다. 물의 원리를 해부하려면 저희들은 얼마든지 날카롭게 해부할 지식의 칼을 지니고 있습니다. 젊은이들의 항의를 가만히 경청하던 유목사가 목을 가다듬었다.

“난 남해안의 어촌에서 자랐어. 장마가 진 어느 날, 아버님이 탄 배는 파선이 되어 돌아가시고, 산사태가 일어나서, 저 사진에 나타난 장면처럼 젖먹이 여동생은 어머님의 젖꼭지를 문 채로 숨졌어. 난 하루아침에 혈혈단신이 되었지. 그 참담한 모습을 보고 난 기어코 복수하리라 결심했어. 복수의 대상은 물고기였다. 나도 아버님처럼 어부가 되었지. 그날도 비가 엄청 쏟아지고 있었어. 복수심에 불타 증오로 이글거리는 나에겐 보이는 게 없었다. 그런데 물고기를 건져 올릴 때마다 아버님, 어머

님, 여동생의 얼굴로 변했어. 그물에는 물고기가 아닌 우리 가
족의 얼굴이 찡그린 얼굴로 나를 향해 하소연하는 거야. 살려
달라고. 그런 환각에 시달리며 폭풍을 만나 배는 파선이 되고
나는 겨우 섬으로 헤엄쳐 가서는 쓰러졌어. 꺼져가는 불씨 속
에서 난 비로소 그리스도의 목소리를 들은 거야. 이젠 넌 물고
기를 낚는 어부가 되지 말고 사람을 낚는 어부가 되라. 깨어나
자 아무도 없었어. 난 그 말씀이 주일학교 다닐 때 들은, 주님
이 베드로에게 하신 말씀인 줄 알았거든.…… 난 지금 홍수의
타당성을 설교하려는 게 아니고 홍수를 만나면 반드시 홍수 위
에 좌정하신 그리스도를 증거하기 위해 제군들을 만나고 있는
거야. 인간이 살아가노라면 일상생활에서 수없는 홍수를 만나.
사업 실패의 홍수, 좌절의 홍수, 질병의 홍수, 죽음의 홍수. 여
러 방법으로 홍수는 인간을 농락하려고 들어. 왜 주님은 인간
들에게 홍수를 경험하게 하실까. 인간들은 죄를 짓지 않고는
살 수 없는 나약한 존재이거든. 홍수를 경험해야 순종을 깨닫
고, 숨 한번 쉬는 것도 감사할 줄 아는 순전한 마음을 지니게끔
이끄시는 거야……."

일행이 고개를 숙이고 있는데, 형서가 침묵을 깼다.

"목사님의 설교를 듣고 보니 위안이 되는군요. 만일 지구의
종말이 오더라도 하나님은 한 쌍의 남녀는 남겨둘 것이다. 당
신을 닮은 종자 씨앗을 결코 소멸하진 않을 것이다, 라는 희망
말입니다."

회원들은 서로의 손바닥을 치며 환호성을 질렀다.

"저기 면류관 쓴 아이도 감사할 줄 아는 마음이 있을까요?"

동현이 강둑에 선 순우를 가리켰다. 머리에는 장미넝쿨로 만든 관을 쓰고 바지춤을 내려 강물을 향해 오줌을 누고 있었다.

"웃고 있잖아. 웃음은 만물을 녹일 상비약이거든."

유목사의 말을 증명이라도 하듯 순우는 한바탕 카랑카랑 통쾌하게 웃음을 터뜨렸다.

"웃음을 잃어버린 지 오래되었군요. 논개할매가 왜장을 끌어안고 숨질 때도 웃었을까요?"

"최경회 장군의 품에 안겼을 때보다 더 환한 웃음꽃을 피웠을 걸."

유목사도 하하하 웃음을 터뜨렸다. 혜순도 헤헤 웃다가 소리쳤다.

"어머, 가시 면류관 밑에서 피가 흐르고 있네."

장미 가시에 찔린 순우의 이마에 피가 흐르고 있었다. 순우가 흘린 선홍빛 피가 일곱 개의 장미와 동색이었다. 난 왕이다, 순우가 엄지로 자신의 머리를 가리켰다.

"피 흘림이 없인 죄사함도 없지."

유목사가 순우의 머리에 쓴 면류관을 벗겨 강물에 던지고 손수건으로 순우의 이마에 흐르는 피를 닦았다.

"저기 왕관이 떠내려 가고 있어."

순우가 카랑카랑 다시 통쾌하게 웃었다.

“저 이마에 그어진 상처는 인류의 죄를 짊어진 그리스도의 상처와 동일함일까요?”

젊은이들과 유목사의 대화는 점점 진지해졌다.

“그럼. 순우도 하나님을 닮은, 하나님이 빚은 토기이거든.”

“방망이 소리를 들은 지 오래 되었는데, 저 흐르는 물을 보니 딱딱 방망이 소리와 함께 여자들의 웃음소리가 들려요. 지금 저희들이 나눈 대화도 훗날 후손들이 들을 수 있을까요?”

“그렇고말고. 지구가 회전하듯, 물은 돌고 또 도니까.”

인양작업

뙤약볕이 따갑게 내리쬐었다. 이미 교통이 차단된 뒤벼리 모퉁이의 신작로에는 많은 사람들이 모여서 눈어림으로 강물을 저울질하고 있었다.

"웬 구경꾼들이 저리 쌔빈노?"

경비원의 부축을 받으며 비좁은 통로를 뚫고 들어선 안산부인의 푸념이었다. 무척 조마조마한 표정임이 치맛자락을 휘감아 조여 맬 때 부는 바람으로 알 수 있었다.

아기를 업은 빙애의 모습도 보였다. 빙애의 변모는 이웃들을 경악케 했다. 그저께 안산부인댁을 방문하자 처음에는 누구도 구면인 줄 몰랐다. 불과 이태 동안 스무 해의 나이를 죽이고 새로이 태어난 듯한 변모였다. 어줍은 도회지물이 배인, 단발머리는 파마를 해서 꼬불꼬불하고, 민소매 윗도리에는 겨드랑이 털이 비죽 나와 있었다. 무엇보다도 빙애를 빙애답게 돋보인 고무줄이 당기는 듯한 미소가 온데간데없었다. 목소리도 변해 예전처럼 유창한 서울 말씨를 쏟아놓았다. 어쩌다 어려운 말은 더듬거려도 평소에 자주 하는 말은 정확한 발음을 거의 표현할 줄 알았다. 눈빛은 총기로 빛났고 두뇌 회전도 빨라 잘 알아듣지 못해도 상대방의 뜻을 쉽게 알아차렸다.

"어쩌면 말을 그리도 잘 해?"

영지의 질문을 받고, 빙애가 답했다.

"그이에게 잘 보이려고. 잘못하면 바박대 당할 것 같아 열심히 노력했지."

날마다 땀 흘려 노력한 탓으로 거의 일년 만에 전세 든 가게가 그들 것이 되었다. 아들까지 낳아 그들의 기쁨은 더한층 컸다.

수광이 아기를 가슴에 품었다.

"우리 현종은 너와 나완 다른 삶을 살게 될 거야. 적어도 이 아이에게만은 떠돌이 삶을 살게 해선 안 돼."

"기차 안에서 안 태어나고 이렇게 병원에서 태어났는걸."

침대에 누운 채 빙애는 수광이와 아기를 쳐다보았다.

"적어도 젖배를 곯진 않겠지. 아이 때부터 충분히 젖을 빨지 못하면 자라서도 항상 무언가 부족하다싶어 먹어도 배가 고프고 마구 떠돌아다니게 돼."

화가의 소개로 그들은 인근에 있는 극장의 공사 칠을 수주받았다. 큰 공사인 데다가 단가도 높아 수익이 많은 일거리였다. 아기를 돌봐야 해서 빙애는 가게를 지키고 수광은 현장을 지휘하며 돌봤다. 일꾼들과 함께 칠을 하는데 뜻하지 않은 손님과 마주쳤다.

"이게 누구야?"

빛나리였다. 무명배우에서 조연급으로 성장한 빛나리의 고양이 눈은 더한층 상대의 골수를 쪼갤 정도로 매혹적이었다.

"누구시더라?"

상대를 깔아뭉개는 듯한 건방진 태도가 역겨워 수광은 빛나리를 낯선 여자로 대했다. 빛나리는 목이 움퍽 패이고 허리 부분이 잘록한, 뻔쩍뻔쩍 광이 나는 자줏빛 드레스를 입고 있었다. 수광은 페인트가 덕지덕지 묻은, 땟자국이 졸졸 흐르는 모양새인 자신의 초라한 몰골에 심한 수치를 느꼈다.

"네가 어떻게 여기 왔어, 라고 묻는 것보다 더한 환영사로군. 어때, 차라도 한 잔 할까? 입이 무척 심심하던 참이었지."

빛나리는 거침없이 손으로 수광의 목을 쓰다듬었다. 우린 한

때 살을 섞은 사이임을 노골적으로 내비치며.

"입이 심심하면 입마개를 귀에 달고 다닐 일이지."

입이 심심하다는 건 남자를 목마르게 기다린다는 거고, 입마개를 귀에 달고 다닌다는 건 남자를 찾아 나서면 된다는, 그들이 몸담았던 극단인들끼리 통하는 은어였다.

"얼마나 찾은 줄 알어? 어디서 기다릴까?"

고양이가 야옹거리며 먹이를 할퀴려는 듯, 빛나리의 유혹은 남자의 속마음을 왈칵 뒤집어 놓을 만치 열정적이었다.

"바빠, 무척."

"내일은?"

"일이 밀려 시간이 없어."

빛나리는 페인트가 묻은 수광의 얼굴을 손수건으로 훔쳐내고는, 핸드백에서 빗을 꺼내 남자의 헝클어진 머리를 빗질해 주었다.

"모레 만나. 사실 나도 바쁘거든."

다음다음날 그들은 극장의 인근 다방에서 만났다. 남자는 이발하고 새 옷으로 정장했고 여자는 청색 블라우스에 회색 스커트를 입은 수수한 차림새였다.

"모두 잘 있어?"

수광이 단원의 안부를 물었다.

"헤어졌어, 뿔뿔이. 단장이 성적 유린자 아냐. 나도 다른 계집애들도 많이들 시달렸지. 노예처럼 학대당했으니. 단장은 감옥소로 직행."

"현재 있는 곳은?"

"신통찮아. 마음 맞은 사람을 만났는데 그만둘까봐."

"안 돼."

"무엇이? 살이 쪄서 배가 빵빵해 보이는군. 난 이렇게 홀쭉인데. 머리가 무거워. 생각이 가벼워지는 방법 연구 좀 하자구."

그날 밤 그들은 여관에서 서로의 몸을 탐했다. 밀회는 날이 갈수록 늘어만 갔다. 수광은 오늘내일, 빛나리와의 관계를 청산하려 했지만 빠져들면 빠져들수록 묘하게도 미궁 속에서 활개 치는 게 곁길 걷는 자의 타당성이었다. 빙애의 순전한 사랑도 아기의 재롱도 빛나리의 고양이 눈동자에 파묻혀 갔다.

빛나리는 가게로 쳐들어왔다.

"누구지?"

빙애는 난데없는 여자의 방문을 받고 정신이 얼얼해왔다. 여자의 차림새나 거동을 봐서 딴따라 패거리임이 분명했다.

"누군 누구야? 정수광의 어부인이지."

상대방의 질문을 교묘히 빼돌리며 빛나리는 난 정실이고 넌 첩이라며 빙애를 깔아뭉갰다.

"무어야?"

흥분하면 자제력을 잃는 게 빙애의 허점이었다. 수광이나 페인트를 사러 온 손님들과의 대화는 눈치껏 표현할 수 있어도 낯선 불청객의 말은 알아들을 수 없었다. 다만 참을 수 없는 모

욕적인 말과 행동인 것만은 여자의 표정과 행동을 봐서도 알
수 있었다.

"세컨드, 알겠지?"

빛나리가 오른손 엄지와 검지를 비수처럼 치켜세웠다. 유년
시절 병정놀이할 때 승리를 알리는, 검지와 중지를 치켜세우던
것과는 다른 거라는 걸 빙애는 터득했다.

"나는 어부인이고 넌 첩."

목이 조여오는 듯한 압박으로 숨 막히는 순간이었다. 귀청이
따가웠다. 빙애는 보청기를 꺼냈다. 남 앞에서 그걸 꺼내는 걸
가장 치욕으로 여겼더랬는데.

처처처처처첩첩. 첩이라니. 빙애의 눈에는 인광 같은 불꽃이
활활 타올랐다. 주문 받은 페인트를 집집마다 운반하고 온 수
광이 가게문 앞에 서 있었다.

"이 여자가 나를 처첩이라고 해했어."

빙애는 안타까운 눈빛으로 수광을 응시했다. 저 여자를 내쪼
쪼차, 응. 빙애는 수광을 향해 구원의 손길을 기다렸다. 저 무
례한 여자를 대적할 용사는 애오라지 수광뿐임을 보여주고 싶
었다.

"숙맥인 줄은 진작에 알았다니까. 병신 여자와 살아? 저건
또 뭐야, 병신 새끼 아냐."

방 안에서 엉금엉금 기어 나오는 현종의 머리를 빛나리가 구
둣발로 슬쩍 건드렸다. 아이가 으앙 울음을 토했다.

"이 암괭이년이."

수광의 주먹이 보기 좋게 빛나리의 얼굴을 향해 올라갔다. 빙애도 더 이상 참을 수 없었다.

"머릿속에 먼지가 끼인 모양인데 내가 처청소해 줄까?"

풀 빗자루를 들고 빛나리의 머리에 묻은 먼지를 탈탈 털어내는 시늉을 하고, 곁에 있는 페인트 통을 들고 불청객을 향해 쏟아 부었다. 검정 페인트는 빛나리와 곁에 선 수광의 옷도 적셨다.

"이 병신년아, 눈 뜬 장님이야?"

수광의 주먹이 빙애에게도 뻗쳤다.

"내 머릿속은 먼지가 끼었지만 귀머거리 머릿속은 진흙탕이 부글부글 끓고 있나봐. 요렇게 검뎅이가 소낙비처럼 쏟아지니."

깔깔거리는 빛나리의 조롱이 무언극 배우의 몸놀림처럼 빙애의 뇌를 강타하고 있었다.

"다음은?"

영지가 다그치듯 물었다.

"두둘은 다따로 나가 사살고, 난 가게에 나오는 그이를 도왔어."

달포가 지나, 가게를 처분한 수광은 다시 악극단이 되겠다며 빙애에게 엄마 곁으로 되돌아가라 하고는 자취를 감췄다.

"그 다음은?"

“가게 산 주인과 다시 저전세 게계야약을 했어. 그 저정도는 그이가 주었거드든.”

“아이까지 달린 처지에 힘든 일을 어떻게 했지?”

“치칠은 이일구꾼을 사서 시키고, 배배달은 소년을 구해 가게를 구꾸려 나갔어.”

“분하지 않아? 수광씨의 행동이?”

“처음에는 그래래서. 밤새 우울고 또 울고 울었지. 내 누눈물 한 방울이 볼을 타고 내릴 때마다 난 눈물이 자짜다는 걸 알았어.”

“눈물이 싱겁다?”

“내 눈에서 흐흘러 내린 눈물 한 바방울도 허헛되이 아안기를 주님께 기도드렸어.”

“왜? 수광과 빛나리란 여자를 경찰서에 고소하고파서?”

복수심을 북돋우려 하다니. 영지는 자신의 내부에 도사리고 있는 증오를 알고 흠칫했다. 빙애의 아픔을 진정 내 것인 양 가슴 아파해야 하는데.

“그이와 그 여자를 요용서하기로. 사시실 나는 아무 거거도 아니거든. 아무 것도 아닌 내가 사상처를 입었다고 그이와 그 여자를 미워하할 이유가 없다는 걸 눈물을 흐흐리며 알게 된 거야…… 여여기 오고 시퍼도 차차마 호온자 올 수 어업서, 그이를 기다리다가, 대태푸웅에 엄마가 거걱정되어 와왔어.”

240증오와 미움에서 해방된 빙애의 얼굴은 지극히 평온해 보였다. 사랑을 얻기 위한 맹렬한 몸짓, 자존심에 치명타를 입어도 수용하겠다는 흐벅진 사랑을 알고 영지는 입을 다물었다. 남의 일에 색안경 끼고 보는 건 쉬워도 정작 나 자신이 남의 불행에 동참하기는 어려운 일이었다. 동참한다는 건 이해를 초월하지 않으면 안 되었다.

빙애는 수재민들과 행방불명된 가족을 찾기 위한 신고자들과 함께 앞줄에 서 있었다. 안산부인도, 빙애네 빨래터 단골들도, 유목사와 젊은이들도, 사이 뜨게 붉은 기를 꽂은 위험 수위를 눈어림으로 저울질하고 있었다. 수영복 차림인 작업대원 중에는 장용의 얼굴도 보였다. 중년에 이르렀어도 씨름으로 단련된 체구는 아직도 구릿빛 건강미가 넘치고 있었다. 끼룩끼룩 끼우룩끼우룩, 언제 왔는지 해오라기 한 쌍이 날고 있었다. 허어이허어이, 누가 오라카더나. 귀신 곡하게 잘도 울어쌓네. 사공이 노를 치켜들며 놈들을 쫓았다. 신작로에는 경찰차와 의료차와 트럭들도 있고, 포대떼기·비닐커버·밧줄·갈고리·구명부표·의료품들도 놓여 있었다. 조용히 하십시오. 경찰관들은 신작로에 서서 웅성거리는 구경꾼들에게 질서를 호소했다.

마침내 작업대원 반장이 호루라기를 불자 잠망경을 쓴 작업대원들이 물속으로 들어갔다. 만득과 사공들은 다른 작업대원들을 싣고 나룻배를 붉은 기 곁으로 저어갔다. 물결이 쿨렁쿨

링 흔들림과 동시에 작업대원들이 물속에 든 걸 끌어올리고 있었다. 문짝·장독·양푼·호미·부삽·쟁기·라디오도 나왔다.

"저건 뭐야?"

숨죽이고 있던 경화가 먼저 입을 열었다.

"의족이군."

망원경으로 물품들을 살피던 동현이 긴장한 자세를 취했다.

"목발을 신고하신 분은 나오시오."

확성기에서는 물품 신고자들을 찾는 소리가 연이어 터졌다.

"내 다리가 살아 있군. 밤마다 다리가 잘려 나간 내 허벅지가 문풍지 마냥 울어 쌓더니."

절름발이가 절뚝거리며 확성기 곁으로 다가갔다.

"목발이 살아있다고? 차라리 시신 다리를 떼어내 떨어져 나간 다리에 접붙이는 방법은 없을까?"

덕자가 생각에 잠기자 국희가 덕자 어깨에 머리를 기댔다.

"심장병 전문의가 되지 말고 시신 몸을 해부하여 인체에 유익을 가져오는 초의술가가 되어 보렴."

덩그런 걸 끌어올린 경비원들이 수군거렸다. 건져 올린 물건을 두고 무언가를 의논하는 것 같았다.

"귀중품? 금송아지가 아닐까."

망원경 렌즈에서 시선을 못 박은 채 동현이 어깨를 우쭐거렸다.

242

"횡재?"

형서가 잽싸게 카메라 앵글을 돌렸다.

"금부처를 분실하신 분은 나오시오."

확성기에서 들려오는 희소식에 여기저기서 환영사가 터져 나왔다. 내 것이오. 임자는 나요. 우리집에 모신 거라니께. 자칭 금부처의 주인은 세 사람이었다.

"부처님이 환생해도 셋이 되긴 어려블 긴데. 욕심이 똥구멍이로고."

까꼬실댁이 혀를 찼다.

"인자 알겠습니더. 부처가 떠내려와 나불천에 머문 건 복을 안겨주기 위한 기별이 아니고 장마가 져서 그런 갑네예."

나부리댁이 새삼 알겠다는 듯 고개를 끄떡였다.

"진짜 금부처가 아니고 동에다가 금도금한 거니 알고나 가져 가시오."

확성기를 든 작업대원 반장의 목소리에는 짜증이 묻어 있었다. 서로 내 것이라고 주장하던 세 사람은 머쓱한 표정을 짓고는 구경꾼들 속으로 들어갔다.

끼우룩 끼우룩, 끼이루우룩끼이루우룩, 해오라기는 더 늘어 무리지어 날고 있었다. 훠이 훠어이, 사공은 나룻배 주위를 날고 있는 해오라기 무리를 향해 팔을 휘저었다. 작업대원들은 끌어올린 시신을 구명부표에 걸치고 있었다. 시신을 차례로 끌어올릴 때마다 구경꾼들은 눈을 치뜨며 외마디 신음을 토했다. 여섯 번째 시신이 모습을 드러내며 물 위로 솟아올라 구경꾼들의 신음은 절정에 달했다. 시신은 소댕을 베개 삼아 잠들어 있었다.

수면 위를 응시하던 빙애의 낯빛이 샛노래졌다.

"어엄마, 나의 엄마."

빙애의 짐승 같은 신음이 해오라기의 날갯짓에 묻어나고 있었다.

"저승 간 어무이 이제 찾아 무엇 할 끼고."

완이네가 분을 삭이지 못하고 원망의 말을 쏟았다.

"세이도 참, 지금 누구 탓하게 되얏소?"

울부짖는 빙애를 달래며 기조네가 핀잔을 주었다.

"니가 없는 이 세상에 내가 무신 살맛이 생기겠노."

완이네가 땅바닥에 엎드려 통곡했다.

"명대로 살 일이제"

안산부인의 몸도 파르르 떨렸다.

"저리 비키시오. 시신을 놓아야 합니다."

경찰관들이 밀려드는 구경꾼들에게 으름장을 놓았다.

"썩어 문드러졌어."

"흐르는 물살이 칼날보다 더 무섭데이."

시신을 바라보던 구경꾼들은 뒷걸음질치고는 코를 싸안았다. 마치 튀겨서 얼린 푸주간의 고기처럼, 고기들은 급랭되어 빛깔이 싱싱하지만, 사람의 시신은 형체를 알아볼 수 없을 정도로 부패해 있었다. 작업대원들은 시신에서 소댕을 빼내려고

힘을 쏟았다. 살아 있는 자들의 허욕이 죽은 자의 무욕을 능가
할 터인데도 빼내기 작업에서 시간을 끌었다. 회중시계도 시신
의 손아귀에서 풀려 나왔다.

장용은 작업대원들의 도움을 받아 시신을 안고는 포대때기
와 비닐덮개가 깔린 신작로에 눕혔다. 나뭇등걸처럼 뻣뻣한 시
신을 먼저 반긴 건 코마개를 단 보건소 직원들이 뿌린 살충제
였다.

"오데 할 일이 읍서 비상을 뿌리고 돌아 댕기노?"

장용은 흠모했던 여인을 처음 안아 보는 영광된 자리에서도
자신이 작업대원이란 신분도 잊은 양, 보건소 직원들을 향해
삿대질했다.

"전염병이 돌면 어쩌려고 그럽니꺼?"

보건소 직원이 코마개를 벗고는 항의했다.

"숨진 자가 무신 욕심이 있다고 산 자를 괴롭히겠노. 썩
꺼져."

장용의 거부감이 엄청 큰 탓인지 보건소 직원들은 살충제
뿌리는 걸 멈췄다.

발악하며 몸부림치는 빙애를 말릴 수가 없어 기조네와 혁이
네가 아기를 받아 안았다. 빙애는 시신 곁으로 달려가서 목 놓
아 울음을 토했다.

"물벼락 맞자 얼떨결에 한 손으로 회중시계 쥐고 한 손으로
소댕 손잡이를 끌어올리다 봉변당했을 기라. 뭐라 캐도 지아비

따라 천당 갔을 기네."

완이네도 시신 곁으로 가서 엎드렸다. 빙애는 땅바닥을 치며 짐승에 가까운 통곡으로 울부짖었다.

"잘 가거라. 어느 때는 갈 길이 아니더냐."

안산부인도 시신 곁에서 고인의 명복을 빌었다. 빙애네 단골들도 시신 곁에서 마지막 인사를 했다.

"남 더러운 옷 말끔히 삶아 주었은께 저승길도 환하겠제."

"털보양반이 좀 심심했건노. 둘이서 찹쌀엿처럼 고와댔쳐라."

시신은 구호차에 실려 작업현장을 떠났다. 시신의 안치장소는 도립병원이었고 시청 광장에서 합동 장례식을 치르기로 예정되어 있었다.

인양작업은 계속 이어졌다. 작업대원들도 사공들도 부지런히 움직였다. 책상·의자·경대·빗·벽시계·베개·이불·붓글씨 액자·대리석으로 조각된 마리아상도 나왔다.

"저건 또 뭐꼬?"

드무실댁의 눈이 동그래졌다.

물결이 뱅글뱅글 돌더니 무엇이 스르륵 올라오는 게 보였다. 마치 공룡의 몸집처럼, 거대한 것이 제 모습을 드러냈다.

"그러면 그렇제. 소드방이 나왔는데 솥이 안 나올 기가."

안산부인이 버럭 소리쳤다.

"저저건 또또 뭐지?"

섭천댁이 고개를 앞으로 내밀었다. 신작로에 놓인 가마솥 안에 무엇이 들어 있었다.

"돼지 아닝교. 세상에 죽어 가는 마당에도 웃고 있다카이."

귀순네가 눈을 동그랗게 떴다.

"돼지가 우떻게 솥 안에 들어 있노?"

"황천길에도 누울 자리가 편해야 되겠다 싶어 쏘옥 기어들어 갔나봐. 돼지 웃음과 소 웃음은 어떻게 다릅디껴?"

"소는 음매음매 웃고, 돼지는 꿀꿀 웃는 게 아닌갑네."

"섭천소도 음매음매 웃습디껴?"

"하모. 음매음매는 바로 어무이를 부르는 노래 아이가. 소가 들에서 음매음매 부르는 것맨큼 평화로운 것도 없는 기라."

"꿀꿀 웃는 돼지란, 거저 웃어도 먹고 봐야겠다는 뜻이군요."

"그란께 돼지를 복돼지라 부르지. 세상 어느 종자들에게도 먹는 것맨큼 확실한 복은 없을 기네."

귀순네와 섭천댁의 대화가 바람에 흩날리고 있었다.

"역시 빙애네 가마솥은 복솥인 기제. 저 가마솥을 가지고 빙애네가 쏠쏠하게 돈을 벌었지."

"복솥에 안긴 똥돼지가 복돼지가 되얏구랴."

"복돼지를 껴안아서 복솥이 된 기 아이고? 저 복돼지 표정 보래. 얼른 나를 가마솥에 고아서 구경꾼들 요기나 하라고 눈을 찡긋거리고 있네."

빙애네의 단골들이 수다를 떨었다. 강풍은 한결 잔잔해졌다.

"물이 해맑아오는군요."

영지가 무얼 발견한 양 달떴다. 유목사의 눈빛도 밝게 빛났다.

"그럼. 흐르는 물은 세월이고, 시간이고, 우리가 숨쉬는 호흡이기도 하지."

구경꾼들은 하나씩 둘씩 떠나고 있었다. 물품 신고자들도 제 몫을 챙겨 자리를 떴다. 작업대원들도 인양작업에 필요한 기구들을 챙겨 트럭에 실었다. 보건소 직원들은 다시금 둔덕에서 소독약을 뿌리고 있었다.

신작로에는 가마솥이 덩그마니 놓여 있었다. 뙤약볕이 가마솥에 묻은 물기를 피워 올리고 있었다. 안산부인이 만득의 도움을 받아 소드방을 열어 땅바닥에 놓았다.

"가마솥을 해 쪽으로 세워라."

안산부인의 명령이 떨어졌다. 만득과 장용이 가마솥을 모로 세웠다. 가마솥이 부인을 안았다. 쪽진 안산부인의 은비녀가 새하얗게 빛을 품었다. 안산부인 손에도 새하얀 모시옷에도 녹물이 묻어 흘러내리고 있었다. 구부린 허리를 편 부인이 기고만장한 쇳소리를 내어 주위를 놀라게 했다.

"에나, 만년군자지. 땜질할 곳도 없구먼."

작업대원 반장이 가마솥을 어디로 보낼 것인지 행방을 물었다. 분명 안산부인에게 물었는데 대답은 빙애의 입에서 총알같이 튀어나왔다.

"안산 앞 빨래, 빨래터로."

빙애는 회중시계를 목에 걸고는 소댕잡이를 쥐며 폈다하는 반복을 되풀이하고 있었다. 마치 엄마의 얼을 되살려 내리라고 작심한 양, 유독 녹슬지 않은 부분을 어루만지고 있었다. 누구도 예기치 못했던 야무지며 당당한 기세였다. 팔랑거리던 안산부인의 치맛자락이 스르르 미끄럼 타며 흘러내렸다. 부인의 육신이 나른해지며 넘어질 듯 위태위태해 보였다. 영지는 부인을 부축했다. 이제부터 영지의 임무는 조모의 지팡이 노릇이었다. 영지와 이웃이 확인할 수 있었던 건 안산부인이 다시는 가마솥에 대한 친권자 노릇을 못하리란 확신이었다.

장용과 만득이 경비원들의 도움을 받아 가마솥을 트럭에 실었다.

"떠나지 말게나. 해오래비가 님 그리워 울어싸믄 가마솥에 핏방울이 맺혀 누가 풍구를 돌리겄노."

만득이 장용의 양손을 덥석 잡았다.

"빙애가 못하믄 내라도 해야제. 이 솥을 지키려고 목숨까지도 걸었는데……. 딩기도 실어 나르고, 다시는 물귀신이 없도록 둔덕에 말뚝도 박아야제."

어린 시절부터 남강과 벗하며 지냈던 장용이 남강을 떠나 석수장이가 된 건 빙애네에 대한 연모의 정을 가늘 길 없었던 탓도 있었다.

아기가 칭얼거리며 보채자 빙애는 회중시계를 쥐어 주었다. 그래도 칭얼거림을 멈추지 않아 빙애는 날고 있는 해오라기 무리를 가리켰다.

"에비, 에비, 에나, 에비 에비다."

해오라기 무리는 둔덕에 나래를 접었다. 울음을 그친 아이가 엄마 품속으로 파고들어 젖을 빨다가 낯익은 얼굴과 마주치고는 빙긋 웃었다. 언제 왔는지 수광이 모자 뒤에 서 있었다.

"논개할매요, 좀 고만 독을 피우소. 머리가 세어도 골백번 더 세어 기골이 쇠잔해지지 않았소."

늙수그레한 사공은 그의 잔주름만큼이나 금이 간 노를 저어 나갔다.

| 쓰고 나서 |

오래 기다려준 너는 진정한 나의 벗님이다.

세상에는 딸과 언니, 엄마 같은 친구도 있다. 딸 같은 친구는 풋풋해 나에게 감성을 일깨우고, 언니 같은 친구는 기대고 싶은 포근함을 안겨주고, 엄마 같은 친구는 응석을 부리고픈, 넉넉함을 채워준다. 친구는 그냥 친구일 따름이다. 하지만 딸과 언니와 엄마에게 못다 한 고백을 하고픈, 마음과 마음을 잇는 다리이다. 세상에 얼굴을 내밀기 위해 많이도 참고 기다려 준 너야말로 나의 진정한 벗님이다.

남강은 내 그리움의 보고이다. 수없이 남긴 발자국 못지않게 하고픈 이야기가 많이도 쌓여 있는데, 둔한 필력이 미치지 못해 가슴이 아리다. 나는 그 아픔을 좀은 아껴두고 싶다. 아리고 아린 아픔이 있기에 그 아픔을 견디고 뛰어넘어야 할 산봉우리가 내게 주어진 소명일 것이다.

열 살쯤이었을까. 어느 날에는 기록하리라. 물빛 고운 강물을 보듬고 흐르는 나를 새김질하던 순간의 깨우침이. 강물에다 시를 쓰고 바람에 입김을 토하고 하늘 향해 연인에게 맹세하듯 다짐하고 다짐한 게 반세기가 더 지난 셈이다. 그 기나긴 나날들, 나이테를 실타래처럼 감으며 구슬 꿰듯 엮은 이야기인데도 설익고 모자라 마냥 부끄럽다.

"딱딱, 방망이를 두드리며 빨래를 했습니다." "해오래비처럼 나도 훨훨 날고 싶습니다." 나의 일기장을 점검하던 담임선생님이 '해오래비'라 쓴 글귀에 가위표를 치고 '해오라기'라 고쳐 쓴 붉은 잉크자국, 시간이 지날수록 나의 글을 점검하던 선생님들의 붉은 잉크자국이 늘어나 나의 두뇌에 붉게 물들며 꽃으로 피어나던 환희의 순간들.

"강물은 오늘도 변함없이 흐르고/ 짙푸른 물결 위로 가락지 낀 손/ 달빛에 은빛으로 솟아오른다// 님에게 정표로 받은 지환을 모아/ 열 손가락마다 족쇄처럼 채우고/ 창칼보다 더 무서운 오랏줄/ 웬쑤의 목을 양손으로 껴안았다// 함께 숨진 왜장은 뼈도 못 추렸는데/ 밤마다 논개 시신은 수면 위로 떠올라/ 님과 못다 푼 정이 하도 애달파/ 목에선 피멍이 꽃으로 피어나고/ 자궁에선 월경이 촬촬 쏟아져/ 해마다 음력 유월이 오면 강물을 핏빛으로 물든다// 지금은 동네방네 요란하던 방망이 소리는/ 온데간데없고/ 밤이면 끼우룩 울어예는/ 해오라기의 하얀 날갯짓에/ 달빛 타고 흐르는 물결이 의암바위에 부딪쳐/ 피리소리를 낸다// 오늘도 남강은 변함없이/ 헝클어진 논개의 머리카락을 빗질하며 흐른다"

언제였던가. 논개의 기제사가 있던 음력 유월 그믐 밤, 긴 머리카락을 풀어 강물에 머리를 감고, 「진혼곡」이란 시를 써서 벗들과 함께 남강에 배 띄우며 제를 올리던 그날은.

잊어버린 우리의 이야기를 되살려 땀땀이 엮어 읽는 이들로 하여금 웃을 수 있게 하는 게 작가의 소명은 아닌지.

처음 이 작품은 「안산 가마솥」이라는 제목의 단편이었다. 모 신문사 신춘문예 예심에 올랐는데, 심사위원 김동리 선생님께서, 내용이 괜찮다며 장편으로 꾸며보라고 격려해주셨다. 김동리 선생님은 나에게 '探菊東籬下悠發見南山' 이란 도연명의 시구를 붓글씨로 써 주시고, '효장孝章' 이란 필명도 지어주셨다. 나는 그 필명을 감당 못해 어느 날에는 기꺼이 모셔 들이겠다는 결심을 다지며 문장 수업에 열을 올렸다.

역시 심사위원 최인훈 교수님도 좋은 작품이라며, 「남강 빨래터」란 제목으로 문장 지도도 해주셔서 얼마나 고마웠던지.

부족한 작품을 기름지게 하시고 용기를 실어주신 이순원 선생님과 전기철 교수님, 너그러이 출간해 주신 청어출판사의 이영철 사장님에게 감사한 마음 이를 데 없습니다.

성지혜

운명으로서의 강
- 성지혜의 『남강』 -

전기철

(문학평론가 / 문학박사/ 숭의여자대학교 문창과 교수)

1

월프레드 게린에 의하면 강은 죽음과 재생, 시간의 흐름이나 생의 순환, 신의 화신이다. 다시 말하면 강은 역사와 같이 흘러가는 것이며, 그 흐름 속으로 사람들은 모였다가 흩어지기도 하고, 다시 모이기도 한다. 강에는 희생과 속죄가 있고, 절망과 재생이 있다. 따라서 한 시대의 역사를 형상화할 때 강이 중요한 모티프로 자주 이용된다. 미시시피강을 따라 펼쳐지는 미국 역사의 한 토막을 그리고 있는 『허클베리 핀의 모험』이나 러시아 혁명 후의 역사를 담고 있는 『고요한 돈강』 등은 강과 함께 한 시대의 역사를 그린 작품들이다. 1920년대 우리나라 대표적인 소설 중의 하나인 조명희의 「낙동강」은 낙동강을 따라 혁명기의 한 시대에 대한 보고서이다.

성지혜의 소설 「남강」 또한 이와 같은 강의 이미지에서 비롯하였다. 따라서 사실상 이 소설의 주인공은 진주 '남강'이며, 강의 역사이다. 다시 말하면 남강에 의지해서 살았던 사람들, 그리고 남강과 함께 한국사의 일부를 드러내려고 했던 게 이 소설의 주된 모티프일 것이다.

남강이 주어이고 남강이 서술어인 「남강」은 강과 함께 흘러온 한국전쟁 이후 1950년대의 서사이다. 강이 곧 서사요, 강이 곧 그 주인공이며, 배경이다. 따라서 겉으로는 그 강에 의지해 살아가는 사람들의 애환을 그리고 있지만 실상은 강을 그리고 있다. 강이라고 하는 거대한 물줄기를 따라 들락날락하는 사람들, 그리고 거기에서 일어난 사건들은 1950년대 진주의 역사이며 풍속화이며, 성지혜 소설가의 자전적 기록이다. 그러므로 소설은 강에서 시작에서 강에서 끝난다.

그 강의 이야기는 촉석루와 관련이 있다. 소설의 중심 모티프는 한국전쟁으로 소실된 촉석루의 재축성이다. 남강과 운명을 같이 하는 촉석루의 축성은 임진왜란 때 빛나는 역할을 한 논개와 관련한 일화와 연계되고, 다시 그 일화는 남강과 함께 살아가는 사람들의 핏속에 그대로 어려 있는 무늬와 같다. 따라서 소설은 촉석루 축성을 중심 모티프로 삼는다. 논개와 관련한 아이들의 연극놀이에서 소설은 시작되어 촉석루 축제의 유등놀이로 마무리 되는데, 그 스토리 속에 중심을 흐르고 있는 게 남강이다. 그리고 이 남강에 얽혀 살아가는 사람들의 이야기를 엮었다. 그러므로 소설은 남강이라고 하는 거대한 서사를 통해서 드러나는 진주의 역사라고 해야 할 것이다. 특히 논개는 여기에서 더욱 중요한 모티프로 작용한다.

논개 할매는 얼굴도 반반했지만 음도 지독하게 셌던 가비라. 기제사가 있는 음력 유월만 왔다 카면 선남선녀가 물귀신 되어 제물로 바쳐지는 예가 쌔고 쌨으니께. 남녀 나이별로 헤아려 봤는데 이십 세 안팎의 훤출한 청년이 기중 많더군.

사공의 푸념으로 이야기되고 있는 논개와 관련한 설화는 해오라기와 함께 소설 전체의 흐름을 암시하고 있다. 논개라고 하는 한 많은 인물이 곧 남강의 주인공이며, 그 주인공의 후예인 진주 사람들은 논개의 이미지를 그대로 물려받는다. 사라호 태풍으로 사람들이 희생당했을 때도 "논개할매요, 좀 그만 독을 피우소. 머리가 세어도 골백번 더 세어 기골이 쇠잔해지지 않았소."라고 하소연하는데 이는 모두 논개와 남강을 하나의 이미지로 본 데에서 비롯한다.

남강은 진주 전체를 끌어안고 흐른다. 그 주변에 촉석루는 말할 것도 없고, 호국사며 서장대, 북장대, 창렬사, 영남 포정사 등

문화유적지가 있고, 선학산과 비봉산, 망경산 등이 펼쳐져 있다.

남쪽은 망경산이 어서 오라 손짓하고, 북쪽은 비봉산이 나 여기 있다 뽐내면, 동쪽 선학산이 눈 흘기며 화답한다. 충신이 한양 향해 읍을 한다하여 망경산이고, 봉황이 난다하여 비봉산이면, 학이 신선같이 노닌다고 선학이라. 강물을 가르마 타고 우뚝 선 다리가 남북으로 뻗어 있고, 다리 멀리 동쪽은 과수원인 도동이고, 그 사이에 선학산을 낀 뒤벼리모퉁이가 절경이라, 강태공이 삼 척 잉어를 건져 올리네. 다리 가까이 서쪽 진주성에 둘러싸인 촉석루와 의기사와 호국사가 길손을 부르고, 서장대 아래는 신안벌과 평거가 있어 곡식과 채소가 풍요롭고, 저 멀리 너우니 백사장이 새색시 볼처럼 정겨워라.

위 인용문은 기생이었던 염파의 창의 한 대목인데, 진주 전체를 흐르고 있는 남강의 위용을 잘 보여주고 있다. 그만큼 남강은 진주를 모두 아우르고 있다고 할 수 있다. 진주 사람들에게 강은 목숨이고 신앙이며 삶 자체이다. 강에서 빙애네 남편인 한수가 죽었고, 빙애는 강을 건너 수광이와 서울로 도주하며, 빙애네 또한 사라호 태풍의 물난리에 강에서 죽는다. 이러한 비극을 사람들은 강의 호흡으로 받아들인다.

사라호 태풍으로 많은 인명 피해가 일어났을 때 흙탕물이던 물빛이 점점 맑아오는 것을 보고 "흐르는 물은 세월을, 시간을,

우리가 숨 쉬는 호흡이기도 하지." 했던 유목사의 말에서 보듯 작가는 강을 하나의 운명으로 본다. 강이 곧 역사이며 시간이다. 따라서 강을 따라 죽음과 재생이 나타나고, 강은 역사를 스스로 쓴다. 그곳에서 떠나기도 하고 그곳으로 돌아오기도 한다. 강이 주재자라면 그 강에 매달려 살아가는 사람들은 에피소드이다.

강은 모든 것을 포용하기도 한다. 유목사의 기독교나 사주쟁이, 그리고 호국사로 대표되는 불교 또한 모두 강이 아우른다. 유목사와 사주쟁이가 종소리 때문에 다투는 장면을 보면 그런 아우름이 잘 나타난다.

"종 그만 치고 찬가 안 불러도 하늘 귀신 모실 순 없는 기요?"

"하나님은 귀신 쫓는 일을 즐겨 하시는데 귀신을 불러 들이다뇨?"

유목사가 하나님의 권세에 도전하는 자에게 목소리 톤을 높였다.

"허허, 고상한 말로 임자는 하나님을 모시기 위해 찬가를 부르고, 나는 귀신을 부르기 위해 명상에 잠기는데, 좀 조용히 불러서 남 일 좀 방해하지 말았으면 하는 말이외다."

"내일 새벽부터는 찬송가를 더 크게 불러 당신이 귀신 부르는 짓을 못하게 해야겠군요."

"이 양반 좀 보래. 우리 다같이 먹고 살기 위해 이 노릇 하는 기 아니겠슈. 우리 서로 손잡고 심을 합해 살림 좀 잘 꾸려 갑시 당께."

"우린 절대로 당신과 손잡을 순 없소. 단 한 가지 방법이 있다면 당신이 그 짓 그만하고 하나님을 영접하는 길뿐이라오."

이야기를 나눌수록 추포는 핏대를 올렸고 유목사의 얼굴은 평온해졌다. 드디어 추포가 으름장을 놓았다.

"본토박이 나를 박대해? 우리 신앙 싸움 벌이믄 누가 이기나 내기할까? 이제 갓 자리 잡은 피라미가 텃세 누리려고? 체신머리 읍게. 난 여기서 천년만년 살긴데 새까만 망아지가 늙은 황소를 내어 쫓아? 내가 쫓기기 전 네 놈이 놀란 참새맨치르 후닥닥 도망칠 걸."

"텃세라뇨? 이 세상을, 아니 지금 우리가 서 있는 이 강변을 누가 지었는지 아십니까?"

"그야 하나님이시지. 당신들의 주장에 의하면."

"천지를 지으신 주인이 하나님이신데 우리를 추방하다니요? 난 지금 이 아름다운 강변을 지으신 하나님께 감사기도 드리는 중이랍니다."

두 사람의 대화 그 어디에서도 칼날 같은 대립은 존재하지 않는다. 그저 자신의 견해를 뱉었을 뿐 상대를 그대로 인정하고 있다. 이는 강이 모든 것을 수용하고 끌어안고 있기 때문이며 인간은 거기에 매달려 사는 존재에 불과하기 때문이다. 하

지만 강은 고집이 세고 모가 나 있다. 자신의 뜻에 거스르는 이
는 누구나 죽음에 이르며, 순응하는 이만 살아갈 수 있게 한다.
빙애네가 모가 나고 고집이 세서 결국 죽음을 당한 것이나 빙
애네 남편 한수 역시 강의 순리를 벗어나 비극을 맞는다. 강은
순응하는 자만 품는다.

강을 배경으로 여자들은 빨래를 하면서 애환을 드러내고 의
암바위 쪽에서 예술제를 하면서 논개를 기린다. 둘 다 여성성
과 관련을 맺는다. 이는 강이 여성성을 갖고 있음을 보여준다.
여성성은 생명과 운명을 상징한다. 이 생명과 운명이 강을 고
스란히 내포하고 있기 때문에 강은 사람들의 역사가 되며, 무
엇보다도 여자의 일생이 된다.

2

소설에서 가장 중요한 인물은 빙애네 옥화와 그의 딸 빙애
다. 모녀를 통해서 강은 그 자신의 이야기를 펼치고 모녀를
통해서 강에 의지해 살아가는 사람들의 운명을 보여준다. 빙
애네는 꼭짓집에서 남편을 일찍 여의고 병신 딸과 함께 산다.
대대로 경산댁의 신세를 지고 사는 빙애네는 강에 매달려 살
아가는 사람이므로 강의 표현체이며 강과 뭍의 매개적 존재
이다. 따라서 빙애네를 통해서 강은 자신을 드러내고 자신의
의지를 표출한다. 그러므로 빙애네는 강의 표현 도구라고 할
수 있다. 다시 말하면 강에 매달려 사는 사람들은 운명적으로

살 수밖에 없다는 것을 빙애네를 통해서 보여준다. 한 번도 행복한 삶을 살아본 적이 없는 빙애네는 다리 밑에서 사는 사주쟁이 추포의 중매로 떠돌이 한수와 결혼하게 되지만 결국 한수는 물에 빠져 죽고 딸마저 도망친 후 자신도 물난리에 죽고 만다.

그런데 빙애네가 사는 꼭짓집은 개방되어 있고 모든 이들이 들락거리는 강으로 열린 장소이다.

안산 앞 강둑에 있는 꼭짓집은 빙애네의 보금자리였다. 살림 집이라기보다는 마루가 달린 방 한 칸과 홀이 있는 초소였다. 보금자리 앞에는 강이 흐르고, 남향이라 볕바르고 강둑에는 철 따라 꽃이 피고 바람이 살랑살랑 불어 길손들의 쉼터이기도 했다.

(중략)

빙애네는 경비원들의 도시락도 데워주고, 밤참도 만들어주고, 잔손 가는 일도 돌봐주면서, 느티나무와 벽오동이 그늘 친 한뎃부엌에서 빨래를 삶아주는 걸 생업으로 삼고 있었다. 남편이 갑자기 세상을 뜨고 경비원들의 발길이 뜸해져, 꼭짓집은 나들이 나온 노인들이나 빨래터를 오르내리는 여자들의 휴게소로 변했다. 방 안에는 노인들이, 마루에는 젊은 여자들이 쉬고 있었다.

그 열린 장소에서 사는 빙애네는 늘 강과 운명을 같이한다.

경비원이었던 남편 한수가 강에 빠져 죽고, 꼭짓집에서 빙애네는 빨래를 삶아주면서 살아간다. 그리고 사라호 태풍이 왔을 때 자신의 생업의 도구인 가마솥을 안고 죽는다. 강은 그에게 삶을 주었지만 또한 죽을 주기도 한다. 빨래터인 자신의 집을 통해서 사람들은 강의 소식을 듣고 강의 수심을 가늠하고 강을 관찰한다. 이는 곧 꼭짓집과 빙애네가 세상으로 열린 강의 관문이기 때문에 가능하다. 빨래를 삶아주는 곳은 모두 세 곳이었으나 빙애네의 꼭짓집이 유난히 붐빈 데에는 물이 맑고 그늘이 져 시원했기 때문이기도 하지만 무엇보다도 그곳이 강과 뭍의 매개이기 때문이다. 그곳에서 아낙들은 세상 이야기를 꺼내어 웃고 아픔을 꺼내어 풀기도 한다.

서로 장만해 온 별미를 나눠 먹으며 거리에 나도는 새 소식에 덩달아 기뻐하고 가슴 아파하며, 덩달아 고민도 풀고자 했다. 남편의 방종에서 철딱서니 없는 자식 문제까지 자문을 구하는 답답한 자나 해답의 실마리를 풀어주는 자가 너도 나여서 두루뭉수리로 어우러진 웃음소리가 그치지 않았다.

더욱이 빙애네는 경산댁과 누대에 걸친 인연으로 아픔을 당한다. 아버지는 경산양반의 회갑잔치를 위해 가마솥을 만들고 난 후 세상을 뜨고, 어머니는 경산댁의 종이었다. 자신은 그 가마솥을 경산댁의 안산부인으로부터 받아 빨래를 삶아서 생

업을 연명한다. 따라서 빙애네는 민중의 애환을 역사적으로
드러내는 매개의 인물이라고 해야 할 것이다. 비록 작가가 민
중적인 역사관을 갖고 있지 않아서 빙애네가 계급의식을 담보
하고 있지는 않지만 민중의 비련을 그대로 보여주고 있는 전
형적 인물이 빙애네라고 해야 할 것이다. 병신 딸에 떠돌이 남
편, 그리고 자신의 처지 때문에 양반의 망나니 아들이 딸을 데
리고 도망쳤다고 해서 한편으로는 신분상승할 수 있지 않나
기대를 하지만 소식을 몰라 애태우다 결국 수마에 휩쓸려 가
버리고 만 빙애네는 『고요한 돈강』의 주인공 그레고리와 마찬
가지로 비극적 최후를 담보하고 있는 인물이다. 하지만 그레
고리처럼 갈등의 첨예한 현장으로 들어가지 않고 화해한다.

"남의 딸 신세 망쳐 놓고도 두 다리를 쭉 뻗을 새가 있습디껴?"

들리는 소문에 의하면 아들이 상종 못할 딸과의 관계로 대환
씨가 화병이 났다 하여, 빙애네는 어디 두고 보자는 심정으로 악
을 피웠다.

"누구 신세를 누가 망쳤는데? 똑띠기 알고 덤비게나. 세상에
가시나가 없어서 귀머거리에게 혹해 줄행랑 쳤을까."

내가 니에게 질까 보냐고 계동댁의 입술이 독을 품었다. 어부
인이 행차했으면 고개를 자라목처럼 구부려야지, 상년 주제에
핏대 올리긴. 천민일수록 깡다구가 세다더니, 감히 뉘 앞에서 홍
두깨 생갈이짓을 해쌓노.

"양반이라고 누가 쌀가마니를 지고 와서 넙죽 엎드리는 종놈이 있답디껴. 내 딸내미가 문전걸식하기 십상인 빈털터리 집안에 무엇 하러 들어가. 내 이년 보기만 하믄 모가지를 비틀어 죽이고 말 거니께."

빙애네가 소매를 걷어붙이며 인상을 썼다.

"참으로 얄궂데이. 지딴에는 지랄 용천한다고 씨부러쌓아도 니 안태본이 뭐꼬?"

분을 삭이다 못한 계동댁의 입술에는 가래가 버글버글 끓고 있었다.

"종년 아닝교. 종년이라 캐도 경산댁 종년은 시집가믄 경산 어르신이 혼주가 되어 종님으로 대접받았은께 디디기 걸쌓는 기 아니구마예."

"니 서방은? 문디 아이가?"

"오데 내가 서방질하며 댕기는 걸 봤소? 남의 귀한 낭군을 서방이라뇨? 빙애 아바이가 오데 낯짝이 비틀어지고 손가락이 오그라 들었습디껴? 내 참, 살다 보니 별라별 꼬락서니를 다 보네. 남의 귀한 딸내미를 귀머거리라고 업신여기는 그 심보 때문에 궁디는 널퍼졌고 태도 못 열어보고 자궁에 곰팡이가 팍 끼여 안 있능교."

빙애네는 못할 말을 하고야 말았다. 딸의 생사도 알 길 없는데 양반댁 며느리가 되었다고 무슨 싹수가 있담. 당신이 내 가슴에 못을 박는다면 나는 당신 가슴에 비수를 꽂고야 말겠다는 결연한 태도로 맞섰다. 계동댁은 아차, 싶어 자세를 고쳐 앉았다. 애초에 귀머거리란 말은 입에 담지 않아야 할 악담이었다. 남을 저주하면 내 가슴에서부터 피를 흘린다는 걸 계동댁은 익히 경험한 바 있었다. 화수가 잘 대해주면 잘 대해줄수록 가슴에는 저주의 탑을 쌓아가고 있었다. 네년이 별수 있으려고. 저주는 결국 자신의 가슴에 비수처럼 박혔다. 별수 없는 꼴이 된 건 첩년이 아니라 바로 자신이었다.

"내가 싸우려고 여기 온 기 아니네. 양쪽 집이 심을 모아 아들딸을 찾아 잘 살아 보자고 왔네."

대환씨가 화병이 났어도 아들이 잘 살고 있다는 소식이라도 알면 며느릿감이 딴따라 딸이라도 괜찮고 농아라도 좋다는 뜻을 비쳤다고, 계동댁이 새삼 환기시켰다. 계동댁이 욱한 감정에서 벗어나자 빙애네의 화도 누그러졌다.

"지는 상년이라도 빙애 아바이는 귀한댁 도령인기라예. 상년이 양반을 넘볼라카마 눈에 무명씨 백히기 쉬워도 자고로 에펜네 팔자는 뒤웅박이라 카던데……. 지가 무신 심이 있다고 마님 옷고름을 눈물닦이로 만들겠습니꺼. 그 빨래는 제가 빨아 드리겠습니더."

계동댁이 와서 태생을 얘기할 때 빙애네는 지지 않고 대들지만 결국에는 화해하고 만다. 이런 데에서 작가의 세계관을 읽을 수 있다. 강을 통해서 모든 갈등을 운명적으로 수습하고 아우르려는 관점이 그것이다. 소설가는 강을 거스를 수 없는 운명이라고 여긴 때문이다. 따라서 아무리 어려운 일이 벌어져도, 사람이 죽거나 실종이 되어도 결국에는 흐르는 강물처럼 곧 잔잔해지고 맑아진다. 수광이 빙애를 버렸다가 다시 돌아온 화해를 모색한 것도 작가의 세계관을 대변하는 강의 이미지에서 비롯했다고 할 수 있다. 가마솥으로 상징되는 먹고 사는 문제 또한 계급적 대결로 처리하지 않고 운명적으로 처리하는 데에서 작가의 강에 대한 운명적 이해를 알 수 있다.

3

「남강」에는 떠돌이들이 많이 등장한다. 이들은 백파라 하여 문둥이로 취급받기도 하지만 주로 광대나 각설이다.

오광대 곡괭이·남사당 꽹과리·탈옥수 잘카닥·파계승 남타불·백정 꽈배기·화전민 비비리·요술쟁이 극락산·곡마단 우야코·아편쟁이 거들이·도사 너구리·가수 베짱이·독립군 철가면·친일파 올빼미·수재민 털털이·국악인 번개 등. 그들은 가난뱅이만은 아니었다. 친일파인 거부의 자손도 있어, 암운의 시대가 낳은 풍운아라 함이 옳았다. 그들의 공통점은 눈치가 빠르다는 점이었다. 동료들이 과거에 무얼 했으며 왜 그 바닥으로 굴러왔는지는 알고 있었다. 그래도 모른 체 지나쳤다. 상대방의 과거를 캐지 않아야 그 바닥에 발붙일 수 있었다. 그들은 친일파 앞잡이 앞에서도 비굴하게 굴지 않았고 독립군에게 협조하는 의협심도 없었다. 다만 떠돌이로 잠시 쉬었다 가는 앉을 방석으로 여기고 있었다. 그렇다고 신의가 없는 것도 아니고 규칙에 절대 순종하는 것도 그 조직의 강점이었다. 그들은 악기를 잘 다루었다. 과거 신분을 알 수 있는 악기를 지니고 선거 때는 그들을 매수한 후보자의 연설 중간에 박장대소가 나오게끔, 무슨 주장을 내세우기 위한 무언의 항변으로, 개개인의 울적한 마음을 달래는 심심풀이로 사용되었다.

이들이 중요하게 여겨지는 것은 빙애의 남편 한수가 백파였고, 빙애네를 흠모하는 촉석루 일꾼 장용이 백파였으며, 빙애의 남편 수광 또한 그런 축에 드는 인물이기 때문이다. 따라서 강 주변에서 강으로 왔다가 강에서 도망치거나 멀어지는 백파는 소설의 중요한 모티프인 강과 닮았다. 흘러왔다가 흘러가버리는 강처럼 떠돌이들은 떠났다가 다시 돌아온다. 이들에 더하여 창녀촌이 있는 옥봉이나 유원지인 도동에는 창녀들과 애젊은 과부들이 강물처럼 떠다닌다. 다시 말하면 이들은 강처럼 부유하는 인물들이다. 강에 떠다니는 부유물과 같은 존재이다. 강 주변에 뿌리박고 사는 게 아니라 세상에 떠다니며 정착하지 못하는 인물들이다. 이들은 늘 골칫거리였으며 문제를 일으키는 존재였다. 따라서 소설에서 한수가 떠돌이에서 정착한 후 죽게 된다거나 빙애가 떠돌이 수광을 따라 떠났다가 돌아온 것

등은 강물 따라 흘러가는 부유적인 인생을 보여준다고 할 수 있다. 여기에서 기생 염파를 모델로 논개의 초상화를 그렸다는 부분은 아주 상징적이다. 논개가 장수 출신으로서 진주까지 흘러들어온 기생이었으니 말이다.

해오라기가 소설의 모두와 말미에서 동시에 나오는데 해오라기는 상징으로서 강의 주민을 대표하고 있다.

4

소설을 읽는 재미가 있다. 그것은 작가가 진주에서 자랐기 때문만이 아니라 진주 지방의 사투리와 설화를 끌어오고 있는 데에도 있을 것이다. 진주에서만 쓰는 '에나'라는 말을 자주 쓰는 인물들이라든가 논개와 관련한 설화, 민요, 속담 등은 소설을 읽는 데에 감칠맛 나게 하고 있다. 해오라기가 울면 사람이 물에 빠지거나 미치광이가 불을 지른다거나 닭을 고르는 안목이 있어야 남편을 출세시킨다든가, 경첩 때 개구리 알만 먹었는가고 비아냥거리는 말, 섭천 소가 웃는다는 표현 등 작가가 진주 지방의 토속적인 정서나 언어에 정통하고 있어 읽는 재미가 쏠쏠하다. 아마도 작가는 소설을 통해서 진주의 생활사 및 역사를 쓰고 싶었던 것 같다.

소설은 강을 주인공으로 삼아 강과 더불어 사는 사람들의 애환을 그리고 있다.

"저 흐르는 강물이 눈물이 아닌가 하네. 나의 눈물이 모이고 모여, 더 나아가 이 사람 저 사람, 모든 사람들이 흘린 눈물이 모여서 강을 이룬다고. 임진왜란 때는 수많은 사람들의 시체가 둥둥 떠다녔고, 논개성님의 혼도 피멍으로 피어나고, 정확히 그이 시체를 나룻배에 태우자, 강물이 피라는 걸 일깨우더군……."

화공인 수산에게 들려주는 기생 염파의 고백은 바로 강의 내력을 상징한다.

"걸핏하면 육십 년래의 가뭄, 걸핏하면 육십 년래의 장마, 왜 사람들은 허풍스레 육십 년을 잘도 내 세울까예?"
"육십 년래의 풍년, 육십 년래의 흉년도 안 있나. 아마 고게 인생 고작 육십 평생이란 말에서 나온 길 끼라. 사람 일생을 육십 년으로 선을 그어 고만큼 살아 별 여한이 없다고 여겼다믄 고런 엄청난 숫자가 오데 있겠노? 그런께 풍년이 오믄 저마다 고 엄청난 숫자를 내세우며 서로 기뻐하고, 흉년이 들믄 고런 엄청난 숫자를 들먹이며 서로 도와 어려움을 이기자는 것일 기라. 장마도 마찬가지제."

빨래터에서 나누는 여인들의 대화는 삶의 진수를 잘 드러내고 있다.

"논개할매요, 좀 고만 독을 피우소. 머리가 세어도 골백번 더 세어 기골이 쇠잔해지지 않았소."

늙수레한 사공은 그의 잔주름만큼이나 금이 간 노를 저어나 갔다.

끝마무리는 이 작품을 더욱 돋보이게 하고, 이 한 권의 소설을 통해 남강의 진주를 보다 잘 이해할 수 있어 기쁜 마음 그지없다.

· · · 남강 · 남강 · 남강 · · ·

순수함이 살아있는 자신의 마음을 지키며

자신에게 펼쳐질 경이로운 삶을 무사히 헤쳐나가며 갈망하며 살아라